BASTEI
LÜBBE

Von Barbara Noack erschienen bei
BASTEI-LÜBBE:
12429 Glück und was sonst noch zählt
12480 Die Zürcher Verlobung
12502 Italienreise – Liebe inbegriffen
12534 Geliebtes Scheusal

Barbara

NOACK

Der Bastian

BASTEI LÜBBE

BASTEI-LÜBBE-TASCHENBUCH
Band 12596

Lizenzausgabe: Bastei Verlag Gustav H. Lübbe GmbH & Co.,
Bergisch Gladbach
Printed in Germany Dezember 1996
Einbandgestaltung: Manfred Peters
Titelillustration: Itzchak Tarkay
Satz: Bosbach & Siebel Print Media Concept, Lindlar
Druck und Bindung: Elsnerdruck, Berlin
ISBN 3-404-12596-7

Inhalt

Bastian macht einen Krankenbesuch

An einem Dienstagmorgen Anfang Juli stand Bastian Guthmann auf dem Viktualienmarkt vor einem Blumenstand und wußte nicht recht, was er kaufen sollte.

Er zog ein Bund Margeriten zu zwei Mark aus einem Eimer, der Strauß tropfte auf seine Schuhe und erschien ihm ein bißchen wenig.

»Dann nehmen S' doch zwei«, sagte die Blumenfrau.

Dies wiederum erschien Bastian ein bißchen teuer. Er hatte etwas zu zwoachtzig im Sinn gehabt.

»Für welchen Zweck soll's denn sein?«

»Meine Großmutter«, sagte er, »sie liegt im Spital.«

Der Satz ging der Blumenfrau zu echtem Herzen. »Ah geh – schlimm?«

»Nichts Gefährliches«, sagte Bastian, aber genau wußte er auch nicht, was ihr fehlte. Seine Schwestern, die ihn abwechselnd anriefen, um ihn daran zu erinnern, daß er Großmutter besuchen müßte, sprachen diskret von Omas Vorfall, worunter sich Bastian wenig vorzustellen vermochte. Auf alle Fälle hatte es etwas mit ihrem Unterleib zu tun.

Bastian wunderte sich, daß so eine alte Frau überhaupt noch einen Unterleib besaß, der Schwierigkeiten machen konnte.

»Ich denke, der zu zwei Mark wird genügen«, sagte er, »sie kriegt ja noch von anderen Blumen.«

Nachfolgend bestieg er seine »Else«, einen Deux Cheveaux, Baujahr 59, aber Luxusausgabe. Der Motor lief noch fabelhaft, nur der Rost machte Else zu schaffen. Er hatte ihren Unterboden so gründlich aufgefressen, daß Bastian während der Fahrt das Straßenpflaster unter seinen Füßen betrachten konnte. Solange er nicht durch eine Pfütze fuhr, störte das nicht. Die Risse und Triangel im Verdeck hatte er mit Isolierband verpappt. Auf den durchhängenden Sitzen glichen Sofakissen das Schlimmste aus. Bastian liebte seine Else wie einen alten Hund.

Bastian, Else und der Strauß Margeriten fuhren zum Krankenhaus, das war so gegen elf Uhr vormittags.

Die Empfangsschwester guckte streng aus ihrem Glaskasten. »Jetzt? Jetzt ist keine Besuchszeit. Kommen Sie morgen nachmittag wieder.«

Bastian, nun einmal da und finster entschlossen, seine Blumen loszuwerden, sagte, er käme von außerhalb, von Oberpfaffenhofen. Er habe sich extra von seinem Chef freigeben lassen, um seine alte Oma zu besuchen, er könne am nächsten Tag nicht wiederkommen. Und er lächelte.

Bastian konnte überwältigend lächeln, wenn er wollte.

Die Schwester sagte: »Dritter Stock, Zimmer 338, Gynäkologische, links durch die Glastür, wo ›Professor Dr. Klein‹ draufsteht. Wenn der Herr Chefarzt Visite macht, müssen Sie verschwinden, hören Sie?«

Bastian nahm den Lift. Der Lift roch nach frisch behandeltem Unglücksfall. Krankenhäuser waren ihm ein Greuel.

Als kerngesunder junger Mann, der sogar noch über seinen Blinddarm (27) verfügte, hatte er eine kerngesunde Scheu vor allem, was mit Leiden, Blut und Bahren zu tun hatte und mit Spritzen. Bastian hatte schon dreimal eine in den Arm gekriegt und eine ins Gesäß. Und niemand hatte ihn bedauert.

Als er den Lift im dritten Stock verließ, wehte eine weiße, gewichtige Wolke an ihm vorüber – der Chefarzt mit eilfertigem Gefolge auf der Rückkehr von der Visite. Ein königlicher Aufmarsch in Weiß, weißer ging's nicht, selbst die Schuhe, alles weiß – bis auf das Gesicht des Oberarztes. Ihm sah man an, daß er schon 14 Tage Costa Brava hinter sich hatte.

Bastian ließ die Prozession an sich vorüberziehen, hörte im Geist Barocktrompeten und zog ergriffen einen Hut, den er nicht besaß.

Dann suchte er sich an den Zimmertüren entlang. Zimmer 314 – 315 – Eintritt verboten – 317 – 318 – Fäkalienspüle (die deutsche Sprache verfügt wirklich über hervorragende Wortkompositionen) – 319 ...

Auf dem Gang bewegten sich blasse Patientinnen mit plattgelegenen Frisuren und geblümten Morgenröcken. Manche trugen Söckchen oder heruntergerollte Strümpfe in Puschelpantoffeln. Alle sahen Bastian nach.

Zu der Unbehaglichkeit, sich in der Krankenanstalt zu befinden, gesellte sich nun auch noch das peinliche Gefühl, in eine verbotene, weibliche Welt eingedrungen zu sein – ein Gefühl ähnlich dem, das er empfunden hatte, als er einmal aus Versehen in eine Damentoilette geraten war.

Zimmer 338.

Großmutter Guthmann lag mit zwei anderen Frauen in einem länglichen, hellblau gestrichenen Zimmer. Im Bett am Fenster. Sie trug ein langärmeliges Anstaltshemd mit blauen Borten und las Zeitung.

Bastian hatte sie noch nie im Bett gesehen. Auch im

Bett strahlte sie die vorsorgliche Sauberkeit einer Frau aus, die jeden Augenblick damit rechnete, daß ihr etwas Unvorhergesehenes zustoßen könnte. Ihr fast faltenloses, ostisches Gesicht glühte vor mühsam gezügelter Streitlust. Wie eine Leidende sah sie nicht aus.

»Grüß dich, Martha«, sagte er ungewiß in den Raum.

Sie nahm die Brille ab und lachte. »Der Bub ist da.«

Bastian ging an ihr Bett und küßte sie auf den Kopf. Sie duftete nach Baldrian und Kölnisch Wasser. Er wickelte seine Margeriten aus und dachte, ich hätte doch zwei Bund zu vier Mark nehmen sollen. Er wollte den Strauß zu den anderen Blumen stecken, die schon auf ihrem Nachttisch standen, aber Großmutter hinderte ihn daran.

»Im Krankenhaus muß jeder Strauß seine eigene Vase haben, egal, wie spillrig er ist.«

Dann stellte sie ihn den anderen Betten vor. »Das ist Bastian Guthmann, mein Enkel. – Frau Schüssle – Frau Kynast. Bastian, sag den Damen guten Tag!«

Bastian begrüßte zuerst Frau Schüssle (etwa 45) und dann Frau Kynast (schon alt). Frau Kynast sagte: »Gestern hatte ich Geburtstag. Ich bin aus Gleiwitz.«

Bastian sagte: »Herzlichen Glückwunsch.«

Großmutter sagte: »Du mußt schreien. Sie ist taub wie eine Nuß.«

Bastian schrie: »Herzlichen Glückwunsch nachträglich!«

Frau Kynast nickte: »Jaja, aus Gleiwitz.«

Darauf zog er sich lächelnd zu Großmutters Bett zurück, schon ziemlich erschöpft. »Wie geht's dir denn?«

»Ach, gut soweit. – Hast du deine Klausuren geschrieben?«

»Ja. Hab' ich.«

»Na und?«

»In den nächsten Wochen kriege ich Bescheid.«

»Achgottachgott!«

»Es wird schon schiefgehen«, beruhigte er sie. »Aber nun erzähl mal – wie war die Operation?«

»Stell dir vor, Bub, sie geben einem eine Spritze, und eh man denkt, nun geht's los, ist es schon vorbei.« Sie beugte sich vor und flüsterte: »Ich bin nicht einmal sicher, ob sie mich überhaupt operiert haben. Wie soll man das nachprüfen, wenn man schläft? Aber bezahlen muß ich.«

»Ja bist du denn in keiner Kasse?« fragte er erschrocken. »Nein. Wozu? Soll ich die Versicherungen reich machen, wo ich bisher mit Baldrian ausgekommen bin!?«

Frau Kynast sagte: »Die jungen Schwestern taugen nichts. Sie schimpfen, wenn man Soße aufs Bett kleckert. Weil sie zu faul sind, einen neu zu beziehen.«

»Aber der Chefarzt ist nett«, sagte Frau Schüssle. »Er hat das Majestätische.«

»Und das Fräulein Doktor Freude ist nett«, sagte Großmutter.

»Hat sie auch das Majestätische?«

»Sie hat schöne Augen«, sagte Großmutter.

»Das Essen taugt nichts«, sagte Frau Schüssle. »Ganz billige Wurst gibt's, und der Kaffee schmeckt wie fünfundvierzig.«

In diesem Augenblick kam Schwester Theresa aus Gleiwitz herein, und Bastian mußte auf den Flur.

»Typisch Kynast!« schimpfte Großmutter. »Kaum kriegt man Besuch, muß sie auf die Schüssel.«

Bastian stand auf dem Gang herum. Eine Frau wischte den Fußboden immer dort, wo seine Füße gerade waren. Um eine Flurecke sauste ein Bett auf Rädern, begleitet von silberhellem Gesang:

»Zwei Apfelsinen im Haar
und an der Hüfte Banaaanen –
Lalalalalala ...«

Eine ganz junge Lernschwester schubste das Bett vor sich her im Takt zu ihrem mexikanischen Geträller. In dem Bett lag eine gelbgesichtige Frau ohne Zahnprothesen, ein bestürzender Anblick für einen wie Bastian, der keinen täglichen Umgang mit Frischoperierten hatte.

Es reichte ihm. Er wolle raus hier, bloß raus, und das so rasch wie möglich. Die beklemmende Krankenhausatmosphäre. Frau Kynast und noch eine Bahre mit Musik! Er war geschafft.

Wie von Bakterien gejagt, rannte er den Flur hinunter und mußte sehr scharf bremsen, um nicht einen weißen Kittel zu überfahren, der ihm von rechts in den Weg trat – mit einer Spritze in der Hand.

»Na, na!« sagte der Kittel.

Bastian wußte später nicht mehr, was es zuerst gewesen war. Auf keinen Fall die Spritze und auch nicht der Kittel. Er gehörte nicht zu den Leuten, die auf weiße Kittel standen. Im Gegenteil.

Es gelang ihm nachträglich nicht einmal, sich präzis an die Ärztin zu erinnern, die ihn getragen hatte.

Sie war eher klein. Er liebte große Frauen. Kurze, helle Kinderhaare voller Wirbel fielen ihr ins Gesicht. Bastian hatte lieber Dunkelhaarige mit langen, seidigen Mähnen. Blond war er selber.

Nur einen Augenblick lang sah sie ihn verwundert an.

Dieser Augenblick muß es wohl gewesen sein.

Bei ihm.

Bei ihr nicht.

Ein Augenblick, wo im Film die Geigen einsetzen.

Für ihn.

Nicht für sie, die einen Haken um Bastian schlug wie um ein Hindernis, das ihr im Weg stand, und den Flur hinunterging. Er folgte ihr verzaubert.

Sie war so gar nicht sein Typ und entsprach dennoch der unklaren Vorstellung von jener Frau, auf die er bisher vergebens gewartet hatte.

Aber mußte das ausgerechnet eine Ärztin sein!?

Sie öffnete die Tür von Zimmer 338. Das war Großmutters Unterkunft.

Die Tür schloß sich hinter ihr.

Vergessen waren seine Fluchtgedanken, seine Krankenhausallergie.

Er wartete darauf, daß sich die Tür von 338 wieder öffnen und *sie* herauskommen würde.

Die Tür von 338 öffnete sich, und Schwester Theresa kam mit Frau Kynasts Schüssel heraus.

Schwester Theresa sagte zu ihm: »Sie können noch nicht hinein. Doktor Freude ist drin. Und überhaupt ist jetzt keine Besuchszeit. Wo kämen wir denn hin, wenn wir ständig Ausnahmen machen würden!«

Schwester Theresa ging den Flur hinunter und verschwand in der Fäkalienspüle. Bastian hätte sie am liebsten dort eingeschlossen, damit sie ihn nicht verscheuchen konnte. Er mußte die Ärztin wiedersehen. Doktor Freude hieß sie. Freude schöner Götterfunken. Doktor Freude schöner Götterfunken.

Er fand sich schon sehr albern.

Sie verließ das Zimmer 338. Bastian stellte sich ihr in den Weg.

Verwunderter Blick aus weit auseinanderstehenden, bernsteingoldenen, skeptischen Augen. Die Augen waren eigentlich viel zu groß für ihr Gesicht.

»Ja bitte?«

»Wie geht es meiner Großmutter?«

»Großmutter? Welcher?«

»Frau Guthmann.«

»Oh, gut. Sehr gut.«

»Und ihr Vorfall?«

»Der wird ihr keine Beschwerden mehr machen.« Sie wollte weitergehen. Dazu mußte sie wieder einen Haken um ihn schlagen.

»Wie passiert denn so was?« fragte Bastian, sich an ihre Fersen heftend.

»Bei fünf Kindern kommt das schon mal vor.«

»... und bei 13 Enkeln«, sagte er verstehend.

»Die haben damit nichts zu tun«, sagte Dr. Freude. »Die gehen höchstens auf die Nerven.« Sie blieb stehen und lachte. »Sie sind Bastian, der dreizehnte, nicht wahr?«

Amüsiert betrachtete sie ihn. »Sie sind ein Siebenmonatskind.«

»Ja, wieso?«

»Mit fünf Jahren fielen Sie vom Kirschbaum. Sie blieben zweimal sitzen. Meisterten Ihr Abitur mit einundzwanzig. Dann studierten Sie Maschinenbau. Liebten eine Fünfunddreißigjährige. Ihre Familie stand kopf. Sie sattelten um ...«

»Auf eine Neunzehnjährige.«

»Auf Pädagogik.«

Bastian legte die Hände vor sein Gesicht.

»Machen Sie sich nichts draus.«

Bastian nahm die Hände wieder herunter. »Es wird immer schlimmer mit ihr, je älter sie wird. Hat sie Ihnen auch von dem Schäfer erzählt? Von dem, der sie im Jahre 38 gesundgebetet hat, als sie die Gürtelrose hatte?«

Dr. Freude drückte die Klinke von Zimmer 331. »Nein«, sagte sie. »Bisher nicht. Aber ich nehme an, das wird sie noch. Ihre Großmutter ist ja noch ein paar Tage hier.«

»Ein Glück«, sagte Bastian, »ein solches Glück. Muß ich noch öfter zu Besuch kommen.«

Die Person, die er so spontan zu lieben begonnen hatte, war schon beinah im Zimmer 331, und ehe sie da wieder herauskam, würde längst Schwester Theresa aus Gleiwitz zurückgekehrt sein und ihn exmittieren.

»Hören Sie –«, sagte er dringend hinter ihr her.

»Was denn noch?«

»Ich hasse Krankenhäuser.«

»Dann gehen Sie doch auch zum Schäfer.«

»Aber wenn es die einzige Möglichkeit wäre, Sie wiederzusehen, ließe ich mich hier einweisen. Und wenn ich Terpentin saufen müßte.«

Die Ärztin betrachtete ihn kopfschüttelnd. »Für Terpentin bin ich nicht zuständig. Da müßten Sie sich schon ein Frauenleiden zulegen. Schaffen Sie das?«

Und damit schloß sich die Tür von Zimmer 331 hinter ihr. Bastian war abgeblitzt. Aber er nahm es Dr. Freude nicht weiter übel, daß sie noch so gar nichts für ihn empfand.

Bei manchen dauert das eben länger.

Micky

Seit er an der Münchner PH studierte, bewohnte Bastian eine Mansardenwohnung in einem Altbau nahe den Isarauen. Er war das Lieblingsthema der weiblichen Mieter im Treppenhaus. Sie hatten so ziemlich alles an ihm zu besprechen – sein Privatleben, seine Gewohnheiten, die Fenster putzte er auch nie und verlor ständig etwas, wenn er seine überfüllten Mülltüten auf den Hof hinuntertrug. Außerdem hatte er lange Haare. Insgesamt waren sie der Meinung: »Wenn das mein Sohn wär' –! Dem würd' ich vielleicht –!!« – und mochten ihn trotzdem ganz gern.

Bastians Wohnung umfaßte zwei Zimmer, eine Rumpelkammer, Bad und Küche. Das große Zimmer nach vorn heraus hatte er an einen Ingenieur aus Erding vermietet, der dort übernachtete, wenn er zu betrunken war, um heimzufahren, oder wenn er eine Freundin hatte.

Im anderen – Bastians Zimmer – waren noch die Vorhänge zugezogen, als er gegen Mittag heimkam. In seinem Bett lag Micky herum.

Das war ein echter Schlag für einen frisch verzauberten Menschen. Er hatte Micky ganz vergessen.

Auf dem Sofa, auf seinem Arbeitstisch, den Stühlen und am Fußboden lagen ihre Ketten, Höschen, Blüschen, Jeans – soviel Plunder auf seinem Besitztum – und der ärgste Plunder war Micky selbst in seinem Bett, aus dem sie sich jetzt stöhnend schälte. »Was'n los?«

Bastian zerrte so wütend die Gardine auf, daß sie aus ihren Ringen sprang. Micky sah ihm zu und fand das komisch – seine Wut und die kaputte Gardine.

Sie war ganz junger, wuscheliger Sex, mit Schminkresten um die Augen und einem Busen, der selbst beim Aufwachen nicht verschlafen wirkte. Er war ihr Kapital, von dem sie gelegentlich lebte, indem sie ihn für Wäschefotos und Reklame herlieh.

»Da liegst du 'rum«, schrie er voll sittlicher Empörung. »Da liegt alles von dir 'rum! Du breitest dich aus wie der Rost auf meiner Else!«

»Welcher Else?«

»Meinem Auto, wem denn sonst! Stehst du nicht auf? Weißt du überhaupt, wie spät es ist? Andere Frauen – zum Beispiel in den Krankenhäusern – haben jetzt schon ein Riesenpensum hinter sich. Echte Pflichten!«

»Schön blöde«, sagte Micky.

Bastian stand blutrauschend vor dem Bett. »Micky, ich rate dir, such dir 'ne andere Bleibe. Sonst gibt's ein Unglück!«

»Was für 'n Unglück?«

Bastian fiel so schnell kein passendes ein.

»Hab ich's mir doch gedacht! Du weißt keins.«

Er fiel erschöpft in seinen einzigen Sessel, stand noch mal auf, um Mickys Handtäschchen daraus zu entfernen, und sah sie an. »Wie lange willst du eigentlich noch hier bleiben?«

Micky breitete ungewiß die Arme aus, sie wußte es auch nicht.

Vor drei Wochen hatten Freunde von Bastian sie mit hierhergebracht. Die Freunde – Lisa und Paul – waren nur auf ein Bier gekommen. Waren nach dem Bier wieder gegangen und hatten Micky zurückgelassen, die stark fieberte und in München keine feste Adresse besaß.

Seit zwei Wochen und drei Tagen hatte Micky kein Fieber mehr, war aber immer noch da.

»Warum, Micky?« fragte Bastian gezielt in ihre Richtung. Sie streckte erst mal ein Bein in die Luft, ein langes, gerades, braunes Bein mit einem Kettchen am Fußgelenk. Und ungewaschener Fußsohle. Micky gefiel das Bein sehr gut.

»Weil ich keine Bleibe habe«, sagte sie, »und weil du nicht der Mensch bist, der den Mut hat, einen anderen 'rauszuschmeißen.«

Womit sie die Sachlage klar erfaßt hatte.

»Wenn du schon hier bist, könntest du wenigstens mal abwaschen. Seit drei Wochen hast du nicht einmal.«

»Du auch nicht«, sagte Micky und rollte sich zur Wand.

»Ich hab' dich nicht freiwillig aufgenommen. Dafür hab' ich Zeugen.«

»Ja«, sagte Micky, »Paul und Lisa. Aber das ist doch bekannt.«

Sie wandte mühsam den Kopf nach ihm um – ein Traum von einem Mädchen. Eine knisternde Katze, bei deren Anblick Männer heiße Ohren kriegen und blumige Vorstellungen. Ein Mädchen, das alle Vorzüge für eine sinnliche Nacht mitbrachte, bloß keine Lust dazu. Ein absoluter Bluff.

Bastian stand wütend aus dem Sessel auf und sagte: »Ach, Mensch! Mensch, Micky –«, und ging und wußte noch nicht, wohin.

Bastian macht schon wieder einen Krankenbesuch

Am nächsten Tag stand Bastian auf dem Viktualienmarkt vor demselben Blumenstand und kaufte sieben langstielige Rosen. Er bekam sie billiger, weil sie nicht mehr ganz frisch waren.

Mit denen besuchte er seine Großmutter am Nachmittag zur offiziellen Besuchszeit.

Martha Guthmann saß aufrecht in ihrem Bett und hielt sich verbittert die Ohren zu, und das mit Grund. Denn um der tauben Frau Kynast Bett lagerte ihre Familie – Mann, Tochter, Schwiegersohn und Enkelkind.

Die Tochter schrie gerade: »Frau Huber läßt dich grüßen«!

Frau Kynast fragte: »Wie?«

»Frau Huuuber!«

Darauf Frau Kynast ungeduldig: »Ja, Frau Huber. Ich hab' verstanden. Was ist mit der?«

»Sie läßt dich grüßen!!!«

»Wie?«

»*Grüßen!*«

»Von wem?«

Großmutter nahm die Finger aus den Ohren und klagte: »Kannst du mir mal sagen, warum die Schwerhörige immer den meisten Besuch hat?«

Bastian wußte es auch nicht.

Erst jetzt begriff sie bewußt seine Anwesenheit, sah die Rosen, die er auf ihre Bettdecke gelegt hatte, und war sehr erschrocken. »Ja, Bub! Was ist los? Du warst doch erst gestern da und heut' schon wieder. Steht's denn so schlecht um mich?«

»Um dich? I wo! Ich dachte nur, es würde dich freuen ...«

»Freilich«, sagte sie, »aber wer besucht schon so oft eine alte Frau im Spital? Und ausgerechnet du, der sich vor Krankenhäusern fürchtet!«

»Ach«, sagte Bastian, »das kommt auch aufs Krankenhaus an. Hier gefällt's mir ganz gut.«

Nun freute sie sich über die schönen, schönen Rosen. Dieselbe Sorte gab's auch im Englischen Garten.

»Das sollst du doch nicht, Bub!«

»Ich hab' sie gekauft«, beteuerte er.

»Natürlich«, sagte sie, »das mein' ich ja.«

»Soll ich dir eine Vase holen, Martha? Ich hol' dir eine, Moment –.« Er eilte aus dem Zimmer auf der Suche nach einer Vase, vor allem aber nach Dr. Freude.

Großmutter rief vergebens »Bastian! Bastian!« hinter ihm her. »Wo läufst du hin? Hier ist doch eine!«

In der Stationsküche fand er Schwester Theresa. Zur offiziellen Besuchszeit war sie bedeutend gnädiger zu ihm. Sie schloß sogar eine Kammer auf und suchte dort eine große, kristallene Vase für ihn heraus.

Bastian frage so nebenbei nach Dr. Freude. Ob die vielleicht im Hause wäre?

»Sie hat heut' Nachtdienst«, sagte Theresa. »Hat sich aber noch nicht bei mir sehen lassen. Wenn Sie den Doktor Vogel sprechen möchten ...«

Bastian dankte für den Dr. Vogel und zog mit seiner Vase ab. Er durchquerte mehrmals die Flure, auf denen sich Patienten von ihren Besuchern verabschiedeten.

Am Krankenbett verschüchterte Kinder drängten erleichtert dem Lift zu.

Die Dr. Freude sah er nirgends. Dafür fiel ihm eine junge Frau auf, die so sehr allein an einem Fenster stand. Ihr Haar war strähnig, das Gesicht, das sie ihm einmal zuwandte, als er vorüberging, wirkte gedunsen. Er kannte es, aber er wußte nicht, woher.

Sie stutzte auch und wußte nicht, ob sie ihn grüßen sollte, und als er vorüber war, fragte sie zögernd »Bastian ? Bastian Guthmann?« hinter ihm her.

Er blieb stehen.

»Erinnerst du dich nicht mehr? Ich bin Susi Schulz. Wir waren voriges Jahr auf der Party bei Freddy Kuchel zusammen.«

»Ach ja, natürlich, Susi. Hab' dich gar nicht erkannt.« Bastian kam zurück, nicht eben überwältigt vor Freude.

»Grüß dich, Susi. Was machst du denn hier?«

»Siehst du doch. Ich bekomme ein Baby.«

»Aha.«

Sie standen voreinander und wußten nicht recht ...

»Ja, dann will ich nicht weiter stören. Alles Gute, toi, toi, toi!« Er winkte noch einmal zurück und erschrak.

Susi stand schwerfällig da, ihre Hände verkrampften sich über dem Bauch, sie stöhnte leise.

»Gottes willen, geht's los?«

Susi Schulz versuchte ein quittegelbes wehes Lächeln.

»Soll ich die Ärztin holen?« fragte er eilfertig. »Ich hol' die Freude, ja?«

Susi wehrte ab. »Es ist ja erst alle drei Minuten.« Farbe kehrte langsam in ihr Gesicht zurück, das Lächeln wirkte gelöster, wenn auch nicht besonders froh.

Sie erinnerte ihn jetzt an ein zierliches, hellblaues, wehendes Geschöpf auf einer Vorortstraße. Mitten auf der Straße. Barfuß auf dem Asphalt, in jeder Hand eine Sandalette.

Susi voller Lachen, voller Schwips, voller Sommer im Morgengrauen nach der Party bei Freddy Kuchel. Sie waren ruhestörend albern gewesen, rannten um die Wette und machten Klingelzüge. Vor ihrer Haustür hatte Susi die Arme um seinen Hals gelegt und ihn geküßt. Bastian spürte dabei die Hacken ihrer baumelnden Schuhe in seinem Kreuz. Er mochte Susi. Verliebt war er nicht, aber er hatte versprochen, sie anzurufen.

Das war jetzt ein Jahr her.

»Du hast damals nicht angerufen.«

»Habe ich nicht? Muß mir wohl was dazwischengekommen sein.«

»Ja, schade«, sagte Susi. »Vielleicht wäre sonst alles ganz anders gekommen.«

Sie krümmte sich in einer neuen Wehe und tat Bastian so leid. Daß man dagegen noch nichts erfunden hatte –!

Die Flure waren nun leer. Eine Schwester räumte die Blumenvasen vor die Türen und erinnerte ihn daran, daß die Besuchszeit vorüber war.

»Willst du dich nicht lieber hinlegen?«

»Ich soll ja laufen –«

»Und dein Mann? Gibt's hier kein Vaterzimmer, wo er warten kann?«

»Ich hab' keinen Mann«, sagte Susi, als die Wehe abgeklungen war. »Ich hab' ihn im Urlaub kennengelernt – vorigen Herbst. In Spanien. Da war's die große Liebe. Er ist Referendar in Köln, weißt du, und als wir uns später wiedertrafen, haben wir nur noch gestritten. Furchtbar war das. Habe ich eben Schluß gemacht. Lieber keinen Vater für das Baby, als einen, mit dem ich mich nicht versteh'. Verstehst du?«

Bastian verstand.

»Aber manchmal ist es verflixt schwer so allein. Mit meiner Mutter versteh' ich mich auch nicht. Sie weiß noch gar nichts von dem Baby...« Susi brach ab, weil Bastian nicht mehr zuhörte, sondern einen jähen Ausbruchsversuch Richtung Lift machte. Denn dort stand *sie*, die Freude, aber nur sekundenlang, dann hatte der Lift sie verschluckt.

»Das war die Ärztin«, sagte Susi.

»Ja, das war sie.«

Die Schwester kam wieder vorbei und schimpfte, weil Bastian noch immer da war.

Er strich Susi über die verschwitzte Wange. »Mach's gut, Mädchen. Halt die Ohren steif.«

»Werd' schon.«

»Und wenn's da ist, ruf mich an.« Er gab ihr seine Nummer.

»Du bist sehr lieb, Bastian«, sagte Susi. »Du mit deiner Vase.«

Erst jetzt erinnerte er sich an die Kristallpracht, die noch immer unter seinem Arm klemmte – und an seine Großmutter, die noch immer auf die Vase und seine Rückkehr warten mochte.

Er hatte sich gestern nicht von ihr verabschiedet, er mußte es wenigstens heute tun.

Auf dem Weg zu Zimmer 338 begegnete er Schwester Theresa. »Sie sind ja noch hier!«

Bastian zuckte bedauernd die Achseln. »Ja, ich versteh' das auch nicht. Ich – ich such' den Lift.«

»Den Lift!« staunte sie. »Den Lift sucht er und steht davor!«

In diesem Augenblick öffneten sich seine Türen. Zwei Ärzte treten heraus – eine davon war die Freude.

Bastian strahlte. »Hab' ich ein Schwein!«

»Ach Sie schon wieder –.« Während ihr Kollege weiterging, mußte sie stehenbleiben, das lag an Bastian, der ihr im Wege stand – nun schon zum drittenmal in zwei Tagen.

»Ich hab' mir so gewünscht, Sie wiederzusehen«, sagte er und wurde daraufhin prüfend von ihr betrachtet. Wenn ihr schon einer so intensiv in die Quere kam, wollte sie wenigstens wissen, wie er aussah.

Er hatte fröhliche Augen. Das vor allem. Blonde, frischgewaschene Haare, die ihm immerzu in die Stirn fielen. Er war lang und eckig, trug Jeans und ein kariertes Hemd und eine Jeansjacke, deren Kragen beim Anziehen zur Hälfte nach innen geraten war. Ein ebenso sympathischer wie harmlos wirkender junger Mann mit einer Kristallvase unter dem Arm, wieso mit einer Vase!?

»Sie sind verrückt«, sagte sie und ging ihrem Kollegen nach, der auf sie wartete.

»Bis morgen, Doktor!« rief Bastian. »Ich komm' jetzt täglich.«

»Wer war denn das?« fragte der Kollege, als die Freude ihn eingeholt hatte.

»Der Enkel einer Patientin. Der dreizehnte Enkel von Frau Guthmann.«

»Und kommt täglich zu seiner Großmutter?« staunte der Kollege.

»Ja. Rührend, nicht wahr?«

In diesem Augenblick krachte und klirrte es hinter ihnen.

Das war die Vase.

Bastian zog sich hastig die Jacke aus, fegte die Scherben in sie hinein und floh per Lift.

»Katharina ...«

Es war so schön leer und friedlich, als er nach Hause kam. Micky war nicht da, nur ihr ausgelaufener Nagellack auf seiner Tischplatte. Sah aus wie Blut im Krimi.

Warum gab's nur solche Typen wie Micky in seinem Leben, die ihm wie Kletten anhingen, ohne daß er sie aufgefordert hatte, bei ihm Klette zu sein?

Ich bin zu gutmütig, sagte er sich, nein, gutmütig bin ich nicht. Ich bringe nur nie im entscheidenden Moment genügend Rücksichtslosigkeit auf, um das Übel von mir abzuwenden. Ich habe wohl auch zuviel Mitleid mit den Mädchen und nachher den Ärger, sie wieder loszuwerden.

Bastian ging an den Eisschrank. Im Eisschrank standen Mickys Cremedöschen und ein übriggebliebenes Marmeladebrot vom Frühstück und ein uraltes Joghurt und – welch Lichtblick – auch zwei Biere.

Bastian trank die Biere und rauchte dabei aus dem Giebelfenster seines Zimmers auf den grünen, runden Kopf der Hofkastanie. Er war verknallt, jedoch dabei noch immer logisch. Er fragte sich, was soll ich mit einer Ärztin!? So eine Frau hat erstens kaum Zeit, und zweitens stellt sie Ansprüche. Sie würde versuchen, Ordnung in sein Leben zu bringen. Beruflichen Ehrgeiz von ihm zu erwarten. Bürgerliche Anzüge. Eine saubere »Else« und all so was.

Aber was regte er sich auf? Die Freude erwartete ja

gar nichts von ihm. Sie war vernünftig genug, sein Balzen nicht ernst zu nehmen. »Sie sind verrückt«, hatte sie gesagt und ihn einfach stehenlassen.

Bastian suchte im Radio, bis er etwas fand, das einem sehnsüchtigen Sommerabend ungefähr entsprach. Er schaltete das Licht ein, ohne an die Mücken zu denken, und malte Strichmännchen auf einen Zeitungsrand, machte Strichmädchen aus ihnen, nein, Himmel nein, nicht das, sondern Ärztinnen, im weißen, braven Kittel. Freude. Doktor Freude. Ob sie wohl auch einen Vornamen hatte?

Es war schon ziemlich schlimm. Seit Juscha damals hatte es ihn nicht mehr so erwischt. (Juscha war Wienerin und seine große Leidenschaft gewesen. Die Leidenschaft mußte sterben, weil es ihm am nötigen Fahrgeld von München nach Wien und zurück fehlte.)

Als das Bier zu Ende war, ging er auf seinem Sofa zu Bett, überzeugt, nie mehr schlafen zu können, schon wegen der vielen Mückenstiche.

Irgendwann bellte eine Klingel in seinen tiefen Schlaf. Bastian schreckte hoch, wußte erst nicht, wo er war, was los war, auf welcher Seite er aussteigen mußte und tappte im Dunkeln, mehrere scharfe Kanten rammend, zur Wohnungstür. Verfluchte Micky, vergaß immer den Wohnungsschlüssel.

Aber es war nicht die Türklingel, die ihn geweckt hatte, sondern das Telefon.

Bastian stieg mit dem Apparat in sein Sofabett und schimpfte »Guthmann« in den Hörer. »Was – wer? Was für'n Krankenhaus?«

Eine dunkle, müde Frauenstimme sagte, unterbrochen von einem tiefen Lungenzug: »Ich ruf' Sie im Auftrag von Susi Schulz an. Ihr Baby ist da.«

»Mitten in der Nacht?«

»Es ist ein Mädchen.« Tiefer Zug. »Fast sieben Pfund. Eine ganz normale Geburt.«

»Na, fein«, sagte Bastian. »Gratulieren Sie von mir, und vielen Dank für'n Anruf.« Plötzlich war er hellwach. »Hallo«, schrie er in den Hörer, »sind Sie noch da?«

»Ja.«

»Mit wem spreche ich? Sind *Sie* es?«

»Wer – ich?«

»Na eben *Sie* –.«

Kurzes Zögern, dann: »Ja. Wieso?«

»Schön«, sagte Bastian. »Waren Sie dabei, als die Susi gemuttert hat?«

»Ja.«

»Ich bin nicht der Vater.«

»Ich weiß. Frau Schulz hat es mir gesagt.«

»Was hat sie gesagt?« fragte er.

»Daß Sie nicht der Vater sind, wohl aber der einzige Mensch, der sich ein bißchen freut, wenn ihr Baby da ist.«

So eine gute Meinung hatte dieses Mädchen, das ihm fast fremd war, von ihm. Eine Meinung allerdings, die beinah die Verpflichtung einschloß, sich um sie zu kümmern.

»Grüßen Sie Mutter und Kind.«

»Fräulein Schulz hat übrigens eine Bitte an Sie, Herr Guthmann. Sie hat fest mit einem Jungen gerechnet und keinen Namen für ein Mädchen und ob Sie nicht vielleicht ...«

»Ob ich was?«

»... einen Namen wüßten.«

»So auf Anhieb?« fielen ihm Micky ein, Juscha, seine Schwestern Leni und Rosi – aber dann kam ihm eine Idee.

»Ich weiß einen: Wie heißen Sie?«

»Ich?« Kurzes Zögern, dann ungern: »Katharina. Aber ...«

»Schönen Gruß an Susi Schulz, und ich fände den Namen Katharina schön.«

»Aber das ist doch –«

»Bitte!« sagte er unendlich sanft.

»Ich werd's ausrichten. Gute Nacht, Herr Guthmann.«

»Gute Nacht, Katharina ...«

Er legte den Hörer auf, umklammerte seine angezogenen Knie und grinste blödsinnig froh auf seine Zehen hinab.

»Katharina Freude. Katharina – *Katharina* ...«

Und jetzt erst sah er Micky neben seinem Sofa stehen. Er hatte sie nicht kommen hören.

Sie imitierte ihn seelenvoll: »Katharina – Katharina – *Katharina* ...« Dabei nahm sie ihre Tasche von der Schulter und warf sie hinter sich, ihren Landungsort dem Zufall überlassend. »Ist Katharina deine neue Mieze, ja? Erzähl mal!«

Bastian brach beinah zusammen. »Mieze! Bist du wahnsinnig? Sie ist eine Ärztin!«

»Ach du mein lieber Herr Gesangverein«, seufzte Micky. »Wieder keine, die hier abwäscht.«

Bastian schaute sie nur an. Ohne einen Funken von Sympathie. Wortlos stand er auf und stieg in seine Hosen.

Micky sah ihm zu. Micky sah, wie er seinen Pullover überstülpte und den total verstaubten Koffer vom Schrank riß.

Er stopfte wahllos alles hinein, was ihm unter die Finger kam – Hemden, Bücher, selbst den Aschenbecher.

»Du reist aber plötzlich.«

»Ich reise nicht. Ich ziehe aus!«

»Warum?« fragte Micky. »Etwa meinetwegen?«

»Weshalb wohl sonst!?«

Das begriff Micky nicht, denn bei allem, was man ihr nachsagen konnte – unlogisch war sie nicht. »Warum? Warum ziehst du aus und nicht ich? Das ist doch deine Bude hier, oder?«

»Aber du ziehst ja nicht!!«

»Wer sagte denn das?« Sie klang beinah gekränkt. »Wer sagt denn, daß ich nicht ziehe, wo ich doch bloß gekommen bin, um meine Koffer zu holen.«

»Deine – Koffer?«

»Na ja, mein Täschchen.«

Sie begann ihr herumliegendes Hab und Flitter einzusammeln und in eine Plastiktüte zu stopfen.

Bastian sah ihr dabei zu, erst skeptisch – »Ziehst du wirklich?« – und dann immer mehr von Hoffnung verklärt.

Sollte etwa eine Glückssträhne bei ihm ausgebrochen sein?

Micky nahm ein Hemd und wollte es in die Tüte stopfen, Bastian stellte das Hemd rechtzeitig sicher, denn es war sein Hemd.

Micky sagte: »Na schön, was wollen wir streiten.« Und sah ihn fröhlich an. »Ich hab' mir gedacht, rausschmeißen tut er dich eh eines Tages. Also vermasselst du ihm den Rausschmiß und gehst von selbst. Hab' ich mir gedacht.«

»Wo ziehst du hin?«

»Zu einer Freundin.« Sie sah sich im Zimmer um, ob sie auch nichts vergessen hatte. Bastian sah sich im Zimmer um, ob sie auch nichts hatte mitgehen lassen, was ihm gehörte.

»Die wohnt vielleicht –! Toll! Einfach groupie! Mit Farbfernseher. Nicht so wie hier.«

»Und du bist sicher, daß sie dich aufnimmt? Kann ich mich darauf verlassen?«

Micky lachte. »Mannomann, bist du aber in Druck. Also ja, sie nimmt mich. Sie ist ganz wild drauf, daß ich zu ihr zieh'. Sonst würd' ich doch nicht mitten in der Nacht – oder?«

Katharina II. von links

Gegen sechs Uhr pflegte Schwester Theresa geradezu widerlich frisch die Krankenzimmertür aufzureißen und ihr »Guten Morgen! Guten Morgen!« den schlafenden Patientinnen um die Ohren zu klatschen.

Frau Schüssle antwortete mit einem Stöhnen und Frau Kynast, von Theresa durch ein zusätzliches Rütteln geweckt, nahm ihre Zähne aus dem Wasserglas und fummelte sie sich in den Mund.

»Können Sie einen anständigen Kranken nicht ausschlafen lassen? Nee? Geht das nicht? Die Privatpatienten wecken Sie ja ooch nich mitten in der Nacht. Sind die vielleicht was Besseres?«

Schwester Theresa verteilte die Thermometer und schüttelte herzhaft Martha Guthmanns Hand, als sie an ihr Bett trat. »Na, das war vielleicht eine Überraschung. Herzlichen Glückwunsch!«

Großmutter sah sie nichtsbegreifend an. »Wozu denn?«

Theresa drohte mit dem Finger. »Tun Sie doch nicht so scheinheilig. Sie wissen ganz genau, was ich meine.«

»Was denn? Sagen Sie doch mal!«

»Sie sind Urgroßmutter geworden, Frau Guthmann.«

»Ich? Schon wieder? Wann denn?«

Theresa konnte nicht antworten, weil Frau Kynast, bei der sie den Puls maß, mit Stentorstimme jede weitere Unterhaltung niederdröhnte: »Mit uns könnses ja machen. Wir sind ja bloß Kassenpatienten.«

»Ruhe!« flehte Frau Schüssle. »Die Person macht einen ganz schwach.«

»Wenn du arm bist, mußt du früher aufstehen. Um sechs!« schimpfte die Kynast.

Schwester Theresa kam an Großmutters Bett und ließ sich das Thermometer geben.

»Erzählen Sie doch mal, Schwester. Ich wußt' ja gar nicht, daß schon wieder was fällig war. Diese Familie vermehrt sich wie die Karnickel. 13 Enkel hab' ich, davon acht verheiratet und von denen schon wieder neun Urenkel in drei Jahren. Einer hat immer Geburtstag. Das geht ins Geld. Das frißt die Pension. Wer ist es denn diesmal?«

»Na, Ihr Enkel, der Sie immer besuchen kommt!«

Großmutter richtete sich erschüttert auf. »Der Bastian? Der Bastian ist Vater geworden? Das gibt's doch nicht!«

»Ja ist der junge Mann denn überhaupt verheiratet?« erkundigte sich Frau Schüssle, nun auch hellwach.

»Nein«, sagte Großmutter giftig, »ist er nicht. Kann er auch so. Aber daß er mir nichts erzählt hat!« Sie stieß Schwester Theresa, die Puls bei ihr messen wollte, beiseite. »Jetzt Puls messen? Was glauben Sie, wie der rast. Kriegt ein Kind und sagt mir nichts. Woher wissen Sie's denn? Hat er angerufen?«

»Von der Nachtschwester weiß ich's. Mutter und Kind liegen auf demselben Stock. Es ist ein Mädchen.«

»Auf unserm Stock! Und Sie wissen nichts davon, Frau Guthmann, ja, was sagt man denn dazu!?«

Großmutter sagte gar nichts. Sie kochte.

Zur gleichen Zeit stand Dr. Freude an Susi Schulz' Bett. Das Mädchen hatte zwar eine leichte Geburt hinter sich, aber es war jetzt niemand da, der sich mit ihr über das Neugeborene freute. Susi lag zudem zwischen zwei Wöchnerinnen, die mit Blumen und Telegrammen von strahlenden Anverwandten gefeiert wurden und sich wie preisgekrönt fühlen durften. Sie behandelten Susi Schulz eine Spur zu mitleidig, und Susi war nicht der emanzipierte Typ, der damit leicht fertig wurde.

Ein Glück, daß es diesen netten Spinner, den 13. Enkel, gab. Wenigstens einer außer der Freude und den Schwestern, der sich ein bißchen um sie kümmern würde.

»Haben Sie Bastian Guthmann angerufen?«

»Hab' ich.«

»Danke. Was hat er gesagt?«

»Schöne Grüße, und er freut sich sehr.«

Susi lächelte getröstet. »Haben Sie ihn nach einem Namen gefragt?«

»Er meinte – vielleicht Katharina?«

»Katharina«, sagte Susi erschrocken. »Ist das nicht ein bißchen lang und ernst für so ein kleines Baby? Wie ist er denn darauf gekommen?«

»Ganz blöd«, lachte die Freude. »Er hat mich gefragt, wie ich heiße. Er wollte sich wohl das Nachdenken ersparen.«

»Ach so.« Susi war zu höflich, um ihr Mißfallen kundzutun.

»Ich finde den Namen auch nicht doll«, sagte die Freude, »aber es hätte noch schlimmer kommen können. Stellen Sie sich vor, ich hieße Isolde oder Ottilie.«

»Ein Glück, daß Sie nicht Isolde heißen«, sagte Susi. »Ich kannte mal eine, die hat geklaut.«

Die Freude sagte ihr nicht, daß eine historische Katharina wegen angeblicher Untreue enthauptet worden war, eine das Blutbad der Bartholomäusnacht anzettelte und eine ihren Mann, den Zaren, umbringen ließ. Es hatte auch drei Heilige gleichen Namens gegeben.

Katharina Freude drückte kurz Susis auf der Bettdecke ruhende Hand. »Freuen Sie sich über Ihr Baby. Es ist ein ganz besonders hübsches Mädchen.«

»Finden Sie?« fragte Susi ein bißchen stolz. »Ich wer's Kathrinchen rufen, das klingt nicht so ernst.«

Die Freude gähnte beim Hinausgehen, daß ihr die Augen tränten.

Sie war auch nach einer halben Stunde Schlaf nicht wacher. Sie fühlte sich wie verkatert.

Als sie ins Ärztezimmer ging, holte ein Mann in Zivil sie ein. Es war der Chefarzt, der gerade gekommen war.

»Nun, Katharina?«

»Langsam glaub' ich, alle warten bloß auf meinen Nachtdienst. Eine Aufnahme, zwei Geburten, eine Hüftluxation – die Frau Kühn von 314. Sie hat geträumt, in ihrem Hotel brennt es, und ist aus dem Bett gefallen. Warum fallen immer alle bei mir und nie, wenn die anderen Nachtdienst haben?«

Der Chefarzt kam mit ins Ärztezimmer, als er sah, daß es leer war. Sein Ton wurde vertraut. »Wann sehen wir uns? Was ist mit heut' abend? Unsere Kammersängerin hat mir Karten für ›Tristan und Isolde‹ angeboten. Letzte Vorstellung vor den Sommerferien. Hast du Lust?«

Katharina gähnte. »Isolde klaut.«

»Bitte?«

»Fräulein Schulz von 311 kannte mal eine Isolde, die hat geklaut.«

»Katharina!«

»Herr Professor?«

»Du bist sehr albern.«

Sie nickte ernst. »Ja, sehr.«

Der Oberarzt trat ein, und sie sprachen über die wichtigsten Vorkommnisse der letzten Nacht. Professor Klein kam nicht noch einmal auf »Tristan und Isolde« zurück. Katharina war sehr froh darüber, sie schlief lieber im Bett als in der Oper.

Am selben Morgen stand Bastian Guthmann auf dem Viktualienmarkt vor seinem Blumenstand, nun schon beinah befreundet mit der Standlfrau.

»Ja, Sie –«, begrüßte sie ihn staunend.

»Ja, ich schon wieder. Inzwischen habe ich noch einen Fall im Spital – seit heute nacht sind's sogar drei. Drei Weiber.«

»Herrgottzeiten – schon drei! Ja wie denn des?«

Bastian roch in einen Strauß knackfrischer Rosen hinein und dachte an Katharina Freude. »Im Grund sind's sogar vier.«

Das konnte die Standlfrau einfach nicht begreifen. Vier Weiber in drei Tagen im Spital! »Sie, des muaß a Virus sein.«

Anschließend ging Bastian in ein Spielwarengeschäft. Es war noch eine unentschlossene Kundin vor ihm dran, die nicht wußte, ob sie lieber eine Lockenpuppe, die »Mama« und »Gute Nacht, Liebling« sagte, nehmen sollte oder eine weniger kostspielige, zu der aber ein ganzer Koffer voll mondäner Garderobe gehörte. Was war nun günstiger?

Bastian – kleiner Bruder von zwei Schwestern mit frühzeitig entwickeltem Muttertrieb, die den ganzen Tag ein Gewese um ihre Püppchen veranstaltet hatten, bis es ihm eines Pfingstsamstags gelangt und er allen Püppchen die Haare abgeschnitten hatte – Bastian verzog sich eilends in die männliche Abteilung des Ladens.

Da fand er batteriebetriebene Autos, die man um die Ladentische flitzen lassen und zu grandiosen Unfällen steuern konnte. Panzer über Mercedes und mittenhinein einen Kipplader. Die Püppchenkundin war längst gegangen. Die Verkäuferin stand neben Bastian und sah seinem Verkehrschaos zu.

Schließlich fragte sie, ob er sich schon entschlossen habe. Bastian mußte bedauern.

»Wie alt ist denn der Junge?«

Der ferngesteuerte Mercedes jagte auf ein Tischbein zu, bog im letzten Augenblick haarscharf dem Unglück aus, schoß rückwärts davon. Sagenhaft.

»Es ist kein Junge.«

»Also ein Mädchen. Und wie alt, wenn ich fragen darf?«

»Na, seit heute nacht«, sagte er und trennte sich ungern von den Autos.

»Aber dann ist es ja noch ein Säugling!«

»Möchte ich sagen. Was nimmt man denn da?«

Die Verkäuferin ging mit ihm in die Babyabteilung . »Vielleicht ein Schlaftier oder eine Spieluhr?«

Spieluhren interessierten ihn.

Die Verkäuferin brachte ihm gleich drei Modelle und zog sie hintereinander auf. Das eine war ein hölzerner Mond mit aufgemaltem Gesicht, das zweite eine Kasperlpuppe, die man schütteln mußte, damit sie »Weißt du, wieviel Sternlein stehen?« klimperte.

»Und dann haben wir noch ein Modell für Anspruchsvolle.«

Dasselbe spielte »Schlafe, mein Prinzchen, schlaf ein«. Die Verkäuferin sang mit, ihre Stimme erinnerte an das nicht ganz tonreine Gezitter einer alten Soubrette.

»Sehr hübsch«, lobte Bastian irritiert.

»Aber leider etwas teuer.«

»Wegen des Prinzen?«

»Wegen der eleganten Ausführung.«

Alle drei Spieluhren bimmelten durcheinander und gegeneinander an. Da sollte nun ein Kind bei einschlafen!

Bastian entschloß sich zum Mond. Der bimmelte am billigsten. Er ließ ihn nicht einpacken, sondern hängte ihn in seine Else und zog ihn immer wieder auf.

»Guter Mond, du gehst so stille« an einem strahlend schönen Sommermorgen.

»Katharina, ach du gehst so stihille
in dem weißen Kittel vor dich hin...
Katharina, du mein letzter Wihille ...«

An der Rezeption des Krankenhauses hatte er Schwierigkeiten mit der Schwester. Sie wollte ihn nicht schon wieder am Vormittag hineinlassen. Kam ja gar nicht in Frage.

Bastian zog den guten Mond auf und ließ ihn in den Glaskasten hineinbimmeln.

»Sagen Sie bloß, der ist für Ihre Oma!«

»Der ist für meine Nichte. Ich bin heut nacht in diesem Hause Onkel geworden, Schwester, seien Sie nett ... bitte ...«

»Nur in Notfällen ...«

»Dies ist ein Glücksfall!«

»Also wissen S'!« Sie begriff sich selbst nicht. Sonst ließ sie niemand außerhalb der Besuchszeit zu den Dritte-Klasse-Patienten. Diesen Burschen nun schon zum zweitenmal.

Bastian fuhr in den dritten Stock, guckte beim Aussteigen nach rechts und links, ob er auch nicht Schwester Theresa begegnete – die hielt so gar nichts von seinem Charme.

Zimmer 311 lag links vom Lift.

Er ging den Gang hinunter. Hinter einer durch Blattpflanzen abgedeckten Sitzecke lauerte seine Großmutter und fiel mit strengem Vorwurf über ihn her: »Endlich kommst du! Seit einer Stunde warte ich auf dich!«

»Woher weißt du denn, daß ich heut herkomme? Ist was passiert?«

Seine Großmutter sah ihn an, als ob sie ihn nicht mehr leiden konnte. »Das fragst du *mich*?« und schmetterte ihm »Sieben Pfund« ins Gesicht.

Bastian guckte dumm.

»Mit schwarzen Haaren! Auf dem gleichen Stock!! Und ich muß es von Schwester Theresa erfahren.«

Manchmal war er ein bißchen begriffsstutzig.

»Du mußt sie natürlich heiraten!«

»Wen?«

»Die Mutter, wen sonst? Schwester Theresa sagt auch, daß du sie heiraten mußt.«

Endlich fiel bei ihm der Groschen, und er fing an zu lachen.

»Lach nicht«, schrie sie, »es ist eine Schande. Setzt Kinder in die Welt und drückt sich vor der Verantwortung.«

Bastian fiel die Spieluhr ein. Er zog sie auf und hielt sie seiner Großmutter ans Ohr. Dadurch beruhigten sich beide. Martha Guthmanns Zorn und Bastian Guthmanns Lachreiz.

»Frau Guthmann, ich will dir mal was sagen. Ich kenne das Mädchen kaum, das heute nacht ein Kind gekriegt hat.«

»Das besagt gar nichts.«

»Ich bin wirklich nicht der Vater. Das ist ein Referendar aus Köln.«

»Ehrlich?«

»Ehrlich.«

»Schade«, sagte sie, »ich hatt' mich schon an den Gedanken gewöhnt.«

Schwester Theresa kam mit dem Säuglingswagen um die Ecke und war so verlegen, als sie Guthmanns sah, daß sie vergaß, Bastian von der Station zu fegen.

»Da habe ich vielleicht einen Irrtum angestellt. So was Peinliches.«

»Ich weiß schon«, sagte Großmutter und erhob sich, um in den Wagen zu schauen. »Ist es dabei?«

»Katharina? Ja – die zweite von links.«

»Wie das klingt!«

»Wie denn?«

»Wie Katharina II. von Rußland.«

Und damit hatte das Baby seinen Spitznamen weg: Katharina II. von links.

Martha Guthmann brach in helles Entzücken aus. So ein goldiges Ding! Nein, so was Herziges! Sie nahm ihrem Enkel beinah übel, daß ihm da ein Referendar zuvorgekommen war.

Bastian interessierte weniger das Baby als der Wagen mit seiner gläsernen, aufklappbaren Kuppel, in dem fünf lebendige Päckchen nebeneinanderlagen.

»Sagen Sie, Schwester, gibt's hier Wespen?«

»Bei uns? Bei uns gibt's überhaupt kein Ungeziefer, was glauben Sie?«

»Ich frage ja nur. Wegen dem Wagen. Der Konditor in unserer Straße hat auch solchen. Da sind seine Obsttorten drin während der Wespensaison.«

Beide Frauen sahen ihn finster an.

»Stimmt aber«, verteidigte er sich. Und dann begehrte er die Mutter zu sehen, aber Schwester Theresa sagte, er müsse warten bis nach dem Stillen.

»Dauert das lange?«

»Das kommt darauf an.«

»Ist Dr. Freude im Haus?«

Theresa sagte mürrisch, sie wüßte es nicht, vielleicht sei sie fort, und verschwand im Zimmer.

»Ich geh' dann wieder, Oma – servus.«

Aber er durfte nicht.

»Sag mal, warum kommst du eigentlich her? Etwa meinetwegen? Daß ich nicht lache! Gestern bist du zu mir hinein und wieder hinaus, um eine Vase zu suchen, und bist danach nicht wiedergekommen. Heute kommst du, um eine junge Mutter zu besuchen, und willst wieder gehen, ohne sie gesehen zu haben. Ihr Baby vergleichst du mit Zwetschgendatschi zur Wespenzeit – wen besuchst du hier eigentlich?«

»Servus, Omi.« Weg war er wie ein geölter Blitz. Er hatte Katharina Freude am Ende des Flurs gesehen. Kurz hinter ihr zog er die Bremse. Sie wandte sich erschrocken um.

»Schwester Theresa sagte, Sie wären schon fort.«

»Wenn Schwester Theresa das sagt, wird's wohl stimmen.« Sie wandte sich der Lifttür zu, ohne ihn zu beachten.

»Ich gehe Ihnen auf den Wecker«, sagte Bastian einsichtsvoll.

»Das sagen *Sie*.«

»Und Sie denken es.«

Der Lift kam.

»Wiedersehen, Herr Guthmann.«

Bastian zog rasch die Spieluhr auf und sang dazu:

»Katharina, ach du gehst so stille
durch das ernste, alte Krankenhaus.
Katharina, du mein letzter Wille …«

»Pschscht! Sind Sie verrückt?«

»Warum?«

»Die Schwestern!«

Bastian sah sich um, sah keine Schwestern, sah auch keine Katharina mehr. Der Lift hatte sie verschluckt. Dafür sah er seine Großmutter wie ein Mahnmal neben sich stehen. Sie war ihm gefolgt, ohne daß er es gemerkt hatte.

»Wolltest du nicht die junge Mutter besuchen?«

Bastian erschien es ziemlich lange, bis die Damen fertig gestillt hatten und er ins Zimmer durfte.

Susi hatte den Kopf zum Fenster geneigt und döste vor sich hin. Die beiden anderen jungen Mütter betrachteten den Ankömmling interessiert. War das der Vater?

Er blieb am Fußende des Bettes stehen. »Na, Mütterchen?«

Susis Gesicht entspanne sich in einem Lächeln. »Na, du?«

»Katharina hab' ich schon gesehen.«

»Die Ärztin sagt, es wäre ein besonders hübsches Baby. Findest du das auch?«

»Goldig«, sagte Bastian. Das war zwar eine ungebräuchliche Vokabel in seinem Wortschatz, aber Großmutter hatte »goldig« gesagt, und so würde es wohl auch stimmen.

Er legte Blumen und Spieluhr auf ihren Nachttisch und setzte sich auf Susis Bettrand. »Erzähl mal. Hat's sehr weh getan?«

»Na eben wie Kinderkriegen.«

Bastian nickte verständnisvoll. »Ich hatte mal 'ne Darmkolik. Jungejunge. Das war auch 'n irrer Schmerz. Wahrscheinlich so ähnlich.«

»Wahrscheinlich.«

»Aber wenn's vorüber ist, dann ...« Er brach ab und fragte besorgt: »Du freust dich doch hoffentlich?«

»O ja.« Sie winkte ihn zu sich herab und flüsterte: »Ich wäre bloß lieber meine Nachbarin.«

Bastian sah hinüber. »Wegen der vielen Blumen?«

»Wegen der vielen Familie, die sich mit ihr freut.«

»Familie ist schön, bloß bös muß man mit ihr sein. Glaub mir, ich spreche aus Erfahrung. Ich habe mindestens sechzig Verwandte, davon sind höchstens fünf brauchbar. Nicht mal mit meiner Mutter versteh' ich mich mehr, seit sie noch mal geheiratet hat. Aber bitte, es ist ihr Leben.«

»Alleinsein ist schlimmer«, seufzte Susi.

Er spürte, er kam mit seinen burschikosen Trostversuchen nicht an, und wurde deshalb sachlich. »Was ist mit deinen Eltern? Wissen Sie es schon?«

»Nein. Niemand.« Bittender, hilfloser Blick. »Kannst du es ihnen nicht beibringen?«

»Ich? Wieso ich?« Er ahnte zum erstenmal entfernt, was er sich mit seinem Kümmerposten um Susi und ihr Baby eingehandelt hatte, denn Susi ließ sich ihre Handtasche geben und zog daraus zwei vorbereitete Zettel hervor.

»Hier. Die Telefonnummer meiner Mutter in Stuttgart. Und das ist Vaters Nummer. Ruf ihn abends an, da ist es billiger. Er wohnt mit seiner zweiten Frau in Basel. Die wird vielleicht ein Theater machen, weil Kathrinchen keinen Vater hat. Aber meine Schwester wenigstens wird sich freuen.«

»Und wo wohnt die?«

»In Chicago.«

»Soll ich da etwa auch anrufen?« fragte er erschrocken.

Susi meinte, ein Telegramm würde genügen. Und

dann gab sie ihm alle Unterlagen, damit er Kathrinchen als neuen Staatsbürger anmelden konnte.

Bastian wurde leicht nervös. Schließlich war er nur ein zufälliger Bekannter von Susi Schulz, der kurze, harmlose Flirt einer verjährten Sommernacht.

»Was ist mit dem Referendar in Köln?«

Susi zog sich abwehrend in ihr Gehäuse zurück. »Den geht das gar nichts an.«

»Nein? Aber schließlich ist er der Vater! Er muß zahlen!«

»Niemals! Bastian! Glaubst du etwa, von dem würde ich was annehmen? Nicht einen Floh. Schließlich habe ich meinen Stolz.«

»Hast du auch Geld?«

Nein. Geld hatte Susi nicht, aber sie würde sich schon was pumpen.

»Etwa von mir?« fragte er besorgt.

»Gern, Bastian. Aber du hast ja sicher auch nichts.«

»Hör zu«, sagte er, »du wirst dir einen Anwalt nehmen, der soll den Kindesvater von Kathrinchens Geburt in Kenntnis setzen und die weiteren Schritte einleiten. Zahlen muß er, ob du Stolz hast oder nicht.«

Susi sah Probleme auf sich zurollen, denen sie im augenblicklichen Zustand der Erschöpfung nicht gewachsen war. »Auch das noch! Mach du das. Ich kenn' doch keinen Anwalt hier. – Bitte, Bastian!«

Wenn er noch länger blieb, bekam er bestimmt noch mehr Pflichten aufgehalst. Deshalb überreichte er Susi Blumen und Spieluhr, küßte sie auf die Stirn und türmte.

Elses Liebestod

Bastian schaukelte den Telefonapparat auf den Knien und hatte eine schrille Stimme im Ohr, die ihm weh tat. Darum hielt er den Hörer ein Stück ab.

Die Stimme redete in großer Erregung und ohne Komma. Sie gehörte Susi Schulzens Mutter, die sich mit der Nachricht, Großmutter geworden zu sein, und dazu noch von einem unehelichen Kind, nicht abzufinden vermochte. Sie fragte nicht einmal nach Susi und der Geburt, sie war viel zu sehr erfüllt von dem schweren Schlag, der sie getroffen hatte.

Schließlich wurde es Bastian zu dumm. Er brüllte in ihre langatmigen, selbstmitleidigen Klagen hinein: »Hören Sie! Lassen Sie mich doch auch mal was sagen. Wieso beschimpfen Sie mich? Ich bin nicht der Vater – nein! Wieso denn Schande? Was ist denn Schande an so einem kleinen Wurm? Seien Sie lieber froh, daß alles dran ist – wie? – Nein, kein Junge. Ein Mädchen. – Kann die Susi zu Ihnen kommen? Wenigstens für die erste Zeit? – Ja, verstehe – die Nachbarn – natürlich. Die Nachbarn sind wichtiger. – In welchem Jahrhundert leben Sie eigentlich???«

Er knallte wütend den Hörer auf.

Nun der Vater.

Bastian suchte den Zettel mit seiner Rufnummer und bereitete sich seelisch auf neue Hiebe gegen sein Trommelfell vor, da läutete das Telefon.

»Guthmann«, sagte er ergeben in den Hörer.

»Hier auch Guthmann. Mit wem führst du denn Dauergespräche? Ich steh' in der Zelle – seit einer halben Stunde besetzt bei dir, und da heißt es immer, wir Weiber ratschen viel. Ach, jetzt ist mir's Portemonnaie 'runtergefallen, warte, Bub –«

Seine Großmutter!

»- da bin ich wieder. Also, Bub, ich brauch' dich. Kannst du herkommen? Komm, sobald du kannst. Wann kannst du hier sein?«

Einen Augenblick lang wünschte er sich, ein wohlhabender Kommilitone zu sein, der nach den Abschlußklausuren in Psychologie, allgemeiner Schuldidaktik und Pädagogik verreiste, segeln ging, Mädchen pflückte und sich nicht mit lustlosen Nachhilfeschülern und den Babys anderer Leute herumärgern mußte. Ab Montag fuhr er auch noch dreimal wöchentlich Taxe...

Segeln, dachte er voll Sehnsucht. Mit Katharina Freude einen blauen Tag auf dem Starnberger See verbringen oder irgendwohin mit ihr fahren – vielleicht ins Salzburgische –.

Aber vorher mußte er seine Else ausmisten.

Ohne Else auszumisten, fuhr er zum Befehlsempfang ins Krankenhaus. Er suchte sich auf dem Parkplatz eine Lücke, von der aus er möglichst wenig bis zum Haupteingang laufen mußte, und dabei sah er Katharina Freude. Das war so gegen Mittag um zwei. Sie hatte ihren anderthalbtägigen Dienst beendet.

Zum erstenmal sah er sie ohne Kittel in einem wildledernen Anzug, der ihr bezaubernd stand. Er öffnete das Klappfenster und winkte hinaus – sie sah ihn nicht. Da stieg er aus und wollte auf sie zugehen. Sie schaute nur kurz in seine Richtung und wandte sich dann einem Mann zu, der ihr gefolgt war. Das war der Chefarzt.

Sie stiegen in einen Mercedes und fuhren ab.

Bastian stand da wie ein Mensch im Sonntagsanzug, an dem ein Sprengwagen vorbeigefahren ist.

Er hatte ein Gespräch voll Sympathie mit ihr geführt. Er wäre bereit gewesen, ihretwegen Terpentin zu saufen. Er hatte ein Kind nach ihr benannt – Katharina II. von links. Er war verliebt in sie.

Und sie? Ging an ihm vorbei, ohne ihn zu beachten. Hatte nur Augen für diesen, diesen Mercedesfahrer! Mit Hut –!

Bastian packte eine maßlose Wut, die Auslauf brauchte, Ausbrüche, Kampfziele. Gab's denn nirgends eine Demonstration, egal gegen was? Hauptsache, er konnte mitmischen und sich freibrüllen. Er war so böse, so gekränkt, so eifersüchtig – und so enttäuscht.

Am liebsten wäre er nach Hause gefahren, aber da stand seine Großmutter im wattierten Morgenrock hinter der Glasscheibe der Eingangstür und hatte alles mitangesehen. Er entkam ihr nicht.

»Das hätte ich dir gleich sagen können«, empfing sie ihn.

»Was?«

»Davon spricht das ganze Krankenhaus. Der Chefarzt ist hinter der Freude her.« Sie strahlte. »Was glaubst du, was sich Schwester Theresa darüber giftet. Sie hat was gegen Ärztinnen, und wenn die auch noch mit dem Chef –! Dann ist Polen offen.«

Bastian fuhr seine Großmutter vor Zorn beinah um. »Na und, na und? Was geht mich das an?«

»Du magst sie doch.«

»Wer sagt denn das? He?«

»Brüll nicht so, es hilft sowieso nichts. Der Herr Professor ist Witwer!« – Sie nahm in bei der Hand, ohne Furcht, zurückgestoßen zu werden, sie war schon immer eine beherzte Frau gewesen. »Jetzt komm. Wir setzen uns da 'rüber. Ich muß mit dir reden. Es geht um das Kathrinchen.«

Bastian dachte, ich tauf' das Baby wieder um. Susi gefällt der Name auch nicht sehr. Wieso soll das Kind mit dem Namen dieser Person herumlaufen!?

»Bastian, ich sag' dir, da muß man was tun. Ich habe die junge Mutter inzwischen besucht, und sie gefällt mir nicht. Sie heult zuviel. Man muß den beiden helfen. Hörst du mir überhaupt zu?«

»Nein.«

»Also dann setz dich. Hier ist was zum Schreiben. Schreibe: 300 Gramm Babywolle – rosa. Ein schönes Rosa. Und Stricknadeln Nr. 2 – Warum schreibst du nicht?«

Er saß da, unfähig, etwas anderes zu tun, als in Gedanken Chefärzte mit ihren eigenen Mitteln abzumurksen.

Großmutter nahm ihm Bleistift und Papier wieder fort und schrieb selbst ihre Bestellungen auf: 3 Lätzchen mit lustigen Figuren, 3 Strampelhosen, 3 Babyhemden ... außerdem Baldriantropfen. Für die Susi. Baldrian beruhigt.

Bastian schmiß in diesem Augenblick seinen Schlüsselbund in die Gegend. Er rutschte auf dem frisch Gebohnerten bis gegen die Wand.

»Für Bastian auch Baldrian«, notierte Großmutter. »Dann fährst du in meine Wohnung. Den Schlüssel hat die Nachbarin. Aus der Wohnung holst du den neuen Wäschekorb, den von der Blindenanstalt. Mit dem Korb fährst du zu Fräulein Dussler in der Schleißheimer Straße. Fräulein Dussler ist Schneiderin. Sie soll den

Korb auspolstern, damit das Kathrinchen ein Bett hat, wenn es aus dem Krankenhaus kommt. Rosaweißkarierten Stoff dafür kriegst du beim Oberpollinger.« Sie holte Luft und fuhr fort: »Wenn du das alles gemacht hast, fährst du zu deiner Kusine Annelie und holst die Babywanne und die Waage. Sie braucht sie ja zur Zeit nicht. Wenn sie sie dir nicht geben will, sag, sie ist für mich. Das wär's. Nun fahr!«

Sie standen beide auf. Großmutter sagte: »Schau mich nicht an, als ob du mich haßt. Nicht ich hab' die Susi Schulz aufgegabelt, sondern du.«

»Nein!«

»Wer dann?«

»Sie mich.«

Bastian schimpfte über seinen ehrenamtlichen Job und rollte dennoch befehlsmäßig zu Ämtern, Kurzwarenläden, Kaufhäusern, Kusine Annelie und Fräulein Dussler. Elses Kofferraum und ihre hinteren Sitze füllten sich. Sein Zorn hingegen nahm mehr und mehr ab. Erschöpfte sich.

Als Bastian am wenigsten an Katharina Freude dachte, sah er sie im Rückspiegel. Sie saß neben dem Chefarzt im weißen Mercedes.

Das war an einer Kreuzung. Bastian hatte zwar »Grün«, sah jedoch rot und trat die Bremse durch.

Das konnte selbst ein Chefarzt nicht ahnen. Er schoß in Elses Hinterteil hinein und mit ihr vor sich her bis zur Mitte der Kreuzung.

Dort kam der Unfall zum Stehen.

Bastian saß stark verdutzt am Steuer. Was war ihm denn da passiert!? Er mußte irgendwie gebremst haben. Was war ihm denn bloß ins Bein gefahren!? Stimmt. Die Katharina Freude. So sah man sich wieder. Guten Tag.

Er saß noch immer benommen in seiner Else, als eine Faust gegen ihr linkes Klappfenster bummerte. Eine Männerstimme überschlug sich vor Zorn.

»Sie Nachtwächter Sie! Sie Hornochse! Sind Sie farbenblind? Wissen Sie nicht, was Grün ist?«

Bastian blickte den Professor sanft verwundert an. Das Majestätische, das Frau Schüssle und Oma so an ihm liebten – wo war es geblieben. Der Professor riß Elses verbogene Tür auf, als wolle er Bastian herauszerren und zusammenschlagen.

»Na, na«, jetzt wachte dieser langsam aus seiner Benommenheit auf. »Anfassen ist nicht.« Wenn schon, dann stieg er freiwillig aus. Er hielt sich den schmerzenden Nacken.

»Sind Sie verletzt?« erkundigte sich der Arzt.

Bastian schaute ihn als Antwort wütend an. »Wer auffährt, hat schuld.«

Komisch, wo plötzlich all die vielen Leute herkamen und Zeit zum Gaffen hatten. Bastian stand nun zwischen ihnen und sah zum erstenmal seine Else an. Was er noch von ihr sah, machte ihn sehr, sehr traurig.

Und dann bemerkte er Katharina Freude, die ebenfalls ausgestiegen war. Er sah sie an. Sie sah ihn an. Beide sahen Trümmerelse an. Und dann den Polizisten, der plötzlich neben ihnen stand.

»Jemand verletzt?«

»Ja, meine Else«, sagte Bastian. »Sehn Sie doch.«

»Machen Sie keine dummen Witze«, fuhr der Chefarzt dazwischen. »Herr Wachtmeister – dieser Mensch hat bei Grün vor der Kreuzung gebremst, was sage ich, einfach angehalten, wer soll das ahnen? Ich konnte nichts mehr machen!«

»Was haben Sie dazu zu sagen?« fragte der Wachtmeister. Bastian wiederholte achselzuckend: »Wer auffährt, hat schuld.«

»Geben Sie zu, daß Sie aufgefahren sind?« wandte sich der Polizist an den Professor, welcher – außer sich vor Ärger – bestätigen mußte: »Natürlich bin ich aufgefahren. Aber schuld hat der. Einwandfrei!«

Der Wachtmeister benutzte den Mercedes als Pult für sein Notizbuch. »Zuerst mal die Personalien.«

»Hören Sie zu, Herr Wachtmeister – ich bin Professor Klein, ich bin Chefarzt. Ich kann meine Zeit nicht mit Lappalien vertrödeln. Dr. Freude ist meine Zeugin.«

Inzwischen hatten sich in der Zuschauermenge zwei Parteien gebildet, eine konservative, meist aus älteren Leuten bestehende, die zum Professor und seinem Mercedes, und die andere, die ebenso unbesehen zum jungen Mann mit seiner demolierten Else hielt. Zwei Weltanschauungen prallten aufeinander, kampffreudig und ohne jegliche Objektivität.

»Fräulein Freude – sind Sie verwandt, verlobt – stehen sie in einem Abhängigkeitsverhältnis zu diesem Herrn?«

»Ja, Herr Wachtmeister.«

»In welchem?« blökte Bastian dazwischen.

»Professor Klein ist mein Chef.«

»Sonst nichts?« fragte Bastian.

Klein beschwor Katharina: »Sag doch – sagen Sie doch was, Kollegin! Sie saßen neben mir. Sie haben gesehen, wie der Mensch bei Grün gebremst hat. – Katharina!!«

Katharina Freude sagte endlich, wie aus einem Traum erwachend: »Tut mir leid, ich habe nichts gesehen. Ich schaute aus dem Fenster. Plötzlich krachte es...« Sie hob bedauernd die Schulter und sah Bastian an. Der Arzt sah Bastian an. Alle Umstehenden schauten ihn an.

Bastian sah Katharina an. Katharina lächelte.

»Geben Sie zu, daß Sie scharf gebremst haben, ohne behindert worden zu sein?« fragte ihn der Polizist.

»Ja.«

»Na bitte – bitte – er gibt zu, daß er grundlos gebremst hat!« rief Klein erleichtert.

»Was heißt ›grundlos‹!« sagte Bastian und sah Katharina an.

Der ganze Vorfall dauerte etwa eine Stunde inklusive Zusammenstoß, Austausch gegenseitiger Beleidigungen und Versicherungsnummern, langwieriger Personalaufnahmen und Unfallschilderungen. Nachdem man die beiden ineinander verkeilten Autos getrennt hatte, fuhren Professor Klein und Katharina leicht verbeult und gehaltvoll schweigend vom Schauplatz.

Bastian schob und zog seine Else mit Hilfe eines Bierausfahrers an den Straßenrand. Sie tat ihm so leid. Hatte er schon drei Mädchen im Krankenhaus, hätte er sie gern auch noch dazugelegt. Aber Else war nicht mehr zu helfen. Fräulein Else war reif für den Abdecker.

Er lud seine Einkäufe in die durch den Unfall verbeulte Babywanne, setzte die Waage obendrauf und stieg damit in ein Taxi. Er fuhr ab, ohne sich noch einmal nach Else umzuschauen. Es wäre ihm zu schwer gefallen.

Abgesehen von seiner tiefen Trauer um ein altes Auto und dem Ärger, von jetzt ab wieder mit der Straßenbahn fahren zu müssen, abgesehen von dem Theater mit den Versicherungen und der noch ungeklärten Rechtslage, war Bastian nicht so verbittert, wie er es eigentlich hätte sein müssen. Das lag an Katharina Freude. Sie hatte nicht gegen ihn ausgesagt. Sie hatte sich dumm gestellt auf die Gefahr hin, alle Sympathien ihres Chefarztes zu verlieren.

Sie wußte, daß er ihretwegen gebremst, ihretwegen sein Auto riskiert hatte.

Und das Schönste von allem – sie hatte ihn angeschaut wie eine Frau, die sich langsam und staunend verliebt.

Martha Guthmann empfing Bastian bereits in der Eingangshalle. »Wo warst du denn so lang? Ich dachte, du kommst nicht mehr, bei dir weiß man ja nie – schickt man dich um eine Vase, kommst du erst am nächsten Tag wieder. Hast du alles besorgt?«

»Zähl nach.« Er wuchtete die überquellende schwere Babywanne auf einen Tisch. Sie überflog kurz ihren Inhalt, vermißte nichts. Sah ihn dennoch vorwurfsvoll an.

»Und warum kommst du so spät?«

»Ich hatte ein Karambolage.«

»Stell dir vor, der Chefarzt auch, sagt Schwester Theresa.«

»Das ist Zufall«, lachte Bastian.

»War's schlimm?« fragte sie besorgt?

»Meine Else ist hin. Total hin.«

»Ah geh –«, sagte Großmutter und empfand einen dunkellila Triumph: »Aber ich hab's dir ja immer gesagt, Bub ... du wolltest ja nicht hören: Das hast du nun von deiner Raserei!«

Ohrenwackeln

Zwei Tage später ging Bastian Guthmann zum erstenmal mit Katharina Freude aus. Aber das war erst am Abend.

Am Vormittag desselben Tages wurde seine Großmutter aus dem Krankenhaus entlassen.

Sie schied wie eine Landesmutter.

In den zwei Wochen ihres Spitalaufenthaltes hatte sie sich mit der gesamten gynäkologischen Station angefreundet – mit den Schwestern, den Schwesternschülerinnen, den Putzfrauen, Patientinnen und auch mit den Besuchern der Patientinnen, ob diese wollten oder nicht.

Martha Guthmann überfuhr jeden mit ihrer despotischen Herzlichkeit. Sie mochte nun mal ihre Mitmenschen, und dieselben hatten, verdammt noch mal, Martha Guthmann zu mögen. So einfach war das bei ihr.

Großmutter mochte ihre Mitmenschen, was nicht ausschloß, daß sie ständig mit zwei bis drei von ihnen – vor allem Verwandten – zerstritten war.

Als Bastian gegen elf Uhr ins Spital kam, um sie abzuholen, war nur Frau Kynast im Zimmer. Flach hingestreckt und frischbezogen, mit gefalteten Händen lag sie da wie aufgebahrt. Man konnte bei ihrem Anblick richtig erschrecken, vor allem wenn man ihrem Blick begegnete. Er lauerte in den Augenwinkeln auf ein Opfer. Das Opfer war Bastian, dem es nicht mehr gelang, zu türmen. »Junger Mann!« Ihre Stimme nagelte ihn fest. »He Sie – warten Sie!«

Er seufzte.

»Ihre Oma ist nicht da. Die wird heute entlassen.«

»Deshalb komme ich ja«, sagte er. »Wo ist sie denn hin?«

»Ich werd' nächste Woche entlassen.«

»Aha.«

»Wie bitte?« fragte Frau Kynast.

»Ich habe ›aha‹ gesagt!«

Eine Schwester kam herein, um Großmutters Bett abzuziehen. »Sie haben eine schöne, laute Stimme«, sagte sie anerkennend zu Bastian. »Man hört sie schon am Ende des Flurs.«

»Warum trägt sie keinen Hörapparat?« fragte er erschöpft.

»Sie sagt, er juckt sie im Ohr. – Übrigens, wenn Sie Ihre Großmutter suchen, die ist auf Verabschiedungstournee. Schade, daß sie geht, sie war eine angenehme Patientin. Sie hat uns alle eingeladen. Wir sollen sie mal besuchen. Nett, nicht?«

»Wissen Sie zufällig, wo sie jetzt ist?«

»Keine Ahnung. Vielleicht bei Fräulein Schulz?«

Als er das Zimmer verlassen hatte, sagte Frau Kynast: »Es hat seiner Oma hier gut gefallen. Sie geht richtig schwer weg.«

Erstaunlich, woran sich der Mensch alles gewöhnen kann, dachte Bastian. Selbst an ein Krankenhaus.

»Wo sie doch so viel hier zu tun hatte«, sagte Frau Kynast, »um alles mußte sie sich kümmern, was sie nichts anging. Uns hat sie ganz schön auf Trab gehalten. Sie ja auch, junger Mann.«

»Hat sie«, bestätigte er brüllend und winkte verabschiedend auf Frau Kynast nieder. »Servus, Süße.«

Und genau das verstand sie ohne Mühe.

Bastian schritt wie ein Sieger durch die Flure. Denn von jetzt ab brauchte er nicht mehr hinter jedem weiblichen Kittel her durch die Gänge zu flitzen in der Hoffnung, einen erstaunten Blick von Katharina Freude zu erwischen.

Von jetzt ab wählte er ganz einfach ihre Telefonnummer. Er hatte deren zwei erhalten, die private und die vom Spital, und er hatte in 24 Stunden schon fünfmal bei ihr angerufen. Er hatte sie aus dem Schlaf geholt und aus der Badewanne und aus einer Chefbesprechung, und wenn er ihre Stimme hörte, dann wußte er nicht mehr, was er sagen wollte, weil seine Gefühle und seine Phantasie schon viel zu intim mit ihr umgingen. Sie waren bereits viel weiter fortgeschritten mit Katharina als er selbst.

Vor allem aber war sie selbst noch nicht so weit. Sie gestattet ihm zwar, sie anzurufen, aber nach der vierten Störung antwortete ihm nicht mehr die amüsiert-abwartende Stimme einer Frau, die sich den Hof machen läßt, sondern die kühle Ungeduld einer Ärztin, die Lebenswichtigeres zu tun hat, als sich halbe Sätze und verliebte Pausen am Telefon anzuhören.

Bastian grüßte nach rechts und links, als er über den Flur zu Susis Zimmer ging. Er hatte schon viele Bekannte hier. Susi Schulz stand im rosa Morgenrock vor ihrem Bett und wischte Krümel vom Laken.

»Wer nie sein Brot im Bette aß, weiß nicht, wie Krümel pieken.«

»Ach du, Bastian.«

Sie stand gleich darauf liebebedürftig in seiner Umarmung herum und gab ihr damit eine Bedeutung, die über eine herzlich gemeinte Begrüßung weit hinausging und Bastian verlegen machte.

Das war schon ein Kreuz mit der Susi.

Er tat, als ob er niesen müßte – so kam er am leichtesten von ihr frei. »Geht's denn, Mütterchen?«

»So na ja –«, auf einen Seufzer gesprochen.

»Das klingt nicht doll.«

»Ich bin ein bißchen fertig, weißt du.« Susi setzte sich auf den Bettrand. »Bei jeder Kleinigkeit könnte ich heulen. Alle Probleme erscheinen mir übergroß. Ich denk' immer, sie erdrücken mein Kathrinchen und mich.«

»Aber ich nehme sie dir doch schon alle ab«, gab Bastian zu bedenken.

»Das weiß ich. Trotzdem. Die Freude sagt, das ist typisch nach einer Geburt.«

Bastian blühte auf, weil sie Katharina Freude erwähnt hatte. »Das machen die Nerven«, sagte er heiter. »Ja – wahrscheinlich.« Susi drehte an einem Fussel, der aus ihrem Morgenrock herausragte.

Er empfand ihre schmalschultrige Gestalt, diese herzförmige Traurigkeit unter mittelgescheitelten schwarzen Madonnenhaaren wie einen Vorwurf gegen seine eigene Fröhlichkeit. Dabei – war es seine Schuld, daß sie den Falschen geliebt hatte? Und vor lauter Verknalltheit vergessen hatte, die Pille zu nehmen?

»Haben sich deine Eltern inzwischen gemeldet?« fragte er.

»Meine Mutter hat geschrieben, daß sie uns nicht brauchen kann. Ihre Wohnung ist zu klein. Mein Vater hat 300 Mark geschickt. Aber davon darf seine zweite Frau nichts wissen. Sie machen es sich alle so leicht.« Susi sah zu ihm auf. »Wenn ich dich nicht hätte, Bastian!«

Wieso hat Susi mich? dachte er besorgt. Wieso macht *sie* es sich so leicht, indem sie ihre Probleme auf mich abschiebt? Was geht da Bedenkliches in ihrem Kopf vor? In ihrer Verlassenheit war sie auf dem besten Weg, ihn als Vater für Kathrinchen zu adoptieren.

»Hast du meine Großmutter gesehen?« lenkte er ab.

»Schon mehrmals heute. Sie hat uns eingeladen, Kathrinchen und mich. Wir sollen sie oft besuchen. Deine Großmutter ist wunderbar, Bastian.«

»Aber anstrengend.«

»Ich wünschte, du wärst Kathrinchens Vater«, sagte Susi.

»Nein«, sagte Bastian erschrocken, »hör zu, ich mag dich, ich mag dich ehrlich, Susi, und wenn ich was für dich tun kann, jederzeit, aber –«

»Ich mein' ja bloß, wenn du Kathrinchens Vater wärst, dann wäre deine Großmutter Kathrinchens Urgroßmutter.«

»Ja und?«

Susi seufzte. »Dann hätte Kathrinchen es schön.«

Zum erstenmal tat Susi ihm mehr leid als er sich selbst in der Angelegenheit Katharina II. von links.

»Wird schon werden, Susi«, tröstete er schulterklopfend töricht.

»Wird schon. Wir haben ja dich, Bastian.«

Martha Guthmanns geräuschvoller Einbruch ins Krankenzimmer beendete das seelenvolle Gespräch. Sie schien sehr in Fahrt – offensichtlich in keiner guten.

»Hier steckst du, ich such' dich!«

»Ist was passiert?«

»Das sag' ich dir. Komm mal mit.« Sie ließ ihm keine Zeit, sich von Susi zu verabschieden, winkte selbst nur ein flüchtiges »Bis bald, Kindchen« in ihre Richtung und schoß aus dem Zimmer, Bastian hinterher. Hielt auch auf dem Flur nicht an. In ihr war Sturm, ein echter Hacker.

»Nun sag schon!«

Martha Guthmann zog aus ihrer großen kunstledernen Hebammentasche eine Rechnung hervor. »Da, lies mal! Eine Unverschämtheit!«

»Deine Spitalrechnung. Na und? Glaubst du, hier gibt's was umsonst?«

»Lies mal die Preise«, tobte Großmutter. »Allein für die Narkose! Ja, bin ich ein Elefant, daß sie so viel gebraucht haben, um mich umzulegen? Und alles aus meiner Tasche!«

»Schadet dir gar nichts. Was bist du in keiner Kasse.«

»Warum sollte ich in eine Kasse, wenn ich immer gesund war? Überleg mal, was ich gespart hab' in all den Jahren ohne Versicherung. Ein Vermögen!«

»Und warum beschwerst du dich dann?«

»Weil die Schäfer früher billiger waren. Und haben auch kuriert. Und was haben sie dafür bekommen? Eine Flasche Selbstgebrannten und einen Beutel Tabak.«

»Nun spiel nicht die Naive vom Lande, Frau Guthmann.« Er legte den Arm um ihre Schulter, sie schüttelte ihn ab. »Willst du den Chefarzt mit 'ner Flasche Obstler abfinden?«

»Ich spiel nicht die Naive. Ich mein bloß, Bub, wo soll das mit den Preisen hin? Allein fürs Liegen dritter Klasse kann ich ins Luxushotel ziehen. Mit Bad und Frühstück!«

Im selben Augenblick sah sie zwei Patientinnen, von denen sie sich noch nicht verabschiedet hatte. Ihr Zorn schlug in Herzlichkeit um.

Sie nannte die beiden beim Namen, ließ einen Verlobten grüßen, versandte herzliche Glückwünsche an einen Herrn Herzberg, und sie lud natürlich beide Frauen ein, sie möglichst bald zu besuchen.

Bastian dachte, wenn alle kommen, die Großmutter bei ihrem Auszug aus dem Krankenhaus eingeladen hat, dann muß sie für dieses Meeting den Kongreßsaal mieten. Vor dem Ärztezimmer blieb sie stehen, klopfte an und eilte auf den Schreibtisch zu, an dem Katharina Freude saß und telefonierte. »Ich will nicht weiter stören, Fräulein Doktor, ich möchte mich nur verabschieden, und nochmals alles Gute.«

Katharina mußte Telefonhörer und Zigarette niederlegen, weil Großmutter beabsichtigte, ihre beiden Hände zu schütteln.

»Fräulein Doktor! Es war soweit ganz schön bei Ihnen – Betreuung, Liegen, auch die Verpflegung ging, es hat mir gut gefallen, wirklich, nur die Preise –! Die sind ja, na wissen Sie, aber dafür können Sie natürlich nicht.«

»Nein«, sagte Katharina und lachte über die verliebten Faxen, die Bastian hinter Großmutters Rücken vollführte, »für die nicht, Frau Guthmann.«

Nun sprach Großmutter ihre Einladung aus: »Wenn Sie mal einen freien Nachmittag haben, dann besuchen Sie mich, ja?«

Katharina bedankte sich und verabschiedete sich von Bastian.

»Komm endlich, Bub!«

An der Tür kehrte er noch einmal um, nahm einen Bonbon aus der Tasche und legte ihn vor Katharina hin. »Bis heut abend.«

Sie lachte.

»Was hast du ihr gegeben?« fragte Großmutter, als sie den Gang zu ihrem Zimmer gingen, um den Koffer zu holen.

»Einen Bonbon«, sagte Bastian.

»Bonbon? Einer Ärztin??? Ja, Bub, das kannst du doch nicht machen!« Für Martha Guthmann war eine Ärztin ein höheres Wesen, dem sie bedingungslos pariert hatte, solange sie Patientin war. »Den anderen bietest du keinen an, verstanden?«

»Nein«, sage Bastian, »den anderen Ärzten nicht.«

Plötzlich fiel ihr wieder ein, wie er hinter der Freude hergewesen war.

»So, war ich das mal?«

»Frag nicht so blöd, du weißt es ganz genau. Aber es wär' nicht gutgegangen. Es geht nie gut, wenn die Frau schon das Geld verdient und der Mann noch nicht.«

Er wickelte sich selbst einen Bonbon aus und warf das Papier fort.

»Meinst du?«

Bastian mußte zurückgehen und das Papier aufsammeln, ob er wollte oder nicht. Großmutter wollte es.

Er steckte das Papier in eine Blattpflanze auf einem Fensterbrett und fragte beim Weitergehen: »Warum ist es nicht gut, wenn die Frau verdient und der Mann noch nicht?«

»Weil's bei der Frau Lemke ihrer Tochter auch nicht gutgegangen ist.«

»Wer ist Frau Lemkes Tochter?«

»Was fragst du, wo es dich ja gar nicht interessiert?« sagte Großmutter und war vor ihrer Zimmertür angelangt. Sie mußte noch hinein und Frau Kynast einladen. Bastian wollte draußen warten, aber das ließ sie nicht zu. »Du mußt dich auch von ihr verabschieden.«

»Kannst du mir denn gar nichts ersparen – nicht einmal das?«

»Und wer holt meinen Koffer heraus?«

Er knirschte hörbar mit den Zähnen. »Ein Glück, daß du so selten krank bis.«

Während Bastian hinter seiner Großmutter zum letztenmal das Zimmer 338 betrat, wickelte Katharina Freude Bastians Bonbon aus und steckte ihn in den Mund.

Es war einer mit Himbeergeschmack. Sie hatte sich gerade so schön eingelutscht, als der Chefarzt hereinsah.

»Gut, daß ich dich mal allein treffe«, sagte er und zog die Tür hinter sich zu.

O weh, dachte Katharina.

Klein schwang sich halb auf ihren Schreibtisch und zündete eine Zigarette an. »Um fünf soll ich meinen Wagen wiederbekommen. Jedenfalls hat man mir's versprochen. Selbst beim kleinsten Unfall hat man nichts als Ärger und Zeitverlust.«

»War viel zu machen?« fragte sie und schaute zum Fenster hinaus, wo Sonnenschein auf starken Kastanienblättern schaukelte.

»Ein neuer Scheinwerfer und Lackschäden. Wegen denen muß er noch mal nächste Woche hin.«

»Die Ente vom Guthmann ist total hin«, lutschte Katharina.

»Woher weißt du das?«

»Hat man ja gesehen.«

»Ich meine, woher weißt du, daß der Idiot Guthmann hieß?«

»Weil wir eine Patientin haben, die so heißt«, sagte sie und wunderte sich, daß er sich mit so viel Unlogik zufrieden gab.

Aber Klein hatte es eilig und noch immer nicht das Wesentliche gefragt: »Sehen wir uns heute abend?«

»Heut' geht's unmöglich. Ich muß zum Geburtstag. Leider.«

»Was hast du denn da im Mund?«

»Bonbon.«

»Bonbon, Bonbon«, wiederholte er gereizt. »Macht mich ganz nervös.«

Katharina nahm folgsam den Bonbonrest aus dem

Mund und wickelte ihn in sein Papier zurück – eine völlig blödsinnige Handlung, fand der Professor. Wer hebt schon in Zeiten des Überflusses so einen klebrigen roten Klacks auf, und ausgerechnet diese vernünftige Katharina!?

»Du hast dich verändert.«

»Ich? wieso?«

»Bei der Visite hast du aus dem Fenster geträumt.«

»Nicht nur bei der Visite. Eben schon wieder. Es ist so ein schöner Tag heut, und wir haben so gar nichts davon, nicht war?«

»Sag mal, Mädchen, was ist los mit dir? Bist du verliebt?«

»Ich?«

»Stell dich nicht so dumm, du weißt es ganz genau.«

Sie wußte es wirklich nicht – noch nicht.

Klein wurde vom Chef der Chirurgischen gesucht und verließ grußlos und sehr gekränkt das Ärztezimmer.

O weh, dachte Katharina noch einmal.

Im Grunde mochte sie ihn gern. Sie hielt ihn für einen guten Arzt, von dem sie viel lernen konnte. Daß er einer unauffälligen Assistenzärztin nachstieg, sprach dafür, daß all die aufwendige, elegante Bürde, die er privat mit sich herumschleppte, und sein Verkehr mit der Schickeria nicht seinen eigenen Wünschen entsprach, sondern Überbleibsel aus der Zeit waren, in der er mit einer Partylöwin verheiratet gewesen war. Dieselbe hatte sich eines Nachts von einer Party zur anderen an einem Baum totgefahren und einen hübschen jungen Mann dazu. Darüber konnten sich die Schwestern noch immer nicht beruhigen.

Katharina war zweimal mit ihm ausgegangen. Einmal ins Theater und einmal zu seinen Freunden, die sie wie einen Fremdkörper behandelten. (Was wollte denn die kleine Maus? Was wollte er von ihr? Gab's nicht genügend alleinstehende Frauen in ihrer Clique für ihn?)

Und nun war ihr der junge Guthmann dazwischengekommen. Anfangs störend, dann unwiderstehlich.

Seinetwegen verließ Katharina Freude zum erstenmal den Pfad der Vernunft und marschierte richtungslos ins Grüne hinein. Na denn ...

Inzwischen hatte sich Martha Guthmann von Frau Kynast verabschiedet, und ihr Gebrüll: »Besuchen Sie mich mal! *Besuchen!!!*« dröhnte selbst dem zornig vorübereilenden Professor Klein um die Ohren.

Die Tür von 338 ging auf und ein langer, eckiger Mensch mit einem Koffer und einem gefüllten Netz verließ fluchtartig das Zimmer.

Klein dachte, den hast du schon mal gesehen – erst kürzlich –, aber er sah ja so viele Menschen am Tag, vielleicht war's ein werdender Vater – auf alle Fälle war die Begegnung unerfreulich gewesen –, doch dann vergaß er ihn und nahm den kurz unterbrochenen Ärger über Katharina Freudes seltsames Verhalten wieder auf.

Bastian war froh, daß der Chefarzt ihn nur halb erkannt hatte. Wenn Großmutter erfuhr, daß er mit ihrem Halbgott zusammengebumst war und auch noch die Schuld daran trug ...! Darüber käme sie nicht hinweg. Sie gingen zum Fahrstuhl. Als der Lift kam, waren schon zwei Ärzte drin.

»Das freut mich aber, daß ich Sie noch sehe«, sagte Martha Guthmann, »da kann ich mich ja gleich von Ihnen verabschieden ... Was ist denn?« fragte sie ärgerlich nach links, wo Bastian stand und sie zwickte.

»Nicht einladen!«

Der Lift hielt im Erdgeschoß. Die Verabschiedung

zwischen Großmutter und den Ärzten fiel unendlich herzlich aus.

Beim Weitergehen fragte der eine den anderen: »Kennst du die?«

»Nein. Du?«

»Nie gesehen.«

Aber so war Großmutter nun mal. Ehe sie einen vergaß, schüttelte sie lieber zwei Fremden die Hände aus dem Gelenk.

Dann hatte sie Streit mit Bastian, weil er ein Taxi holen wollte. »Solche Verschwendung, wir fahren mit der Tram.«

Als sie aber feststellte, daß er selber Taxi fuhr, hatte sie sofort Pläne. »Fahr beim Friedhof vorbei, deinen Großvater gießen.«

Bastian stand vor seinem Kleiderschrank und zog alle hineingeknüllten Hemden aus ihm heraus; er besah sich die angeschmuddelten Kragen einen nach dem anderen auf der Suche nach dem, der den saubersten Eindruck machte. Mitten in diese Entscheidung hinein schellte die Türklingel.

Auch das noch.

Bastian öffnete.

Aus dem Halbdunkel des Treppenflurs trat ein hochgewachsener, schöner, naturlockiger Mann auf ihn zu, ein deutscher Achill im Sportsakko, mit Krawatte und der Selbstzufriedenheit der kaufmännisch Erfolgreichen.

»Klappzahn«, sagte Bastian und spürte, wie sich ihm das Gefieder sträubte. »Was willst denn du? Ich kann dich nicht gebrauchen, ich hab' was vor. Na, komm schon 'rein, aber nur fünf Minuten. Hast du ein Anliegen, ja? Hat unsere liebe Mutter geschrieben, daß du nach mir schauen sollst, ob auch was Ordentliches aus mir wird, ja?« Und ehe sein Bruder antworten konnte: »Bestell ihr schöne Grüße, es geht mir gut. Für meine Klausuren habe ich fleißig studiert. Nun muß ich mich in Geduld üben, denn vor Mitte August ist das endgültige Ergebnis nicht zu erwarten.«

Sie waren ins Zimmer gegangen. Bastian hob zwei der herumliegenden Hemden auf und hielt sie seinem Bruder zur Begutachtung hin. »Welches von beiden ist das sauberste?«

Karl Guthmann sah staunend hin. »Sagtest du ›sauber‹?«

»Dann muß ich mir doch noch eins kaufen.«

»Jetzt«, fragte Karl, »zehn vor sieben?«

»Was mache ich denn da?«

Bastian guckte sich im Schrank und auch im Zimmer um, sah zerknautschte und seekrank über Stuhllehnen hängende Hemden mit kraftlos baumelnden Armen, sah seinen Bruder an: das einzig saubere, tadellos gebügelte, elegant gesteifte Hemd in diesem Raum hatte Karl F. Guthmann an.

»Karli«, sagte Bastian, »du bist doch mein Bruder.«

Karl trat einen Schritt zurück.

»Wir haben uns immer gut verstanden.«

»Wir?« fragte Karl überrascht. »Wann war denn das?« Und wehrte Bastians Hände ab, die nach seinem Hals griffen. »Was willst du denn? Faß mich nicht an. Ja spinnst du?«

Es war das erstemal, daß Karl Guthmann Schlips und Jackett auf der bloßen Haut trug, und das am Steuer seines Porsche.

Es war das erstemal, daß Bastian ein elegantes Qualitätshemd trug. Am Hals stand es zwar ein wenig ab, weil Karli stärker war als er, aber es kleidete ihn entzückend. Fanden beide.

Sie fuhren an der Isar entlang und dann die Maximilianstraße hinunter. Kurz vor der Oper sagte Bastian: »Halt hier an, ich geh' das letzte Stück zu Fuß.«

»Warum?« fragte Karl. »Ich kann dich doch bringen.«

»Nein«, sagte Bastian und zog die Handbremse an. »Immer willst du meine Mädchen haben. Such dir selber welche.« Er stieg aus.

Karl grinste. »Du hast wohl Angst?«

»Ja«, sagte Bastian. »Weil du nämlich genau der Typ bist, der zu ihr passen würde, und genau das möchte ich vermeiden. Servus.« Die Wagentür fiel zu. »Schönen Dank fürs Bringen.«

»Was ist mit meinem Hemd?«

»Bald«, rief Bastian hinter sich und lief davon.

Karl Guthmann fuhr ihm langsam nach. Sah, wie sein Bruder auf ein altes Karmann-Ghia-Cabrio zusteuerte.

Katharina Freude hatte ein blaues Kleid mit großen weißen Punkten an und einen gestärkten Bubikragen um den Hals.

Sie sah aus wie ein Kind am Sonntag.

»Warten Sie schon sehr lange?« fragte Bastian auf sie nieder.

»Ümüm. Ich bin grad erst gekommen.«

»Schön, daß Sie gekommen sind«, sagte er und stieg ein.

Ein grüner Porsche fuhr langsam an ihnen vorbei, der Fahrer mit Schlips auf nackter Brust schaute sich Katharina gründlich an, dann winkte er und schoß davon wie auf dem Nürburgring.

»Alter Angeber!«

»Kennen Sie ihn?«

»Flüchtig.« Und nach kurzem Überlegen. »Es ist mein großer Bruder. Aber wie Brüder standen wir nie – wir hatten nur zufällig dieselben Eltern.« Er sah Katharina an. »Karl macht Zähne. Darum nenn' ich ihn Klappzahn. Das ärgert ihn, wissen Sie!«

»Und wo fahren wir jetzt hin?«

»Och, irgendwohin, wo ich ungestört auf Sie einreden und Biertrinken kann.« Er rutschte in seinen Sitz hinein, ließ die Arme zwischen den Knien durchhängen und sah Katharina sehnsüchtig an. »Ich hab' Ihnen ja so viel zu sagen.«

Um es gleich vorwegzunehmen – er kam an diesem Abend nicht dazu.

Im Biergarten in Grünwald draußen unter Kastanienbäumen, denen man oberhalb der Brauen den Kopf gestutzt hatte, waren sie noch beim Lesen der Speisekarte, als ein jüngeres Ehepaar mit Hund hereinkam. Die Frau brach in Jubel aus, als sie Katharina sah.

»Nein – so ein Zufall – die Kathi – (wir haben zusammen das Abitur gemacht, Schorschi, weißt du) – ja, sag –! Lebst du in München? Und ich hab' das nicht gewußt – darf ich vorstellen – das ist – sehr angenehm – guten Abend –«

Sie standen so lange am Tisch, bis Katharina sagte: »Wollt ihr nicht Platz nehmen?«

»Wenn wir nicht stören?« und saßen, ehe Bastian sagen konnte: »Sie stören sogar sehr!«

Menschen, mit denen man das Abitur gemacht hat, müssen nicht unbedingt Menschen sein, mit denen man seinen weiteren Lebensweg zu teilen wünscht. Zwölf Jahre lang hatten sich die beiden Frauen weder gesehen noch vermißt. Ausgerechnet heute –!

Sie tranken Bier und aßen Spanferkel, die Knochen kriegte der Hund. Dabei erzählten sie von lauter Leuten, die Bastian nicht kannte. An ihn dachte niemand. Es sprach ihn nicht mal einer an.

Langsam kamen ihm Zweifel, ob Katharina Freude den ganzen Aufwand wert war, den er getrieben hatte, um ihr näherzukommen – von Elses Totalschaden ganz zu schweigen.

Er zerkleinerte vor lauter Enttäuschung einen feuchten Bierfilz und schnippte die Fitzel mit Hilfe eines Zahnstochers über den Tisch und Katharinas blöden Freunden an den Kopf. Die fühlten sich irritiert, aber nicht genug, um sich zu verabschieden.

Als er schon verzweifeln wolle, sagte Katharina: »Es wird Zeit. Ich muß früh heim. Wir operieren morgen vormittag.« Und dabei sah sie Bastian zwinkernd an.

»Müssen Sie wirklich heim?« fragte er, als sie zum Wagen gingen.

»Ja, aber noch nicht gleich. – Das war kein schöner Abend für Sie.«

»Zum Kotzen. Vor allem dieser Typ da, der Mann Ihrer Schulfreundin. Quatscht pausenlos von seinen Tennisturnieren. Ja, wen interessiert denn das!? Und Sie haben ihn auch noch gelobt.«

»Was sollt' ich denn machen?«

»Ihn weniger loben«, beschwerte er sich. »Spielen Sie Tennis?«

»Ja – wenn ich Zeit habe. Und Sie?«

»Nein, aber ich kann Ohrenwackeln.«

Katharina blieb stehen und sah ihm interessiert auf die Mähne. Bastian strich sie von den Ohren und konzentrierte sich.

Katharina griente.

Bastian mußte lachen. Aus war's mit dem Ohrenwackeln. Bastian hörte auf zu lachen. »Ich mag Sie, Kathinka.«

Sie sagte nichts dazu, ging um den Wagen herum, sehr zierlich und rockschwingend. Und duftete so schön.

Er wäre zu gern einmal mit allen fünf Fingern durch ihr blondes, lockeres Haar gefahren, gegen den Strich natürlich.

Katharina schloß den Wagen auf, stieg ein und öffnete den Riegel von seiner Tür. In diesem Augenblick kam ein Mädchen angerannt.

Hochtoupiertes Haar. Ein Busen, schwer wie zwei gefüllte Tragetaschen, auf dem beim Laufen Kettchen hüpften. Minirock und stramme Beine. Krautstampfer, sozusagen. Schuhe mit Fünfzehnzentimeterhacken.

Es winkte und rief hallo und Bastian dachte, zutiefst erschrocken: Meint die etwa uns?

»Fahrn Sie Richtung Stadt, ja? Könn'se mich mitnehmen? Jeht dat? Ich war im Lokal. Mein Bekannter is sich am Vollaufen. Der aufm Soffa.«

Bastian sagte: »Wir wollten eigentlich –«

Aber Katharina sagte: »Steigen Sie ein.«

Das Mädchen klemmte sich auf den Notsitz und sprach fließend zwischen ihren Köpfen nach vorn. (Warum wohl Leute, die man mitnimmt, sich immer verpflichtet fühlen, einen zu unterhalten!?)

Sie war aus Wuppertal, seit zwei Jahren in München, zur Zeit bei Karstadt in der Wäscheabteilung, und stocksauer auf ihren Freund, weil er so viel trank. Und dann einschlief. Und sie saß da. Mann!

In Schwabing stieg sie aus und zeigte ihnen ihre Stammdiskothek. »Da isset wat schön.« Und schön schummrig wär's auch. Tschööh –

Es war nicht nur schummrig, es war so dunkel, daß ein junger Mann sie wie Blinde zu einem Platz führen mußte. Sie erkannten eine violette Knutschecke mit burgunderroten Knautschkissen und einem schweinsledernen Nilpferd, das auf seinem Rücken die Getränkekarte wie einen Sattel trug.

Sie saßen bereits zwei Minuten, ohne daß sich ihnen jemand störend genähert hätte. Sie waren allein. Wirklich und lilarot allein.

Bastian gab Katharina Feuer für die Zigarette und sagte: »Ach, wenn Sie wüßten, was ich Ihnen alles sagen möchte.«

Und Katharina, an ihrer Zigarette ziehend: »Nun sagen Sie's schon.«

Bastian sagte: »Glauben Sie, daß es hier offenen Wein gibt?«

Sie hatte keine Gelegenheit mehr, seine Zweifel zu teilen, denn mit einem psychedelischen Lichtaufschrei in Russischgrün setzte die Musik ein.

Bastian schrie Katharina etwas zu, was sie bei dem Krach nicht verstand. Sie tauchte grün-weiß-gasvergiftetblau vor ihm auf, verschwand – war da – wieder weg – da – weg – da – weg – da – weg – er schrie sich die Kehle aus dem Leib – sie hob bedauernd die Hände.

Bastian nahm dem Schweinsledernilpferd den Getränkesattel vom Rücken und schrieb auf seine Rückseite, was er bisher vergebens versucht hatte Katharina mitzuteilen. Katharina las: »Es ist so laut hier«, und schrieb »ja« darunter.

Bastian schrieb: »Gehen wir?«

Katharina stand sofort auf.

Der Straßenlärm kam ihnen nach den musikalischen Prügeln auf ihr Trommelfell wie süßes Säuseln vor. Sie standen vor dem Wagen.

»Und wohin jetzt?«

»Jetzt muß ich wirklich heim«, sagte sie.

Auf der Leopoldstraße waren die Vorgärten der Lokale überfüllt.

Bastian sagte: »Auf einen Schoppen.«

Katharina sagte: »Also gut – aber wirklich nur auf

einen.« Sie fanden nach zehn Minuten einen Parkplatz und nach weiteren zehn Minuten zwei Stühle mit noch brühwarmer Sitzfläche an einem langen Tisch.

Da saßen alte und junge Paare und zwei Mädchen neben einem italienischen Gastarbeiter, der in einem Schulheft schrieb. Nach einer Weile kam er nicht weiter und legte den beiden Mädchen sein Heft vor. Die Mädchen brüteten eine Weile über seinem Heft und kamen nicht weiter und gab es darum an Bastian und Katharina weiter.

Bastian, der schließlich auch Deutschlehrer werden wollte, erkannte auf Anhieb, um was es sich handelte: um das Vaterunser in Sütterlinschrift.

Aber – o Schande – er wußte selbst nicht mehr genau, wie man das große W in Sütterlin schrieb. Katharina wußte es auch nicht. Ein schrägt gegenüber sitzender alter Mann wußte es.

Gemeinsam arbeiteten sie das Vaterunser zu Ende.

Dann mußte Katharina nach Haus.

Sie fuhren die Leopoldstraße hinauf. Sahen Gammler und hochhackige Transvestiten und Pflastermaler und Schmuckhändler und Inder, die Zeitungen verkauften, und ganz verrückt geschminkte Mädchen im Trümmerfrauenlook von 1945 und nette junge Leute, die nichts weiter darstellten als nette junge Leute in Jeans, und einen Haufen Touristen, die gekommen waren, um sich das alles anzusehen.

Katharina fuhr langsam. Bastian hatte das Autoradio angestellt. Eine Gitarre spielte eine klitzekleine, nachdenkliche Melodie. Die Melodie klang wie ein Feuilleton.

»Ach, Kathinka«, sagte Bastian, mit dem Nacken überm Sitzrand, mit den Gedanken am Himmel, »wenn Sie wüßten, was ich Ihnen alles sagen wollte! Aber es geht mir wie meinem Freund.«

»Welchem Freund?«

»Kennen Sie nicht. Heute ist er auch nicht mehr mein Freund.«

»Ah so.«

»Eines Abends saßen wir im Alten Simpl. Die Weiber flogen auf Kolja – so hieß er. Er hatte was Dämonisches. Und bloß einen Arm. An dem Abend war ein neues Mädchen an unserem Tisch. Ein guter Typ und ebenso gescheit wie der Kolja. Die beiden diskutierten die ganze Nacht miteinander, und wir anderen hörten nur zu, und wir waren noch da, wie die Stühle auf die Tische gestellt wurden. Als wir gingen, schien schon die Sonne. Der Kolja ging mit dem Mädchen bis zur nächsten Ecke. Da stieg sie in ihr Auto und ließ ihn stehen. Und erst als sie sich getrennt hatten, fiel ihnen auf, daß sie sich geradezu grausam ineinander verrannt hatten. Verstehen Sie?«

Katharina überlegte. Bastian überlegte auch.

»Warum habe ich Ihnen das eigentlich erzählt?«

»Ich weiß nicht.«

Dann fiel es ihm wieder ein – sie fuhren gerade die Hofgartenstraße hinunter. »Als der Kolja das Mädchen zwei Tage später wieder traf, sprachen sie kaum ein Wort miteinander. Sie stierten sich bloß an. Saßen wie die Deppen da – aller Witz war weg. Er sagte: ›Möchten Sie einen Käsesalat?‹ Sie sagte: ›Ich mag nichts essen.‹ Er sagte: ›Aber einen Käsesalat.‹ Sie sagte: ›Ich sterbe, wenn ich Käsesalat essen muß.‹« Zu Katharina gewandt: »Stellen Sie sich mal vor!«

»Was?«

»Zwei so gescheite Typen – und plötzlich war alles blind vor Leidenschaft in ihrem Kopf – der ganze Geist wie ausgelöscht ... und jetzt geht's mir genauso.«

»Ihnen? Vor Leidenschaft?« fragte Katharina.

Bastian überlegte. »Eigentlich nein. Nicht Leidenschaft.

Wenigstens jetzt noch nicht. Mehr was anderes, wissen Sie? Was – na ja – wie soll ich sagen …«

Der Wagen hielt.

Bastian war zu Haus. Stieg aber nicht aus. Suchte endlich ein paar gescheite Worte.

Katharina wartete beinah fünf Minuten. Dann gab sie ihm die Hand. »Vielen Dank für den Abend.«

»Er war total verkorkst.«

»Fanden Sie? Ich fand ihn komisch.«

»Ich hab' ihn mir anders vorgestellt. Auch komisch – aber eben anders komisch. Verstehen Sie?«

»Ja«, sagte Katharina.

»Kann ich Sie morgen abend sehen?«

»Morgen habe ich noch mal Nachtdienst. Ein Kollege ist krank geworden … Aber nächste Woche vielleicht.«

»So lange halte ich's nicht aus«, sagte Bastian.

»Gute Nacht«, sagte Katharina.

Bastian klemmte seine Hände zwischen die Schenkel.

»Ich mag noch nicht aussteigen. Ich bring' Sie nach Haus und lauf' dann heim.«

»Gute Nacht.«

»Soll ich mit den Ohren wackeln? Ja?«

Er spürte ihre leichte Gereiztheit und stieg endlich aus.

»Also schön. Aber ich werde heute nacht sehr, sehr schlecht schlafen«, versprach er.

Katharina lachte. »Wiedersehn –«, und fuhr davon, ohne sich noch einmal umzusehen.

Bastian stand rundum sehnsüchtig und unzufrieden auf der Straße. Es war ihm an diesem Abend nicht einmal die Idee gekommen, die Kathinka zu küssen.

Und dabei hatte er es schon so oft und überall in Gedanken getan. Ja, in Gedanken.

Martha Guthmann verreist ... und die Folgen dieser Reise für Bastian Guthmann

Zwei Tage nach dem ersten Abend mit Kathinka Freude mußte er seine Großmutter zum Hauptbahnhof fahren, denn sie begab sich auf eine längst geplante Verwandtentournee: Zuerst zu ihrer Tochter Hertha nach Lindau – Hertha wurde fünfundvierzig. Anschließend erwarteten sie diverse Kinder, Schwiegerkinder, Enkel und Urenkel im Raume Oberstdorf. Auf dem Rückweg wollte sie in Schongau Bastians Mutter und deren zweiten Mann besuchen. Für jede vorgesehene Familie hatte sie drei Tage eingeplant. Das machte fünf verschiedene Betten in 15 Tagen, überall Kuchen und Schnäpschen und das Getratsche des einen über den anderen.

Martha Guthmann haßte giftigen Verwandtenklatsch – was sie nicht daran hinderte, demselben aufmerksam zuzuhören.

Sie eilte im grauen Reisekostüm mit rosa Ausverkaufsbluse und einem Wetterfilz auf dem nach dem Friseur noch nicht ausgekämmten Haar den Bahnsteig entlang, in heller Aufregung über Bastian, der in größerem Abstand und ohne Eile mit ihrem Gepäck folgte.

»Nun komm schon, komm, du gehst wie hinterm Sarg! Ist das auch der richtige Zug? Sag mal!!!«

»Steht ja dran.«

»Was heißt – steht dran! Was dransteht, muß noch längst nicht stimmen. – Auf keinen Fall Raucher, Bub. Da riechen die Kleider tagelang.«

Sie blieb vor einem Waggon zweiter Klasse stehen und erklomm das Trittbrett mit Bastians Hilfe, der von hinten schob. »Kannst du mir mal sagen, warum sie so hohe Trittbretter herstellen, ja? Wie sollen denn da alte Leute hinein und wieder hinaus kommen?«

»Du kommst doch«, sagte Bastian und stieg ihr rasch nach.

»Ich schon. Aber stell dir vor, ich hätte ein lahmes Bein!«

»Du hast keins.«

»Es stände mir altersmäßig aber eins zu.«

Martha Guthmann eilte den Gang hinunter und entschloß sich für ein Abteil, in dem schon eine Dame am Fenster las. Vom Bahnsteig her hörte man Türenknallen und die Aufforderung, von der Bahnsteigkante zurückzutreten.

»Siehst du, Bub. Wenn ich nicht so gedrängelt hätte – steig aus – schnell –«. Sie schaute zum Gangfenster hinaus und entsetzte sich: »Er fährt ja schon.«

»Das ist der andere, Martha«, seufzte er, »der gegenüber. Deiner geht erst in einer halben Stunde.«

»Dann bin ich vielleicht doch im falschen?«

Er sah sie verzweifelt an. Für soviel Altersstarrsinn war sie eigentlich noch nicht alt genug.

Bastian verließ den Waggon und baute sich vor dem Gangfenster auf, aus dem sie schaute, nun wieder zahm, weil überzeugt, im richtigen Zug zu sein.

»Du mußt nicht warten, bis ich abfahr'.«

»Wann kommst du wieder?«

»Wenn ich mit allen Verwandten zerstritten bin.«

»Also noch diese Woche.«

»Das ist leicht möglich«, sagte sie. »Um was ich dich bitten wollte – kümmere dich um die Susi und ihr Kind. Morgen werden sie entlassen.«

»Jaja«, sagte Bastian.

»Nicht ›jaja‹ – tu's wirklich. Sie braucht dich so sehr.«

»Wieso immer mich – wieso nie die andern!?«

»Du wirst sie nachher anrufen, hörst du, Bub? Sie ist ein liebes, nettes Mädchen. Sie mag dich sehr. Weißt du, was ich mir überlegt habe? Susi wäre die richtige Frau für dich.«

Bastian warf ihr einen Blick an den Kopf und wollte wortlos scheiden, aber Großmutter rief ihn zurück.

»He – du! Wir haben uns noch nicht verabschiedet.«

»Also schön. Gute Reise, Martha, und bleib sauber.«

»Blöder Hund!« Sie lächelte zärtlich.

Bastian ging den Bahnsteig hinunter, wie kein erwachsener Mensch zu gehen pflegt – ein wenig schlenkernd, jeden Augenblick bereit, loszurasen, immer etwas findend, was er vor sich herballern konnte.

Einmal blieb er stehen und winkte zurück.

Im Ärztezimmer war der Oberarzt Weißbart, als Katharina hereinkam. Er kippelte mit dem Stuhl und spuckte Kirschkerne in den Papierkorb schräg gegenüber. Meistens traf er ihn.

Weißbart hielt Katharina seine Tüte hin. »Da ist ein Päckchen für Sie gekommen. Liegt auf dem Fensterbrett.«

»Danke.«

Sie öffnete das kleine Paket.

Es enthielt einen Karton mit einer Puppe in weißem Kittel. Drumherum waren eine Spritze, ein Stethoskop, Verbandmaterial und eine Haube sowie Arzneifläschchen am Kartonboden befestigt.

Dazu ein Zettel:

»Liebe Katharina, kaum sehe ich einen weißen Kittel, sehe ich Sie vor mir. Wann sehe ich Sie endlich wieder? Rufen Sie mich an?
Dies wünscht sich von Herzen
Guthmann, Bastian
PS. Statt Blumen.«

Katharina nahm die Puppe heraus und zeigte sie ihrem Kollegen.

»Schaun Sie mal. Von einem sehr reizenden jungen Mann.«

Weißbart sammelte gerade die herumliegenden Kirschkerne ein. Er richtete sich auf, guckte zuerst desinteressiert die Puppe an – »Niedlich« – und dann um so interessierter Katharina selbst. »Sind Sie verknallt?«

Katharina überlegte einen Augenblick, der verträumt begann und sachlich-bedauernd endete.

»Ja. Bißchen schon. Aber es hat keinen Sinn. Er ist zu jung für mich – nicht nur altersmäßig. Was soll ich mit einem verspielten jungen Hund.«

Weißbart dachte: »Und wegen einem ›verspielten jungen Hund‹ dürfen wir seit Tagen unter der miserablen Laune des Chefs leiden.«

Als Bastian die Wohnungstür aufschloß, klingelte das Telefon. Er rannte, beladen mit Tüten, ins Zimmer. Die Tüten stellte er auf den Tisch, sie kippten um. Zitronen, Tomaten, Kirschen trudelten auf den Fußboden.

Erwartungsvoll riß er den Hörer hoch. Aber es war nicht Katharina, sondern Susis weinerliche Stimme, die fragte: »Bist du's, Bastian? Ich muß dich sprechen! Es ist was Schreckliches passiert. Ein Brief von meiner Wirtin. Sie kündigt mir das Zimmer. Fristlos.«

»Kann sie doch gar nicht«, sagte er.

»Wir haben ja keinen Vertrag«, jammerte Susi. »Sie schreibt, Mutter mit Säugling wäre ihr zuviel. Außerdem braucht sie das Zimmer selbst.« Geräuschvolles Schnauben. »Was soll ich denn jetzt machen, Bastian? Wir kommen morgen hier heraus und wissen nicht, wohin.«

»Scheiße.«

»Wie?«

»Ruf sie an und quassel sie weich.«

»Das kann ich nicht«, schluchzte Susi. »Du mußt uns helfen. Geh du zu ihr.«

Bastian, den Hörer zwischen Ohr und Schulter geklemmt, suchte Früchte um Stuhl- und Tischbeine herum vom Boden auf. »Ich? Ich kenn' sie ja gar nicht.«

»Bitte, bitte, Bastian, du mußt! Red mit ihr von Mensch zu Mensch. Du kannst das bestimmt wunderbar. Sag ihr, wenn sie Kathrinchen und mich nicht aufnimmt, sitzen wir praktisch auf der Straße.«

»Aber du hast doch die Miete für diesen Monat bezahlt. Da darf sie dich ja gar nicht 'rausschmeißen.«

»Ich hab' sie eben noch nicht bezahlt«, heulte Susi.

Bastian unterdrückte einen Fluch.

»Fährst du?«

»Also ja –«

Sofort fiel Sonnenschein auf Susis Tränen. »Wart, ich geb' dir die Adresse, hast du was zum Schreiben da? Und bitte, wenn du hingehst, zieh dir einen seriösen Anzug an. Sie mag das, Bastian, hörst du?«

Aber der Vater, der Urheber des ganzen Umstands, saß in Köln und brauchte sich um nichts zu kümmern.

Das wurmte Bastian am meisten.

Susis Zimmerwirtin hieß in den dreißiger Jahren Lita Novena und war als Vamp im Kino tätig gewesen. In Nebenrollen. –

Jetzt hieß sie Ruppel. Das lag an ihrem verstorbenen Mann.

Lita Ruppel.

Sie rollte das R und hielt sich im Gespräch an einer superlangen Zigarettenspitze fest. Es gelang ihr, keinen natürlichen Ton aus ihrem Mund fallen zu lassen. Die Augenbrauen trug sie wie in ihrer Glanzzeit ausrasiert und bis zu halber Stirnhöhe nachgezogen. Dazu Kirschmund. Und falsche Wimpern. Lita Klapperauge hieß sie unter Freunden.

Da die Mode aus Mangel an neuen Einfällen eine Vergangenheit nach der anderen kopiert und da gerade die späten dreißiger Jahre dran waren, wirkte Lita Ruppel fast aktuell. Nur eben alt und schlecht geliftet. Ein boshafter, spindeldürrer, dunkellila Typ mit großen Puffärmeln.

Bastian erinnerte sich bei ihrem Anblick daran, daß er Angst vor Spinnen hatte.

»Guthmann.«

Und schon saß er auf ihrem Sofa.

Sie wußte noch nicht, was sie von ihm zu erwarten hatte. Investment? Lebensversicherung? Staubsauger? Zeitschriftenabonnement? Oder war er der Sohn des neuen Hauswirts? Auf alle Fälle war er süß in seinem gequälten Charme.

»Whisky?«

»Ja, bitte.«

»Mit Eis? Soda? Wasser?«

»Eis und Soda, bitte.«

Wie verklemmt er dasaß. Lita Ruppel hatte immer Männer mit kleinen Fehlern – egal wo – bevorzugt. Sie waren hinterher so dankbar.

Während sie das Getränk an einer neuspanischen Hausbar herstellte, sah er sich in ihrem Wohnraum um. Lauter Nippes und exotische Konfektion.

An der Tür kläffte es. Lita Ruppel öffnete. Ein Rehpinscher schoß auf Bastians Sonntagshosenbeine zu und attackierte sie.

»Fiffi! Ruhig! Du bist ein ganz böser Bub! Fiffi!!! Er verträgt den Föhn nicht, wissen Sie, vertragen Sie ihn auch nicht?«

Lita fing den Minikläffer auf ihren Schoß und wechselte ein Lächeln mit Bastian.

»Ist Ihr Gatte Seemann?« fragte er, sich umschauend.

»Nein, wieso? Ich bin Witwe.«

»Wegen der vielen Reiseandenken hier.«

»Ach die. Die hab' ich selbst zusammengetragen. Ich war schon überall – Fiffi, sei doch mal ruhig, Mutti möchte auch was sagen –, ich kenne die halbe Welt von Mallorca bis Thailand. Sie auch?«

»Leider nein.« Außer 14 Tage Kreta (mit Juscha damals) war ihm so ziemlich alles fremd. (Und da hatten sie sich pausenlos verkracht. Weil Juscha sich was anderes unter Griechenland vorgestellt hatte als Kreta. Ihm gefiel's. Katharina hätte es auch gefallen ...)

»Gnä' Frau, ich komme wegen Ihrer Untermieterin Schulz.«

»Ach so –.« Sie war ernüchtert. »Sind Sie der Vater?«

»Nein. Susi hat mich nur gebeten, mit Ihnen zu sprechen. Ihre Kündigung kam sehr plötzlich.«

»Herr – wie war doch der Name?«

»Guthmann.«

»Herr Guthmann!« Lita lehnte sich in einen Haufen verschiedenfarbiger Kleinkissen und pfiff durch die Nüstern – die ganze Person war eine schreckliche Übertreibung. »Es *gibt* Grenzen. Auch im Untervermietungswesen. Ich hielt Fräulein Schulz für ein anständiges, ruhiges Wesen – und dann, kaum in den Ferien, lernt sie einen Mann kennen – läßt sich mit ihm ein –. Ich hätte sie nicht für so töricht gehalten.«

»Anner Leuts Töchter tun's immer – unser Marile emol – batsch«, sagte Bastian.

Sie sah ihn an. »Wieso ›batsch‹?«

»Weil es meistens den Anfängern passiert.«

»Und warum hat sie ihn dann nicht geheiratet? Schließlich ist er Referendar.«

Bastian suchte zum letztenmal das Gemüt in Lita Ruppels grellem Blick – fand keins, sprach trotzdem auf gut Glück von Mensch zu Mensch, wie Susi gefordert hatte. Er sagt: »Gnädige Frau. Eine so charmante, moderne, aufgeschlossene Dame wie Sie –« Die Wirkung seiner Worte war sekundenlang spürbar. Sie ließ Aggressionen schmelzen. Erweckte weibliche Hoffnungen. »Behalten Sie die Susi wenigstens so lange, bis sie eine neue Bleibe gefunden hat.«

Das machte alles wieder kaputt.

»Nein, Herr Guthmann.«

»Aber Sie können doch nicht Mutter und Säugling auf die Straße setzen.«

»Was heißt, ich kann nicht? Wollen Sie mir Vorschriften machen, ja? Zeigen Sie mir das Gesetz, das mich zwingt, einen schreienden Säugling aufzunehmen – dieser käsige Geruch in der Wohnung – die viele Wascherei – nein, Herr Guthmann, nein.«

Sie stand auf und schoß fünf abwehrend gespreizte Finger gegen Bastian ab, der sich den verdammten Schlips lockerte.

Er sah Frau Ruppel sehnsüchtig an. Er hätte sie zu gern verhauen.

»Sparen Sie sich Ihren Schmus, Herr Guthmann.

Gekündigt ist gekündigt. Fräulein Schulzes Sachen können Sie gleich mitnehmen. Bitte sehr.«

Sie ging voran in Susis Zimmer.

Bastian ging ihr nach.

»Also gut«, sagte er. »Sogar besser so. Im Grunde kann die Susi froh sein, daß sie aus diesem Muff herauskommt.«

Der Rest dieser von Bastian so zierlich begonnenen Unterhaltung mit Frau Lita Ruppel explodierte in einem lauthalsen Austausch geradezu spitzfindiger Sottisen, die durch die weitgeöffneten Fenster den Nachbarn in ihren Gärten und den übrigen Hausbewohnern viel Freude bereiteten, bis Fiffis schrilles Gekläffe wie ein Störsender dazwischenfuhr.

Das Ganze endete mit einem Rausschmiß.

Zuerst ging die Haustür auf, und Frau Lita keifte: »Raus – raus – raus!«

Dann stürmte Bastian vor – soweit zwei schwere Koffer, ein Ölbild im Rahmen und eine Stehlampe ihn nicht am Stürmen hinderten.

Dann flog ihm ein Sofakissen nach, das Susi gehörte.

Dann erschien der Minipinscher und dann Frau Lita persönlich.

»Flegel«, schrie sie, »Terrorist! Die Schulz wird mal schlimm enden, wenn sie sich mit einem solchen wie Ihnen einläßt!«

»Zimtziege!« schmiß Bastian um den seine Schulter wie ein Gewehr umgebenden Stiel der Stehlampe zurück. »Gewitterhexe, vertrocknete! Sie rascheln ja schon!«

Frau Litas Stimme überschlug sich, während sie ihren Pinscher antrieb: »Faß, Fiffi, faß!!«

Es war wie ein Feuerwerk. Nach dem großen Schlußgeknatter bricht es plötzlich ab, bricht Stille aus, erschöpftes Dunkel am Himmel, aus dem noch ein paar rote Tropfen rinnen und dann verlöschen.

Während Bastian in diplomatischer Mission bei Lita Ruppel weilte, hatte Susi ihre nervöse Spannung auf den Fluren der gynäkologischen Abteilung abgelaufen. Dabei begegnete sie Katharina Freude, die stehenblieb und sie prüfend ansah.

»Ist was? Ist Ihnen nicht gut?«

»Mir ist furchtbar«, seufzte Susi. »Stellen Sie sich vor, meine Wirtin hat mir fristlos gekündigt. Per Einschreiben. Stellen Sie sich vor!«

»O weh«, sagte Katharina. »Darf sie das überhaupt?«

»Was heißt dürfen! Selbst wenn ich mit Polizeigewalt bei ihr einziehen würde, sie fände schon ein Mittel, mich 'rauszuekeln. Sie kann wie ein Vampir sein!«

Katharina sah kurzfristig etwas mit steilen Vorderzähnen vor sich.

»Jetzt steh' ich da. Und mein Kathrinchen!« Susis Augen füllten sich.

Obgleich sich ihre äußerlichen Reize zur Zeit noch unter fettigen Haaren und einer Pummelfigur im nicht ganz sauberen Morgenrock verbargen, so war doch ihre weibliche Hilflosigkeit präsent. Susi fuhr sie wie ein Geschütz gegen jeden auf, der ihr begegnete und Anteil nahm an ihrem Schicksal: Wenn ihr mir und meinem Baby nicht helft, schadet es euch gar nichts, wenn ich aus lauter Verzweiflung was Schlimmes anstelle.

Katharina, die Tüchtige, Vernünftige, Verantwortungsbewußte, beinah Emanzipierte, die sich täglich Mühe gab, ein wenig mehr von den Vorurteilen, Konventionen und tief eingestrickten Lebensregeln ihrer gutbürgerlichen Erziehung loszukommen – Katharina begegnete staunend Susis Mutterreh-Blick. So also machte es ein hilfloses Weibchen. Es zwang seiner Umgebung die Verantwortung für seine eigenen Probleme auf: Nun sorgt mal schön für mich.

Katharina sagte: »Wenn Sie nicht wissen wohin, dann sagen Sie es mir. Meine Eltern haben ein Haus in Großgmain. Da stehen ein paar Zimmer leer, seitdem meine Schwestern und ich fort sind. Sie könnten sich dort erholen, Kathrinchen hätte es prächtig – allein die gute Luft –, und mein Vater ist Arzt.« Um Susi das Dankesagen zu ersparen, fügte sie hinzu: »Ich fühl' mich schließlich verpflichtet für ein Baby, dem man meinen Namen aufgezwungen hat.«

Ihre Sorge – den Dank betreffend – war überflüssig gewesen. Susi sagte: »Das ist nett von Ihnen, Fräulein Doktor, aber ich hab' ja den Bastian.«

»Bastian?« Katharina begann nachzudenken.

»Frau Guthmanns Enkel, Sie wissen schon. Er ist gerade bei meiner Wirtin und versucht, sie umzustimmen. Er ist ja so diplomatisch, der wickelt jeden ein, wenn er will.«

»Meinen Sie?«

»Und wenn es ihm nicht gelingt, wird er uns schon irgendwie unterbringen.«

»Na fein.« Katharina Freude wünschte Susi viel Glück und ging den Flur hinunter.

So bekam sie nicht mehr mit, wie Bastian Guthmann aus dem Fahrstuhl stieg mit einem so eindeutig bedepperten Gesichtsausdruck, daß Susi bloß »Ach Gott« hauchte.

»Deine Sachen sind unten im Taxi«, sagte er. »Sie hat mir alles nachgeschmissen. Der Lampenschirm hat ein Loch davon. Tut mir leid.«

Susi nickte und suchte in den Taschen ihres Morgenrocks. Sie sucht ein Taschentuch, ahnte er alarmiert, gleich gibt es einen Wolkenbruch, der mich am Fortgehen hindert. Ich muß aber weg. Ich fahr' schließlich Taxe, um Geld zu verdienen. Ich brauche Kundschaft, nicht schon wieder Probleme.

»Was soll nun werden?« In Susis Stimme fielen die ersten Tropfen. »Wo sollen wir morgen hin?«

»Hast du denn keine Freunde in München, bei denen du bleiben kannst, bis du was Neues hast?«

»Wer nimmt mich schon mit Baby!«

Bastian nagte an der Unterlippe.

»Wenn du Geld brauchst – ich hab' einen Bekannten, der schuldet mir seit Monaten siebzig Mark. Ich ruf ihn an, ja?«

»Ach, Bastian, was soll ich mit ungewissen siebzig Mark!?«

»Nimm dir ein Zimmer in einer Pension.«

»Das ist doch alles illusorisch!«

Er sah sich um.

»Kannst du nicht leiser heulen?«

»Wenn wenigstens deine Großmutter da wäre«, schluchzte Susi. »Sie meint es so gut mit uns!«

»Von deinem Vater hast du dreihundert Mark gekriegt«, erinnerte er sich.

»Du redest von Geld, wo ich menschliche Hilfe brauche!« Sie putzte ein Auge nach dem anderen und sah ihn an wie erdbebengeschädigt.

»Können wir nicht bei dir, Bastian –?«

Das war's, was er im Unterbewußtsein die ganze Zeit befürchtet hatte, er kannte ja sein Schicksal.

»Bei mir? Du hast wohl 'n Kaiser gesehen! Mein großes Zimmer ist vermietet, das andere reicht gerade für mich. Und die Kammer –«

»Die Kammer würde völlig genügen«, hakte Susi

sofort ein. »Es ist ja nur für ein paar Tage – bis ich was Passendes gefunden habe.«

»Es geht wirklich nicht«, sagte Bastian und dachte an Katharina Freude. Wie sollte er mit ihr telefonieren, wenn Susi Schulz daneben saß? Wie sollte sie ihn je besuchen – denn, das wußte er aus Erfahrung, wer erst einmal bei ihm wohnte, zog so bald nicht wieder aus.

»Nein, Susi. Unmöglich.«

»Ich ersetz' dir eine Putzfrau ... kochen, abwaschen, saubermachen ... Überleg mal, was du sparst, wenn du mich hast.«

Bastian sparte nichts, weil er noch nie eine Putzfrau gehabt hatte.

»Susi, so leid's mir tut, ich kann dir nicht helfen. Und ich muß jetzt auch weg. Deine Sachen gebe ich unten ab ...«

Susi sagte gar nichts. Weinte auch nicht mehr. Stand bloß da, und das war schlimmer.

Ein Lied fiel ihm bei ihrem Anblick ein.

»Mariechen« fiel ihm ein.

»Mariechen saß weinend im Garten,
im Grase lag schlummernd ihr Kind.
Mit ihren goldblondenen Locken
spielt säuselnd der Abendwind.
Sie war so müd und traurig,
so einsam, geisterbleich ...«

So einsam, geisterbleich stand Susi da. Eine echte Verantwortung für jeden, der ein Gewissen hatte.

Wenn du mich nicht aufnimmst, dann –!

Familienleben

Bastian gehörte nicht zu den spontan Guten, die sich fremde Schicksale freiwillig aufluden. Ihm wurden solche Schicksale vom Schicksal einfach untergejubelt, ohne daß er in seiner heiteren Unbekümmertheit anfangs etwas davon merkte. Bis sein eigenes Schicksal unter dem aufgehalsten Schicksal zu leiden begann.

Scheiß-Schicksal. Immer traf es ihn.

Aus drei Stockwerken schauten Mieterinnen zu, als er am nächsten Tag mit Susi, Kathrinchen und ihren Habseligkeiten vor seinem Haus vorfuhr. Während er Koffer, Ölbild, Babywaage, Körbchen, Stehlampe und Wanne auf den Bürgersteig lud und zuletzt Susi mit Kathrinchen auf dem Arm aus der Taxe half, schaute er einmal am Haus hoch und erkannte Frau Montag, Frau Steinbeißer und die Lopinsky und dachte ergeben »na schön«.

Bastian lud die Badewanne voll, bis ihr Inhalt beim Tragen unter seinem Kinn einen zusätzlichen Halt fand, versuchte vergebens, sich irgendwo seine juckende Nase zu reiben, und sagte:

»Da kann ich jetzt machen, was ich will: Für unsere Hausratschen bin ich der Vater.«

Er stieß die Tür mit dem Fuß auf und wartete auf Susi, die zu den Damen Lopinsky, Montag und Steinbeißer hinauflächelte.

Nachdem sie alles in seinem Flur abgestellt hatten und wieder zu Atem gekommen waren, lernte Susi die Wohnung kennen. Küche, Bad, sein Zimmer, in dem es nicht an vielseitigstem Trödel fehlte, wohl aber an Gebrauchsmöbeln.

Bastian besaß eine Sammlung entzückender Schläferinnen, meist üppig geformt und oval gerahmt, auch andere beliebte Schlafzimmersujets wie tanzende Elfen, Engel und einen geigespielenden Eremiten. Verkehrsschilder zeigten die Richtung an, in der man sich in dieser Wohnung zu bewegen hatte.

Aber es gab nur einen Tisch für alles. Und einen überforderten grüngestrichenen Schrank, der Bastians Textilien bei sich behielt, wenn man von außen die Türen schneller zuwarf, als die hineingewürgten Wäschestücke und Pullover aus ihren überfüllten Fächern herausfallen konnten.

»Hübsch«, sagte Susi und legte Kathrinchen aufs Bett. Sie war sehr heiter, seitdem sie erreicht hatte, was sie wollte: bei Bastian zu wohnen.

»Es kommt noch ein Teppich hinein, wenn ich mal einen passenden finde«, sagte er. »Ich kauf' nämlich nicht meine Einrichtung, ich finde sie zusammen.« Er ging vor ihr her auf den Flur und öffnete eine Tür. »Hier ist die Kammer.«

Sie war handtuchschmal und voller Gerümpel. »Wenn man das Zeug zur Seite räumt, wird's schon irgendwie gehen ...«

»Klar, wird schon«, sagte Susi.

Aber auf einmal hatte er nicht mehr den Mut, ihr die Kammer anzubieten. »Vielleicht nimmst du doch lieber mein Zimmer, und ich zieh' in die Kammer. Es ist ja nur für ein paar Tage. – Bettzeug findest du im Plastiksack auf dem Schrank.« Er sah auf die Uhr. »Ich muß los – servus.«

»Du gehst fort?« Susi war enttäuscht. »Aber am Abend bist du doch da, ja?«

»Ich fahr' Taxe. Das weißt du doch.«

»Und ich dachte, wir machen es uns ein bißchen gemütlich.«

Er reichte ihr einen Zehnmarkschein. »Hier, kauf was ein.«

Susi gab ihm einen Kuß. »Danke, Bastian, für alles.«

Sie hörte seine Abwärtssprünge auf der Treppe und kehrte ins Zimmer zurück und wußte nicht, wo sie mit dem Auf- und Umräumen beginnen sollte.

Es war hier zweifellos zu eng für zweieinhalb Personen, aber es war so die beste Lösung, auch für Bastian. Je früher er sich an Kathrinchen gewöhnte, um so lieber würde er es haben und sich als Vater fühlen. Zudem war er ein Mann, der wie alle Männer seine Bequemlichkeit liebte. Susi wollte ihm diese Bequemlichkeit schaffen. Sie wollte ihn verwöhnen, und sie wollte ihn von ihren Reizen überzeugen.

Dazu mußte sie sich erst einmal die Haare waschen und den Speck wieder loswerden, der nach Kathrinchens Geburt noch immer ihre Taille wärmte.

Natürlich würden sie dem Untermieter kündigen müssen. Dann hatten sie noch ein großes Zimmer mehr.

Es war alles nur eine Frage der Zeit und der Organisation.

Bastians Nacht verlief ebenso vielseitig wie turbulent. Zuerst fuhr er einen eifersüchtigen Kunden, der seine Braut in Schwabinger Lokalen suchte und umzubringen beabsichtigte. Falls er das Luder erwischen sollte. Im achten Lokal, das er durchwühlte, fand er das Luder.

Aber ehe er ans Morden gehen konnte, wurde er vom Begleiter seiner Freundin mit Hilfe eines Maßkruges schlafen gelegt.

Bastian hatte Mühe, zu seinem Geld zu kommen.

Von der Theke des Lokals rief er Katharina Freude an, sie meldete sich nicht. Sie war weder im Krankenhaus noch zu Haus zu erreichen. Wo war Katharina Freude??

Danach fuhr er fünf fröhlich lärmende Menschen nach Solln. Sie luden ihn ein, bei ihnen zu Haus mitzufeiern. Bastian dankte.

Er war ein einziges Mal mit einer Clique privat geworden. Die wollte mit ihm Pfänderspiele machen, wer verliert, muß was ausziehen. Wie so was endet, konnte er sich schon denken, und dafür war er nicht zu haben.

Anschließend fuhr er eine alte Dame.

Sie kam aus einer Privatklinik, in der ihr Mann vor zwanzig Minuten gestorben war.

Sie war ganz Haltung, liebenswürdig, ohne Tränen, sie war nicht in der Lage, die sieben Mark fünfzig aus ihrem Portemonnaie zu nehmen, die sie laut Taxiuhr zu bezahlen hatte.

Bastian brachte sie bis in ihre Wohnung und half ihr aus dem Mantel. Die Wohnung war ein Museum. Kunstschätze, wohin man schaute.

Er fragte, ob er jemand benachrichtigen sollte, damit sie die Nacht nicht allein verbringen mußte. Sie dankte für seine Umsicht, aber es gäbe niemand, den sie jetzt sehen wolle.

Bastian war sehr einsilbig bei seinen nächsten Fahrgästen. Er konnte die alte Dame nicht vergessen. Sie würde jetzt wahrscheinlich in einem von Straßenlaternen erleuchteten Zimmer auf einem Stuhl sitzen, nur so dasitzen, wie erstarrt.

Es mußte eine gute Ehe gewesen sein.

Manchmal ging Taxifahren an die Nieren.

Bastian hatte kaum Leerlauf in dieser Nacht und machte gute Kasse. Gegen Morgen wurde er zu einer Wirtschaft gerufen. Man lud ihm einen Volltrunkenen in den Wagen mit der Zusicherung »Denn können S' ruhig nehmen. Der randaliert nicht und tut auch nichts nicht verunreinigen, weil er vorher einschlaft.« Man gab ihm seine Adresse, Bastian fuhr mit dem Schläfer ab.

Vor seinem Haus in Giesing hielt Bastian an und versuchte, ihn durch Rütteln und Anschreien aufzuwecken, jedoch vergebens.

Er hatte seine liebe Not, ihn aus dem Taxi zu ziehen und auf die Füße zu stellen, hochkant, damit er sich besser ziehen ließ. Wie einen Sandsack schleppte er ihn zum nächsten Laternenpfahl und lehnte ihn dagegen, dabei sein Gewicht so auswuchtend, daß er wenigstens nicht sofort umkippen konnte.

Dann eilte er auf die Haustür zu und läutete Sturm bei Rübensam, so hieß der tiefe Schläfer.

Im ersten Stock wurde Licht, ein dicker Frauenkopf mit verlegenen Haaren erschien am Fenster, Arme fuhren in einen Bademantel.

»Was ist?« fragte die dazugehörige Stimme abwärts.

Bastian zeigte auf den Mann am Laternenpfahl. »Ist das Ihrer?«

Die Frau beugte sich vor und schaute. »Wo ist sein Hut?« Bastian fand den Hut des Mannes im Innern seines Wagens.

Inzwischen war der Mann zusammengesackt, aber senkrecht abwärts. Er saß nun am Fuße des Laternenpfahls und schlief.

»Ist er voll?« fragte die Frau.

»Bis zum Rand«, versicherte Bastian.

»Suffkopp«, sagte die Frau und schlug das Fenster zu.

Darauf klingelte Bastian noch einmal Sturm bei Rübensam. »He – Sie! Wo soll ich mit ihm hin? Ich fahr' die ganze Nacht, ich will auch mal nach Hause.«

Die Frau öffnete das Fenster einen Spalt und schimpfte: »Brüllen Sie nicht so! Sie wecken das ganze Haus auf.«

»Ich will mein Geld. Ich kriege dreizehn Mark fünfundsiebzig!«

»Das müssen Sie erst mal beweisen«, sagte die Frau.

Bastian packte den menschlichen Sandsack samt Hut und schleifte ihn zum Taxi zurück.

Jetzt wurde es munter am Fenster. »Sie! Wo wollen Sie mit meinem Gatten hin?«

»Zur Wache.«

Da war die Frau plötzlich zahm und versprach, mit dem Portemonnaie herunterzukommen.

Es war Samstagmorgen. Ein blitzblauer Samstagmorgen, an dem die Münchner ihre Familien und das Badezeug im Auto verpackten, um an einen See zu fahren. Bastian kam um diese Zeit vom Nachtdienst heim.

Susi wickelte gerade das brüllende Kathrinchen. Sie trug einen Kimono von der letzten japanischen Kaufhaus-Werbewoche, ihr frischgewaschenes Haar umwehte ihre Schultern wie ein kastanienbrauner Seidenteppich. Sie hielt ihm die Wange zum Kuß hin.

Bastian machte keinen Gebrauch von ihrem Angebot. Er war zum Umfallen müde.

»Warum schreit das Baby?« fragte er.

»Es hat ausgeschlafen.«

»Warum?«

Susi begriff seine Frage nicht. »Ich mach' uns gleich Frühstück, Bastian. Sei lieb und hol frische Semmeln, ja?«

»Ich hole keine frischen Semmeln«, sagte er. »Ich gehe schlafen.«

»Ja, schlaf nur«, sagte sie und zu Kathrinchen: »Daß du mir nicht den Pappi weckst.«

»Den wen????«

»Den Onkel, meine ich natürlich.«

Er war zu müde, um sich zu waschen. Zog sich bis auf die Unterhose aus und stieg in der Kammer auf die wacklige Gartenliege, die Susi mit seinen Betten hergerichtet hatte.

Bastian streckte sich auf ihr aus, da brach ihr Fußende zusammen. Er stand wieder auf und richtete das Fußende und legte sich wieder hin und spürte etwas Hartes unter seinem Kopf. Er tastete danach und hielt ein Praliné in seiner Hand, ein Betthupferl.

Susi meinte es wirklich gut mit ihm.

Und auch Kathrinchen. Es untermalte seine letzten wachen Minuten mit zornigem Krähen. Das war ganz natürlich für ein gesundes Baby.

Es war nur so ärgerlich, daß sein leiblicher Vater, der Referendar in Köln, sich an diesem Samstagmorgen ausschlafen durfte, während er, Bastian, der völlig unschuldig an diesem Schreihals war, ihm zuhören mußte.

Er schlief etwa eine Stunde. Dann träumte er, er müßte bei seiner Schwester Leni und ihrem Mann, den er nicht ausstehen konnte, die Gardinen aufhängen.

Er stand auf einer Leiter, plötzlich polterte und krachte es. Bastian fiel von der Leiter und wachte durch den spürbaren Abwärtsdruck auf.

Das Krachen und Poltern kam aus der angrenzenden Küche, an deren Wand die Liege stand.

Etwas Fürchterliches schien sich dort zu tun, das ihn

nicht weiterschlafen ließ, obgleich er sich das Kopfkissen um die Ohren klemmte.

Die Geräusche waren zu vielseitig, als daß man sich an sie gewöhnen konnte. Ein Rumpeln war dabei, ein Klirren. Dann lief was aus und plätscherte. Der Wasserhahn tutete beim Andrehen wie ein Nebelhorn, bei stärkerem Aufdrehen ging das Geräusch in knatternde Attacken über. Bastian hörte eine Weile zu, dann erhob er sich und trabte auf den Flur hinaus zur Küchentür.

An deren Rahmen gelehnt sah er zu, wie Susi saubermachte. Ihr Eifer rührte ihn. Der große Abwasch war vollbracht. Aber mußte das ausgerechnet sein, während er schlief?

»Gott, hab' ich mich erschrocken! Ich denke, du schläfst!«

»Und ich dachte, du demontierst die Küche«, gähnte er.

»Ich hab' saubergemacht.« Sie war zufrieden mit sich. »Das sah vielleicht hier aus. Jetzt muß ich bloß noch die Fenster putzen.«

»Macht das auch Krach?«

»Nein, wieso?«

»Ich frage nur.«

Bastian versuchte mehrmals an diesem Wochenende, Katharina Freude zu erreichen. Sie war nicht da.

Wo war sie? Er wußte so wenig von ihr. Sie entrückte ihm mehr und mehr, während Susi sein Privatleben vergewaltigte.

Nicht einmal zum Lesen kam er in seinen vier Wänden. Weil ständig jemand um ihn herum war, der sich hörbare Mühe gab, ihn nicht zu stören.

Susi. Susi Schulz. Ein neu erblühendes Mädchen von zweiundzwanzig Jahren, das nun, da es ein Dach über dem Kopf und einen hübschen jungen Mann seiner Wahl als Schutz hatte, sich stündlich mehr mit dem Gedanken befreundete, Mutter zu sein. Sie war ganz verliebt in ihr Kathrinchen und sagte alle fünf Minuten: »Ich will dich ja nicht stören, Bastian, aber komm doch mal! Schnell – schnell.«

Er sprang aus seinem Sessel auf, stolperte über die Babywaage, erreichte Susi, die verzückt ins Körbchen lächelte.

»Was ist denn?«

»Kathrinchen hat so süß geatmet.«

Fünfmal in der Stunde mußte er sich die Händchen anschauen, zweimal am Tag das Näschen und als er sich endlich in seiner Wochenendzeitung festgelesen hatte, fragte Susi: »Ich will dich ja nicht stören, aber magst du eigentlich Spinat?«

Bastian befand sich bald in einem nervösen Zustand, in dem er Susi entweder anbrüllte oder sie aus Reue über seinen unkontrollierten Ausbruch küßte – beides Handlungen, die fehl am Platze waren.

So verlief der Samstag. Dann kam der Sonntag. Das Frühstück in der Küche. Der Toast sengte still vor sich hin. Bastian hatte Honig an vier Fingern gleichzeitig, Susi fand das lustig. »Mein Großvater sagte immer: ›Morgens Honig gegessen, den ganzen Tag klebrige Finger.‹«

Kathrinchen schlief. Warum schlief Kathrinchen immer, wenn Bastian gerade nicht schlief?

Susis Frauchensorge: »Möchtest du noch ein Brot, ja? Ich mach' dir eins.«

»Ich mag nicht mehr.«

»Mit Marmelade oder mit Käse?«

»Ich sag' dir doch, ich mag nicht mehr.« Er holte seine Zigaretten, Susi nahm ihm das Feuerzeug fort.

»Du rauchst zuviel.«

»Wenn ich nicht nach dem Frühstück rauche, gerät mein ganzes System durcheinander.«

»Also schön, aber nur die eine, hörst du? Nun mach nicht so ein Gesicht! Sei lieber froh, daß endlich einer da ist, der auf dich aufpaßt.« Schon sprang sie auf, um abzuräumen.

»Laß doch – laß doch stehn. Sei nicht so ungemütlich«, brummte er gestört.

Susi antwortete mit einem waidwunden Rehblick.

»'tschuldige«, sagte Bastian, »aber ich komm' mir langsam wie verheiratet vor.«

»Nicht wahr? Wir sind schon eine richtige kleine Familie.«

Bastian wollte keine kleine Familie sein. Er wollte frei sein. Verdammt noch mal. Er wollte Katharina Freude lieben, ohne dabei ständig gestört zu werden.

Das hilflose Weibchen Susi Schulz war erst zwei Tage bei ihm, und schon fing sie mit dem Stricken an. Fing bei seinen Füßen an, würde ihn, wenn er nicht sehr scharf aufpaßte, in spätestens einem Monat bis zum Hals wie eine Mumie eingestrickt haben, samt angelegten Armen, nichts blieb von ihm, um sich freizustrampeln – sein Schreien würde ungehört verhallen.

Bastian sprang auf, als ob ihn was gestochen hätte. Was richtig Gefährliches.

Er ging zur Mülltüte. In der Mülltüte steckte der Anzeigenteil der Süddeutschen Zeitung, den er nur las, wenn er etwas gebraucht kaufen oder loswerden wollte. Jetzt wollte er etwas loswerden.

Die Seiten mit Immobilieninseraten waren von Teeblättern aufgeweicht, aber noch lesbar.

Bastian studierte alle Möblierte-Zimmer-Angebote und kreuzte das Passende an. »Die rufen wir jetzt der Reihe nach an.«

»Warum?« fragte Susi. »Und was soll ich sagen?«

»Die Wahrheit. Du sagst, du bist Sekretärin, das bist du ja auch bald wieder halbtags. Du bist solide – hast ein Baby ...!

»Ich kann das nicht.« Susi war dem Weinen nahe.

Bastian schaute nicht hin. Das machte es ihm leichter, roh zu bleiben. Er drehte die erste Telefonnummer und reichte Susi den Hörer.

Susi stotterte »Ja, hier Schulz« hinein. »Ich rufe an wegen des Inserats. Ich bin interessiert und halbtags solide – ich meine – mit Baby –« Sie lauschte einer kurzen, heftigen Widerrede und sagte dann: »Ach so – ja – danke.«

»Schon vergeben? Dann versuch noch die nächste Nummer.«

Sie versuchten zwölf Nummern. Keiner wollte eine halbtagsbeschäftigte Mutter mit Kind, sondern einen ganztagsbeschäftigten, anhanglosen, soliden Junggesellen, der auf Küchenbenutzung verzichtete.

»Man will uns nicht«, seufzte Susi zufrieden. »Du hörst es selbst.« Und sie beugte sich über das schlafende Kathrinchen – ein Bild süßen, unschuldigen Friedens.

»Komm her, Bastian, schau sie dir an. So was Liebes will nun keiner haben. Kannst du die Menschen verstehen?«

Bastian betrachtete Kathrinchens eilig pustenden Schlaf und konnte sich plötzlich vorstellen, wie der Referendar aussehen mochte. Denn mit Susi hatte das Baby bisher keine Ähnlichkeit.

Katharina Freude hatte das Wochenende bei ihren Eltern verbracht. Bei ihrer Rückkehr nach München bekam sie den Rock kaum zu.

Daß Mütter einen immer mästen müssen, wenn man

einmal anderthalb Tage zu Hause war. Ansonsten hatte sie einen Sonnenbrand mitgebracht und eine echte Abneigung gegen Montag früh.

Während sie stehend einen blassen Tee in der Stationsküche trank, erzählte ihr Schwester Theresa den Tratsch vom Wochenende.

»... und dann hat Herr Guthmann für Sie angerufen. Im ganzen neunmal.« Theresa lächelte mit Genuß. »Den hat's erwischt.«

Katharina stellte ihre Tasse ab und sagte: »Vielen Dank für den Tee.«

Und ging. Es war drei Minuten vor halb acht. Um halb acht war Ärztebesprechung. Von drei Minuten vor halb acht bis halb acht leistete sie sich ein ganz privates Glücksgefühl. Neunmal angerufen!! Aber das sollte er wirklich nicht. Schon wegen der Schwestern nicht.

Übers Wochenende hatte es drei Neuzugänge gegeben, eine Fehlgeburt. Eine Frau war gestorben. Die Frau war erst achtunddreißig Jahre alt. Sie hinterließ drei Kinder und war geschieden.

Die drei Kinder der verstorbenen Frau waren mit ihrem Großvater gekommen. Man überließ es Katharina, mit ihnen zu sprechen. Alle schweren menschlichen Pflichten wälzte man auf sie ab.

Danach war sie fertig und froh, daß es wenigstens etwas Erfreuliches in ihrem Tagesablauf gab – den Gedanken an Bastian Guthmann.

Sie rief von der Telefonzelle aus bei ihm an, um sicherzustellen, daß sie niemand dabei störte.

Es tutete viermal, dann meldete sich eine atemlose junge Frauenstimme: »Hallo?«

Da Katharina nicht sofort antwortete, fragte sie noch einmal unschuldig: »Hallo? Wer ist denn da?«

»Ist dort nicht Guthmann?«

»Ja.«

»Ist Herr Guthmann da?«

»Nein. Der ist gerad 'runter. Einholen. Kann ich ihm –« ein Aufschrei – »Moment, mir kocht was über –«

Katharina hängte langsam ein.

Und hatte Mühe, sich an die Ernüchterung zu gewöhnen, die in ihr stattfand.

Bastian zog sich am Treppengeländer hoch, dabei immer drei Stufen auf einmal nehmend. Ab zweitem Stock kam ihm ein wohlbekannter, strenger Geruch entgegen.

So roch die Treppe immer, wenn sie gescheuert wurde, und die Hauswartsfrau, wenn sie dabei schwitzte.

Bastian wechselte einen Gruß mit ihr und sagte, was man eben so sagt, wenn man was sagen möchte und nichts Gescheites parat hat. Er sagte: »Seien Sie nicht so fleißig, Frau Hübner.«

Im dritten Stock stellte Frau Lopinsky ihren Mülleimer vor die Tür – sie hatte noch ihre Schürze um, aber schon einen Hut auf, was darauf schließen ließ, daß sie bald ausgehen würde.

»Ja, der Herr Guthmann.«

»Tach«, sagte Bastian und wollte vorbei, aber Frau Lopinsky wollte mit ihm reden.

»Das Kleine ist ja süß. Was ganz was Herziges.«

Bastian wußte im ersten Augenblick nicht, was sie meinte, bis Frau Lopinsky »... und Ihnen wie aus dem Gesicht geschnitten« hinzufügte.

Da stellte er seine Tüten ab und sagte so laut, wie man im allgemeinen nur schreit: *»Ich bin nicht der Vater!«*

»Ach.« Sie war beinah enttäuscht und Frau Hübner, die natürlich zuhörte, war auch enttäuscht, glaubte ihm aber nicht.

»Und warum wohnen's dann bei Eahna?« fragte sie vom zweiten Stock herauf.

»Ja, das möcht' ich auch wissen«, sagte Frau Lopinsky.

»Das will ich Ihnen sagen, Frau Lopinsky. Weil Leute, die große Wohnungen haben und Hadudu und Killekille machen, wenn sie ein Baby sehen, ihre Kinderliebe sofort abschalten, wenn es heißt, Mutter mit herzigem Säugling in Untermiete zu nehmen. Aber einer muß es doch tun, oder?«

Er nahm seine Tüten auf und erstürmte den Treppenrest bis zum vierten Stock, ohne die Wirkung seiner Worte abzuwarten. Alte Tratschen. Hatten keinen anderen Gesprächsstoff als das Intimleben anderer Leute. Hörten das Gras wachsen. Mischten sich in alles ein, was sie nichts anging. Waren zu Tränen gerührt über ihr eigenes gutes Herz, wenn sie im Winter ihre Semmelreste an Parkenten verfütterten. Aber eine Mutter mit Säugling auch nur für ein paar Tage bei sich aufzunehmen, das täten sie nie.

Als Bastian vor seiner Wohnungstür stand und seine Hosentaschen nach dem Schlüssel absuchte, hatte er einen logischen Moment. Er dachte: »Warum brülle ich eigentlich die Lopinsky an, bloß weil sie das Kathrinchen herzig findet? Woher weiß ich denn, ob die Lopinsky die Susi und ihr Kind nicht bei sich wohnen lassen würde? Vielleicht hätte ich sie danach fragen sollen, anstatt loszugiften. Vielleicht hätte sie ja gesagt, aber gern. Nun ganz bestimmt nicht mehr.

Susi nahm ihm die Tüten ab und leerte ihren Inhalt auf den Küchentisch.

»Babypuder fehlt«, stellte sie fest und zog ihren weißen Kittel aus. »Ich geh' rasch 'runter und hol' welchen.« Schon an der Wohnungstür, fiel ihr ein: »Übrigens, eine Frau hat angerufen.«

»Ja und?«

»Namen hat sie nicht genannt. Ihre Stimme kam mir irgendwie bekannt vor. Sie hat nach dir gefragt.«

»Was hast du gesagt?«

»Daß du einkaufen bist. Dann kochte die Milch über, ich mußte in die Küche. Als ich wiederkam, hatte sie eingehängt.«

Bastian hielt sich stöhnend den Kopf. Das konnte nur Katharina Freude gewesen sein.

Ein endloses Wochenende lang hatte er auf ihren Anruf gewartet, hatte ihn geradezu herbeihypnotisiert – und kaum ging er zehn Minuten aus dem Haus, da rief sie an, hörte statt seiner eine Frauenstimme, glaubte, es wohne eine bei ihm, und hängte ein.

»Was ist denn, Bastian, was ist los?« fragte Susi. »Hab' ich was falsch gemacht?«

Er antwortete nicht. Schüttelte nur den Kopf, was viel bedeuten konnte oder nichts.

»Ich geh' dann jetzt«, sagte sie zögernd. »Wenn Kathrinchen aufwacht, gib ihr die Flasche, ja? Ich hab' sie warmgestellt.«

Bastian fuhr so rasch und wild herum, daß sie erschrocken zurückwich.

»Ich geb' ihr nicht die Flasche«, schrie er. »Ich geb' ihr die Brust!«

»Du gibst ihr was?«

Er riß sich das Hemd auf. »Die Brust! Meine Brust!«

»Warum?« fragte Susi.

»Kathrinchen kann nicht früh genug lernen, daß das halbe Leben aus Enttäuschungen besteht.«

Und damit marschierte er ins Zimmer.

Kehrte aber auf halbem Wege wieder um und nahm

die Flasche aus dem Wasserbad. Er wischte sie an seinen Jeans trocken und begab sich damit zu Kathrinchen. Stand an seinem Korb und wußte nicht, wie er es hochheben sollte, ohne daß ihm der Kopf herunterfiel.

Es war das erstemal, daß er ein Baby auf den Arm nahm. Er hatte feuchte Hände dabei. Kathrinchen schrie wie am Spieß. Es hatte allen Grund dazu.

Dreimal versuchte Bastian, Katharina im Krankenhaus zu erreichen, um das Mißverständnis aufzuklären. Dann konnte er nicht mehr anrufen, weil Susi neben ihm saß und etwas Rosanes strickte, das sie nach jeder Reihe hochhielt und anschaute.

Während er noch überlegte, was er machen sollte, rief Katharina selbst bei ihm an, eine freundliche, unbefangene Katharina Freude, die ihm erzählte, daß sie das Wochenende bei ihren Eltern verbracht und wissen wollte, weshalb er so oft im Krankenhaus angerufen habe.

»Ist was passiert?«

»Nur immer dasselbe«, sagte Bastian und sah Susi an.

»Störe ich?«

»Ja«, sagte er.

»Dann geh ich aufs Klo.« Susi nahm ihr Strickzeug und verließ sein Zimmer.

»Ich hatte Sehnsucht«, sagte Bastian in den Hörer, als sie gegangen war. »Darum hab' ich angerufen.«

Katharina seufzte wie jemand, dem man sehr auf die Nerven geht.

Bastian fragte, wann sie Zeit hätte. Katharina sagte, im Augenblick wäre es schlecht. Der Stationsarzt hätte Urlaub. Der Chefarzt wäre zu einer Tagung.

»Und bitte, rufen Sie nicht mehr an, Herr Guthmann. Ich habe deshalb nur Ärger auf der Station.«

»Aber zu Haus darf ich Sie anrufen?«

»Wenn ich zu Haus bin, bin ich meistens so müde, daß ich nur schlafen möchte.«

»Ist es wegen Susi?« fragte er.

»Susi? Was für einer Susi?«

»Susi Schulz. Sie wohnt bei mir mit Kathrinchen. Sie war vorhin am Telefon, als Sie anriefen. Sie haben doch angerufen, nicht wahr?«

Kurzes Zögern. Dann: »Nein, das war ich nicht. Bei uns ist heut' die Hölle los, ich komme erst eben dazu ...«

»Jaja«, sagte Bastian und glaubte ihr nicht. »Ich kann nichts dafür, daß sie bei mir wohnen. Sie haben nichts anderes gefunden.«

»Ach«, staunte Katharina, »wirklich nicht? Die Armen.«

»Es ist nichts, was Sie denken! Glauben Sie mir –«

»Hören Sie!« unterbrach sie ihn ärgerlich. »Was gehen mich Ihre Privatgeschichten an.«

»Sie gehen Sie etwas an! Wenn nicht Sie, wen denn sonst?«

Katharina holte hörbar Luft. »Herr Guthmann, ich fürchte, Sie geben sich da falschen Hoffnungen hin. Ich finde Sie nett, aber –«

»Sie nehmen mich nicht ernst.«

»Nein.«

»Schade«, sagte er. »Ich hab's nämlich noch nie so ernst gemeint wie diesmal.«

»Ach, das tut mir wirklich leid für Sie. Sie werden schon darüber hinwegkommen, nicht wahr? – Ich muß jetzt Schluß machen. Grüßen Sie Frau Schulz. Hat sie Ihnen erzählt, daß ich sie und ihr Baby bei meinen Eltern unterbringen wollte – zumindest in den ersten Wochen, wo sie noch nicht arbeiten kann ...?«

»Was haben Sie?«

»Aber sie hat abgelehnt. – Also, alles Gute, Herr

Guthmann, und bitte rufen Sie nicht mehr an. Ich habe keine Zeit.«

Bastian saß da, mit dem Hörer in der Hand, aus dem Katharina Freudes Stimme entschwunden war. War völlig verdattert.

Begriff nur eins: Er hatte Katharina Freudes so umständlich erworbene Sympathie wieder verloren und ahnte nicht, warum. Vielleicht hatte sie einen Freund, von dem er nichts wußte. Vielleicht hatte sie übers Wochenende ihrer Vernunft zuhören müssen, die ihr sagte, was seine Großmutter von Anfang an gedacht hatte: »Was soll ein Fräulein Doktor mit dir? Du hast nichts, bist noch nichts und dafür schon zu alt.«

Susi kam herein, mit einer Zeitung in der Hand.

»Schau mal, was ich auf dem Klo gefunden hab'. Ein Inserat: ›Eleganter Kinderwagen, fast neuwertig, preisgünstig abzugeben.‹ Da rufen wir mal an, ja? Hier ist die Nummer. Oder telefonierst du noch?«

»Nein«, sagte Bastian, »nicht mehr.« Er stand auf. »Das war eben die Ärztin aus dem Krankenhaus, die Dr. Freude.«

Susi faßte sich an den Kopf. »Jetzt weiß ich – die hat heut' mittag angerufen. Die Stimme kam mir bekannt vor. Was wollte sie denn?«

»Sie sagte, sie hätte dir angeboten, fürs erste mit Kathrinchen bei ihren Eltern zu wohnen.« Er schaute Susi an.

Susi erinnerte sich gerade noch. »Ja, das hat sie gesagt, das war ja auch sehr lieb von ihr. Aber was solln wir denn bei wildfremden Menschen!? Auf dem Land! Stell dir mal vor!«

Bastian stellte sich gar nichts vor, sondern ging aus dem Zimmer und schmiß die Tür so rabiat hinter sich zu, daß Kathrinchen erwachte und zu schreien begann. Das arme Kathrinchen.

Susi mußte weinen.

Zwischen dem Fenster und dem Wasserboiler hing eine Leine mit tropfender Babywäsche durch. In der Wanne weichten Susis gestickte Jeans. Ins Waschbecken durfte er kein Wasser füllen, weil das Abflußrohr undicht war. Bastian gab das Waschen auf und ging in sein Zimmer, in dem Susi, den Kopf voll Lockenwickler, gerade Kathrinchens Windeln wechselte.

Susi war trotz der frühen Morgenstunde wunderbarer Laune, denn Kathrinchen hatte ausgezeichneten Stuhlgang – ob Bastian mal sehen wollte?

Bastian wollte nicht. Er betrachtete bloß den Tisch, auf dem Kathrinchen gewickelt wurde. Bastian stellte sich vor, er hätte noch nicht seine Klausuren hinter sich. Er müßte noch immer diesen Wickeltisch als den für seine Zukunft entscheidenden Arbeitsplatz bezeichnen.

»Dieser Säugling wird eher schulpflichtig, als daß ich Lehrer werde«, heulte er auf.

Susi sah sich erschrocken nach ihm um. »Was ist denn plötzlich los?«

»Gar nichts.«

»Du willst uns nicht mehr. Was können wir denn dafür, daß uns keiner haben will.« Sie drehte ihm den Rücken zu.

Bastian kannte ihren Rücken bereits so gut, als ob er mit ihm seit Jahren verheiratet wäre. *Verheiratet!*

Gleich würde Susi weinen. Tränen fielen ihr ja so leicht. Er holte tief Luft und Energie – und atmete alles wieder aus. Was sollte er machen!?

»Ich geb' mir solche Mühe, um es dir schön gemütlich zu machen«, schnupfte Susi. »Ich denk' überhaupt nicht an uns, bloß an dich, Bastian. Weißt du das?« Sie wandte ihm ihren feuchten Rehblick zu.

Er nahm sie bei den Schultern und entschuldigte sich. Sie lehnte ihren Kopf an seine Brust – rosa, grüne, blaue Lockenwickler, auf die er niederschaute.

»Ich verstehe«, kuschelte sie. »Es ist alles so ungewohnt für dich. Auch für mich. Es ist auch zu eng hier. Das beste wäre, wir kündigten deinen Untermieter und nähmen das große Zimmer dazu. Ich zahl' dir dasselbe, was er dir dafür bezahlt. Ich hab' ja die dreihundert Mark von meinem Vater, und bald geh' ich wieder arbeiten.« Sie schlang die Arme um seine Hüften. »Ach, Bastian, es wird wunderschön ..., es dauert bloß alles seine Zeit.«

In diesem Augenblick kam die Post. Sie brachte einen Brief von der Autowerkstatt, die seine Else drei Jahre lang betreut hatte; er begann mit dem Unfrohes verheißenden Satz: »Bei Durchsicht unserer Bücher ...«

Es handelte sich um eine Rechnung aus dem vorigen Jahr, die Bastian noch nicht bezahlt hatte. Hundertvierunddreißig Mark Arztkosten für ein Auto, das bereits tot war.

Der zweite Brief kam von dem Anwalt, den Bastian mit der Regelung der Alimentenfrage beauftragt hatte.

»Damit will ich nichts zu tun haben, hörst du?« rief Susi und rannte in die Küche, wobei sie sich die Ohren zuhielt.

Bastian riß den Umschlag auf, las das Schreiben und brach zum erstenmal an diesem Tage in Gelächter aus.

Dieses Lachen lockte sie wieder herbei. »Was ist denn? Sag doch mal!?«

»Da kannst du bloß noch abschnallen. Weißt du, was der Anwalt schreibt? Dein Referendar hat vor vier Monaten seinen Kölner Wohnsitz aufgegeben und nach Johannesburg geheiratet.«

»Was für'n Johannesburg?« fragte Susi.
»Südafrika.«
Sie überlegte. »Wenn er so weit fortgeht, kann es nur eine reiche Heirat sein.« Und sie gönnte sie ihm nicht. »Th –, heiratet reich, und wir sitzen hier in Not! Ja, wie findest du das, Bastian? Haut einfach ab und drückt sich vorm Zahlen!«
»Weiß er überhaupt was von dem Kind?«
»Ich hab's ihm damals geschrieben. Er hat mir Geld geschickt, ich wollte zu einem Arzt nach Holland. Aber bis ich die richtige Adresse hatte, war das Geld alle. Es sollte wohl so sein.«
»Hast du ihm das mitgeteilt?« fragt Bastian.
»Natürlich nicht.«
»Dann kannst du auch nicht schimpfen, daß er sich vorm Zahlen drückt.« Er nahm seine Jacke von einer Stuhllehne und würgte sich umständlich hinein. Dann nahm er seine Schlüssel vom Tisch und das Feuerzeug. »Der Anwalt schreibt, daß es einige Zeit dauern wird, bis er die Adresse in Johannesburg ausfindig gemacht hat.«
»Und wenn er Klaus findet ...?«
»Dann wird der ganz schön dußlig aus der Wäsche gucken.«
»Vor allem seine Frau.« Susi genoß die Vorstellung. Sie sah Bastian zur Tür gehen. »Kommst du zum Mittagessen heim? Es gibt Spinat.«
»Spinat«, deklamierte er, »›nun iß schon deinen Spinat, mein Liebchen. Was?? Du magst keinen? Aber er ist doch sooo gesund!‹ Hat schon meine Mutter immer gesagt. Sie hat mich damit frühzeitig aus dem Haus getrieben. – Servus, Mütterchen!«
Die Wohnungstür fiel hinter ihm zu.
Bastian lief die Treppen hinunter und pfiff dabei eine

Melodie, von der er seit Tagen nicht loskam. Er kriegte sie nicht aus dem Kopf.

Es handelte sich um den »Guten Mond«, um Kathrinchens Spieluhr, die Susi beim Baden, Stillen, Flaschen, beim Wickeln und beim Einschlafen bimmeln ließ, und Bastian konnte nichts dagegen sagen: Er hatte den »Guten Mond« ja selbst geschenkt.

Der Berg ruft

Karl Guthmanns zahntechnisches Labor beschäftigte viele Angestellte, Bastian schätzte dreißig.

Sieben schauten auf, als er hereinkam, drei davon grüßten ihn, die übrigen vier waren erst seit einem Jahr hier und kannten Bastian noch nicht.

So selten besuchte er seinen Bruder.

Er stand herum und wartete auf Karl, der sich am Telefon wegen eines Termins mit einem Zahnarzt stritt. So spielte er mit gipsernen Abdrücken, in denen weiße, gelbe, goldene Zähne und ganze Gebisse steckten. Er ließ sie auf- und zuklappen, bis Karl plötzlich neben ihm stand, ihm sein Spielzeug aus der Hand nahm und an seinen namentlich bezeichneten Platz zurückstellte.

Bastian las: »Frau von Warwin.« Also ein adeliges Gebiß. Er dachte, wie lustig es wohl wäre, wenn man alle Gebisse untereinander vertauschte wie Schuhe vor Hotelzimmertüren.

»Was gibt's denn?« fragte Karl, schon ganz nervös in Anbetracht des brüderlichen Spieltriebs. »Ich habe wenig Zeit. Bringst du mir mein Hemd zurück?«

»Bald«, sagte Bastian. »Ich komm', weil ich dich fragen wollte, ob ich ein paar Tage bei dir wohnen kann.«

»Wieso? Hat man dir gekündigt?«

»Ich hab' ein Mädchen mit seinem Baby bei mir aufgenommen. Nun ist es mir zu eng, weil ich nicht eng genug mit ihr befreundet bin, verstehst du?«

Karli sah ihn kopfschüttelnd an. »Warum nimmst du sie dann erst auf?«

»Ja, warum ...«, sagte Bastian und schaute sich an dem Dreieck zwischen Karlis energischem Kinn und seinen Kittelaufschlägen fest. Darin schwebte sein Adamsapfel beim Sprechen wie ein Paternoster auf und nieder.

»Du tust immer so unüberlegte Sachen, und nachher stehst du da«, sagte Karl.

Sein überheblicher Ton brachte Bastian umgehend auf die Palme.

»Dir würde so was nie passieren. Dir nicht. Du würdest dich niemals mit anderer Leute Schicksal belasten. Du tust nur, was du willst.«

»Ja und?«

»Ja und! Ja und!«

»Kann ich was dafür, daß du vor allem das tust, was andere von dir wollen? Und dich nachher drüber ärgerst?« sagte Karl.

Das Dumme an ihren brüderlichen Auseinandersetzungen war, daß Klappzahn logisch blieb, während Bastian gleich zu stänkern anfing.

Er knurrte: »Was dir fehlt, ist ein Tritt in den Hintern, damit du endlich mal von deinem Sockel fliegst.«

Karl schüttelte den Kopf. »Was willst du eigentlich? Willst du mein Gästezimmer, oder willst du mich anpöbeln?«

»Scheiß auf dein Gästezimmer«, sagte Bastian. »Ehe ich mir ständig von dir vorhalten lasse, wie schlau du bist und wie saudumm ich, hör' ich mir lieber das Geschrei fremder Babys an.«

»Wie du willst«, sagte Klappzahn kühl.

»Es war richtig schön, dich mal wiederzusehen.«

»Ja, du mich auch. Und vergiß mein Hemd nicht.«

Bastian bereute, zu Karl gegangen zu sein. Er bereute auch, daß er sich so blöd benommen hatte. Er benahm sich nur noch blöd, seit er Liebeskummer hatte. Katharina, ach du gehst so stihille ... still, aber unermüdlich ging sie in seinem Kopf herum.

Drei Tage hielt er es nun schon durch, sie nicht anzurufen. Zu Haus fiel's ihm leicht, weil Susi um ihn herum war. Unterwegs schaute er fort, wenn er eine Telefonzelle sah.

Er war ständig unterwegs. Am Dienstag vormittag hatte er Praktikum in einer Pasinger Grundschule, nachmittags einen Nachhilfeschüler, abends ging er zum erstenmal seit einem Jahr ins Kino.

Mittwoch fuhr er Taxi, Donnerstag segelte er mit einem Kommilitonen auf dem Ammersee (leider Flaute), Donnerstag nacht fuhr er Taxi.

Freitag früh hatte er einen Nachhilfeschüler, und am Freitag nachmittag begegnete er Katharina Freude in der Fußgängerzone.

Vor den Auslagen eines Schuhgeschäfts.

Er konnte es einfach nicht glauben, aber sie war's wirklich im hellen Trenchcoat, ungeschminkt, einen Wuschel Haare im Gesicht, sich selbst so gar nicht wichtig nehmend und so wenig auf Beachtung bedacht.

Bastian spürte Herzklopfen im Magen. Er hatte genügend Zeit, sie zu betrachten. Außer ihm fiel sie niemandem auf.

»Katharina Freude«, sagte er schließlich.

Sie sah sich um und sagte bloß:

»Ach Gott.«

»Erinnern Sie sich noch an mich? Ich bin der, von dem Sie nichts mehr wissen wollen. Warum eigentlich nicht, Katharina, was hab' ich Ihnen getan?«

»Nichts«, sagte sie, »gar nichts, wieso?«

»Ich habe Sie drei Tage nicht angerufen. Es ist mir sehr schwergefallen. Ich war so vernünftig, wie Sie verlangt haben.« Er schaute zum Himmel. »Aber das Schicksal hat uns wieder zusammengeführt.«

»Wenigstens hat es diesmal keinen Verkehrsunfall dafür inszeniert«, sagte sie, und das Lächeln in ihrer Stimme machte ihm wieder Mut.

Machte ihn glücklich.

»Wie geht es Frau Schulz und dem Kathrinchen?«

»Ich seh' sie kaum.«

»Wohnen sie nicht mehr bei Ihnen?«

»Doch. Sie schon –.«

»Und Sie?«

»Ich bin auf der Suche nach einer anderen Bleibe. Bei meinem Bruder war ich gerade. Da geht's nicht. Der hat zwar 'n Bett frei, aber eins mit Vorwürfen.«

Er fummelte prüfend durch seine Taschen, um sich zu vergewissern, daß er genügend Geld bei sich hatte. Er fand nicht viel, aber es reichte für ein gemeinsames Bier.

»Gehen wir irgendwohin?«

»Ich will mir Schuhe kaufen. Um vier muß ich noch mal zum Dienst.«

»Darf ich mitkommen?« Bastian hielt ihr die Tür zum Schuhgeschäft auf. »Ich kann Sie vielleicht modisch beraten? Ich habe einen irren Geschmack.«

Oh, wie ging er Katharina schon wieder auf die Nerven! Und wie herzlich froh war sie darüber.

Sie nahmen auf zwei Sesseln nebeneinander Platz.

»Was macht das Krankenhaus?«

»Danke, wir können nicht klagen. Wir sind immer gut besucht.«

Eine Verkäuferin wurde vom Geschäftsführer auf sie losgelassen. »Was darf's denn sein?«

»Fräulein, wir möchten gern ...«, hub Bastian an.

»... einen festen Wanderstiefel mit möglichst starken Profilsohlen«, vollendete Katharina.

»Sagen Sie bloß, Sie wandern!«

»Sie nicht?«

Bastian schaltete schnell. »Doch. Gerne. Wann?«

»Sonntag«, schlug sie vor. »Ich habe zweimal Nachtwache für einen Kollegen gemacht und dadurch den Sonntag frei. Sagen wir so um fünf Uhr dreißig? Ich hol' Sie ab.«

Sie sah ihn während ihres Vorschlags überlegend an und freute sich plötzlich in einer Weise auf diesen gemeinsamen Wandertag, die ihn hätte stutzig machen müssen. Aber Bastian war viel zu glücklich, um etwas zu merken.

Als Susi am Sonntag früh in die Küche tappte, um des schreienden Kathrinchens Flasche vorzubereiten, erlebte sie eine große Überraschung. Auf dem Fensterbrett saß Bastian, rasiert, gekleidet und taufrisch.

»Du schon?«

Er zog neue Schnürbänder in seine Clarks und erklärte wichtig: »Ich gehe wandern.«

Sie kam so nah an ihn heran wie eine Kurzsichtige ohne Brille. »Du gehst was?«

»Wandern.«

Ihr übertriebenes Staunen ärgerte ihn. »Na und? Wieso nicht?«

»Ausgerechnet du, der mit 'm Auto zum Briefkasten fahren würde – wenn er noch eins hätte –, bloß um nicht laufen zu müssen.«

»Laufen und wandern ist nicht dasselbe«, sagte Bastian und zog seine Schuhe an.

»Wo willst du denn wandern?«

»Das wissen wir noch nicht.« Er band sich einen grobgestrickten Pullover um die Hüften.

»Wer wir?«

Warum sagte er Susi nicht, daß er mit der Freude wandern ging? Hatte er Angst vor ihren schnellen Tränen? War er wirklich so rücksichtsvoll, wie er sich einzureden versuchte? Oder war er feige?

»Ich bin das letztemal in meiner Schulzeit geausflugt«, lenkte er ab. »Wie ist das eigentlich? Nimmt man dazu immer noch harte Eier mit?«

Susi wußte es auch nicht, aber sie wollte ihm gern welche abkochen – falls welche da waren – Moment mal –

Es waren keine da.

Und selbst wenn, es wäre zu spät gewesen, denn an der Haustür klingelte es.

So steckte Bastian nur den Salznapf ein – »für alle Fälle«, sagte er und »Servus, Susi.«

»Viel Spaß.« Mit ihrem traurigen Rehblick verdarb sei ihm all den Spaß wieder, den sie ihm gerade gewünscht hatte.

»Was machst'n du heut?«

Sie hob freudlos die Arme. »Was tut man schon am Sonntag allein in der Stadt!«

»Geh mit Kathrinchen in den Englischen Garten«, schlug er vor. »Geh wirklich, hörst du?« Er küßte sie auf die Wange und hatte dabei ein schlechtes Gewissen und ärgerte sich gleichzeitig, weil er eins hatte. Schließlich war er nicht ihr Ehemann, der sie am Sonntag sitzenließ, nicht mal ihr Liebhaber, sondern ein freier Junggeselle, der wandern durfte, mit wem er wollte. Jawohl.

Und also sittlich und rechtlich gestärkt, richtete sich seine Stimme zu einem forschen »Alsdann – Susi – mach's gut« auf.

Kaum war er gegangen, lief sie von Fenster zu Fenster, um auf die Straße zu sehen. Aber das Dach stand zu weit vor. Die Regenrinne verdeckte die Fahrbahn bis zu Hälfte.

So konnte sie nur akustisch seine Abfahrt miterleben – das Zuklappen der Haustür, sein Lachen – ein sehr glückliches Lachen –, dann das Zuschlagen einer Wagentür, das Geräusch eines abfahrenden Autos.

Vor ihr lag ein endloser, einsamer Sonntag, an dem sie genügend Zeit hatte, sich zu fragen, ob dieser Freund, mit dem Bastian wandern ging, vielleicht eine Frau war.

Susi beschloß, sich heute sein Schubfach mit gesammelten Briefen vorzunehmen. Den Schuhkarton mit all seinen Fotos hatte sie schon mehrmals durchgeschaut.

Bastian fand es ungeheuer, mit Katharina Freude durch den oberbayrischen Morgen zu fahren. Rundum war alles so grün, so leuchtend rot und weiß und gelb auf den hölzernen Balkonen. So blau, wo die Wolken aufrissen. Und so still, wo sie endlich anhielten und ausstiegen.

Während Katharina den Wagen abschloß, drehte er sich einmal um sich selbst. Hatte keine Ahnung, wo er sich befand. War ihm auch piepegal.

Er breitete die Arme aus und atmete tief durch. »So riecht das also morgens auf dem Lande!«

»Wie riecht es morgens auf dem Land?« fragte Katharina und kam auf ihn zu – kariertes Hemd, Bundhose, rote Wollstrümpfe und die neuen Schuhe. Es gab graziösere Sportbekleidungen für eine Frau.

»Blödsinnig gesund«, sagte Bastian. »Und dazu die Stille. Und das Rindvieh.«

Am liebsten hätte er jede auf den betauten Wiesen stehende, sanft zu ihnen herüberglotzende Kuh mit Handschlag begrüßt.

»Warten Sie.« Katharina schnallte ihm einen Rucksack um – wozu denn Rucksack, es gab doch schließlich Wirtschaften. Aber anscheinend konnte sich ein echter Wanderer einen Ausflug ohne Rucksack nicht vorstellen.

»Jetzt gehen wir also immer hinein in die Gegend?« fragte er interessiert.

»O nein, Herr Guthmann. Immer bergauf.«

Sie zeigte auf einen Berg, der ihm unendlich hoch erschien. Schnee hatte er zwar nicht mehr, und bewachsen war er bis kurz unterm Gipfel, aber wo war der Gipfel –!

»Ist Ihnen das nicht zu hoch?« fragte er besorgt.

»Etwa Ihnen?«

»Was glauben Sie, wie heiß das oben sein wird!«

Katharina schaute auf die Uhr. »Jetzt ist es sieben. Zwei Stunden gehen wir –«

»Im ganzen?«

»Hinauf. Gegen neun werden wir oben sein. Um die Zeit wird es meistens sehr heiß, aber nicht heut'. Heut' ganz bestimmt nicht. Die Wolkendecke ist fast zu.«

Bastian schaute sich die Wolkendecke an.

»Ein herrlicher Morgen«, sagte er blaß.

Zuerst gingen sie ein Stück an einem Rauschebach entlang, beschirmt von dichten Laubbäumen, unter denen selbst bei vollem Sonneneinsatz feuchtwürzige Kühle herrschen mochte.

Dann ging's über Wurzeln, die wie dicke Adern den Weg überzogen, bergan.

Zuerst noch ein Stück geradeaus, dann im Zickzack.

In immer kürzerem Zickzack, der Steigung entsprechend, und nirgends war ein Ende abzusehen.

Als Bastian um acht auf die Uhr schaute, war es erst zwanzig Minuten nach sieben.

Noch federte er forsch voran – er war ja Treppensteigen gewöhnt, schließlich wohnte er im vierten Stock ohne Lift. Aber er war noch niemals fünfzigmal hintereinander vier Treppen hochgestiegen.

Katharina lag weit zurück. Sie stieg langsam und stetig, so wie in dem einzigen Ganghoferfilm, den er als Knabe gesehen hatte.

Er blieb zwischen einem Zick und einem Zack des schmalen Pfades stehen und wartete auf sie. Und fragte, nur leicht außer Atem: »Gehe ich zu schnell?«

»Nein, nein, ich komm' schon nach.«

»Sie müssen es mir sagen, wenn ich zu schnell steige, ja?«

»Ich sag's.«

Jetzt lagen noch anderthalb Stunden Aufstieg vor ihnen. Warum eigentlich? Wieso mußten sie hinauf? Um hinterher zu sagen, wir sind da oben gewesen? Dazu war der Berg nicht prominent genug.

Der Abstand zwischen ihnen verringerte sich. Es kam der Moment, da Katharina an Bastian vorbeistieg und freundlich fragte: »Naa?«

»Ich schau' mich um«, japste er. »Will ja schließlich was von der Landschaft haben –.«

Die Landschaft war überhaupt nicht da. Sie lag hinter den dichtstehenden Baumstämmen.

Katharina ging anscheinend ohne Anstrengung vor ihm her. Wieso machte ihr das Steigen nichts aus? Warum beherrschte sie alles so vollkommen? Aber das lag nur an ihren starken Profilsohlen. Die hafteten fest am Berg. Die dünnen Kreppsohlen seiner Clarks dagegen...

Nun verschwand sie hinter einer Biegung des Weges.

Bastian lief der Schweiß von der Stirn übers Gesicht, in seinen keuchenden Mund. Wahrscheinlich stand er kurz vor einem Herzinfarkt. Er hatte erst kürzlich von einem Mann gelesen, der sich auf einem Berg einen Herzinfarkt geholt hatte, der Mann war zwar schon dreiundfünfzig gewesen, aber manche traf's eben früher.

Milzstechen hatte er auch und dazu der Scheißrucksack – ja, war er Luis Trenker??

Das macht sie absichtlich, dachte er unfroh. Sie will mir die Lust am Nachsteigen austreiben. Sie mag mich nicht. Aber hätte sie ihm das nicht unten sagen können?

Warum müssen Frauen bloß so anstrengend sein? Er kannte nur anstrengende Frauen.

Zum Beispiel Susi.

Susi. Die frühstückte jetzt und schob anschließend den Kinderwagen durch die Isarauen oder den Englischen Garten – lauter ebenerdige, gepflegte Wege.

Glückliche Susi.

Und erst Kathrinchen. Das wurde gefahren!

Da, wo der Wald aufhörte, saß Katharina auf einer steilen Alm zwischen kleinen Felsen und kurzhalsigen Blümchen. Der Wind wehte ihr Haarbüschel ins Gesicht. Sie schaute so zufrieden aus, als ob sie das, was sie sah, alles selbst gemalt hätte.

»Na?«

Bastian warf sich neben sie auf den Abhang und keuchte.

»Jetzt haben wir schon die obere Baumgrenze erreicht«, sagte Katharina.

Die Bäume haben's gut, dachte er, die haben wenigstens eine Grenze und müssen nicht noch höher.

»Wollen wir eine Pause machen?«

»Ja.« Er lag flach da, mit ausgebreiteten Armen, im Blick nichts als Wolken und schwarze, kreisende Vögel.

Das wären Dohlen, sagte Katharina.

Auch so was wußte sie.

Und packte den Rucksack aus. Thermoskanne mit heißem, süßem Tee. Schinkenbrote mit Schleppe. Harte Eier – also immer noch kein Ausflug ohne harte Eier.

Bastian zog den Salznapf aus der Hosentasche. Das war sein Beitrag zu diesem Picknick.

Dann saßen sie nebeneinander und kauten und guckten das Panorama an. Die höchsten Zacken alpiner Laubsägearbeit lagen in den Wolken.

»Nun sagen Sie schon was.«

Bastian sagte: »So steil hab' ich noch nie gefrühstückt.«

»Eher würden Sie sich die Zunge abbeißen, als daß Sie zugäben, daß es wunderschön hier oben ist.«

»Es ist wunderschön, aber ist es noch weit bis zum Gipfel?«

»Höchstens eine halbe Stunde.«

»Gibt's da oben was anderes als Blick?«

»Eine Hütte.«

»Mit Bier?«

»Ich denke schon.«

Bastian trank einen Schluck Tee und stellte sich vor: »Eine nicht zu steile, einsame Hütte mit Bier, wir beide ganz allein – und in der Ferne jodelt einer.«

An sich wäre er gern noch liegen geblieben. Er mußte nicht auf einen Gipfel. Zumindest trieb ihn kein Ehrgeiz dazu, höchstens der Gedanke an ein kühles Bier.

Die letzten hundert Meter waren geröllig, sehr steil – vor allem der Blick in den Abgrund –, nichts Vertrauenserweckendes, woran man sich festhalten konnte, wenn man so schwindelig war wie Bastian Guthmann, das Kind aus der Ebene.

Kam denn nicht endlich die Hütte mit dem versprochenen Bier?

Katharina bemerkte sein Dilemma und nahm ihn an die Hand. Und das fand er nun wieder ganz schön.

»Gleich sind wir da«, versprach sie, während sie ihn um einen Felsvorsprung herumführte.

Bastian glaubte zu träumen, als er danach sah, was er sah.

Vor ihnen breitete sich ein weichgeschwungenes Plateau aus, schön grün und saftig, und darin die Hütte.

Die Hütte war ein Bau mit mehreren Sonnenterrassen und lärmendem Ausflugsbetrieb auf diesen Terrassen. Kinder kreischten, Hündchen tollten, und die Bedienung mußte so viele Bierkrüge stemmen wie auf dem Oktoberfest.

Und das bereits um neun Uhr dreißig.

Bastian war erschüttert. »Wo kommen denn die vielen Menschen her? Sind die etwa alle zu Fuß? Die Kinder auch?«

»Nein«, sagte Katharina, »mit der Seilbahn.«

»Man kann also ganz einfach und ohne Strapazen mit der Seilbahn hier herauf?«

»Ja. Aber das ist doch langweilig.«

Er sah sie an und konnte plötzlich nicht mehr ihre Unschuldsmiene ertragen. Ihre fabelhafte Sportlichkeit. Ihren sanften Zynismus.

»Sie haben mir eine einsame Hütte versprochen«, schrie er. »Eine *einsame!* Das hier ist ein Rummelplatz. Sie haben mich so richtig hochnehmen wollen.« Er demonstrierte mit den Armen, wie hoch. »Aber auch meine Dämlichkeit hat Grenzen, Fräulein Freude, kommen Sie!«

Er packte ihr Handgelenk und stürmte, mehr rutschend als laufend, Steinlawinchen auslösend, ohne Rücksicht auf seine Schwindeligkeit, denselben Weg zurück, den sie gekommen waren.

Katharina stolperte hinter ihm her. »Was ist denn? Was ist denn los? Ich denke, Sie wollten ein Bier?«

»Ein *einsames* Bier«, wütete er. »Mit einem einsamen Jodler.«

»Lassen Sie mich los! Ich kann nicht so schnell!«

Er gab ihr Handgelenk frei und fühlte sich im selben Augenblick seines Halts beraubt. Obgleich er es gewesen war, der sie hinter sich hergezogen hatte.

Aber schwindeligen Leuten ist es ja gar nicht so sehr um einen Halt zu tun als um die Illusion eines Halts. Den Blick in die Tiefe vermeidend, meisterte er ein besonders steiles Stück auf dem Hosenboden.

Nach Katharina Freude sah er sich nicht um.

Er war fertig mit ihr. Er hatte es satt, ständig ihre Überlegenheit spüren zu dürfen. Sie nahm ihn nicht ernst. Sie hielt ihn wie einen jungen Hund. Sie wollte ihn nicht, er lief ihr nach. Seine unbeirrbare Anhänglichkeit rührte sie schließlich. Na komm schon, rief sie ihm zu. Er durfte ihr folgen. Wohin durfte er ihr folgen? Auf einen Berg ...

Was hatte er sich eigentlich dabei gedacht, als er sich in sie verliebte? Hatte er überhaupt etwas gedacht? Auf alle Fälle nicht darüber nachgedacht, was das Leben mit Katharina bedeutete.

Achtzig Prozent ihres Daseins verbrachte sie im Krankenhaus, zehn bis fünfzehn Prozent damit, sich vom harten Dienst im Krankenhaus auszuschlafen, der kümmerliche Rest war Privatleben.

Das entsprach alles so gar nicht seinen Vorstellungen von einer jungen Liebe.

Er wollte ein Mädchen nicht nur zweimal in der Woche sehen, er wollte möglichst viel mit ihr zusammensein. Schlafen, reden, blödeln, Zeit haben, in der Sonne liegen, segeln gehen, und wenn sie nicht da war, etliche Male am Tag mit ihr telefonieren ...

Bastian rannte den Berg hinunter, sehr leicht, sehr froh, wie einer, der noch mal davongekommen ist.

Einmal blieb er stehen und sah sich um.

Sah niemand. Keine Katharina weit und breit.

Er rief ihren Namen und hörte als Antwort nur das Rauschen der Bäume und einen Vogel in großer Erregung.

Entweder war sie umgekehrt und zum Lift zurückgegangen, oder sie lag irgendwo mit etwas Verknaxtem.

Auf alle Fälle war es seine Pflicht, nach ihr zu suchen. Das bedeutete, daß er noch ein ungewisses Stück Berg wieder hinaufsteigen mußte, und das gefiel ihm gar nicht.

Er fand sie nach einer steilen Viertelstunde in einer Mulde hockend, die Beine von sich gestreckt.

Sie lächelte sanft. »Die neuen Stiefel, vor allem der rechte ...«

Bastian kniete vor Katharina nieder und schnürte ihren rechten Stiefel auf.

»Vorsicht – bitte –«

Er zog ihn vorsichtig aus. Auch den Strumpf. Er behielt ihren Fuß in der Hand, den sie nun gemeinsam betrachteten. Einen schmalen, kleinen Fuß mit rosalackierten Zehen und mindestens fünf großen Blasen. Am Hacken blutete er.

Bastian fragte, ob er mal pusten solle.

»Ja, bitte«, sagte Katharina.

Bastian pustete rundherum. »Besser?«

»Nicht sehr.«

»Das wär' alles nicht passiert, wenn wir die Seilbahn genommen hätten.«

»Seilbahn wär' schön!«

»Haben Sie Heftpflaster mit?«

»Ja.«

»Im Rucksack?«

»Im Auto.«

»Das ist gut.« Er überlegte.

»Haben Sie wenigstens Alkohol da?«

»Ja.«

»Im Auto?«

»Auf Ihrem Rücken.«

Bastian fand Marillenschnaps im Rucksack. So was Schönes hatte er nun stundenlang mit sich herumgeschleppt, ohne von seiner Existenz zu ahnen.

Er hielt Katharina die Flasche hin. Sie hatte keinen schlechten Zug. Dann trank er selbst.

»Und das soll gut sein gegen Blasen?«

»Moment –« Nicht ohne Bedauern goß er vom Schnaps in ihren Wanderstiefel und schaukelte die Flüssigkeit darin herum, bis sie das ganze Innenleder angefeuchtet hatte. Dann begann er den Schuh zu beulen und zu kneten. Katharina sah ihm dabei zu.

Das Kleinlaute stand ihr. Sie war lieb, sanft, gefügig. Bastian durfte endlich mal Kerl sein. Er zeigte, was er konnte. Er machte den Stiefel ziemlich fertig.

»Mein Großvater pinkelte früher in seine neuen Schuhe, wenn sie drückten. Alkohol müßte dieselbe Wirkung haben – ich hoffe wenigstens, daß er das Leder geschmeidiger macht.«

Katharina schaute Bastian an. Seinen männlichen Eifer. Seine Zunge half mit. Er mußte immer wieder Haarsträhnen aus seinem Gesicht schütteln. Sein gebeugter, langer, eckiger Rücken in einem verwaschenen Jeanshemd, das wie bei kleinen Jungen aus der Hose gerutscht war und ein Stück nackte Haut freigab.

»Bastian«, sagte sie.

Die unverhoffte Zärtlichkeit in ihrer Stimme machte

ihn verlegen. Es war ein rührender Irrtum gewesen, zu glauben, er hätte Katharina Freude überstanden.

Er hielt ihr den Stiefel hin und grinste: »Jetzt ist Ihr Schuh besoffen.«

Katharina stellte den Schuh neben sich.

»Komm mal her«, sagte sie und nahm seinen Kopf zwischen ihre Hände und gab ihm einen Kuß.

Bastian hielt mit geschlossenen Augen still und wartete, daß noch mehr kommen würde, aber es kam nichts. Da machte er die Augen wieder auf und nahm Katharina in die Arme.

Der Rucksack störte, Gestrüpp ritzte ihn, während er sich mit ihr zurücklehnte.

Er sah ein verregnetes Bonbonpapier auf dem Waldboden, darauf stand Maoam —

Katharina sah zwischen hohen, schwankenden Tannenspitzen eine dunkle Regenwolke aufziehen und legte die Arme um Bastians Nacken —

Und beider Atem duftete nach Marillenschnaps.

Der Schnaps hatte überhaupt keine Wirkung auf den Stiefel gehabt, er blieb so unnachgiebig, wie er zuvor gewesen war. Somit kam Katharina auf Socken zu Tal und auf Bastian gestützt – was beim Abstieg für beide recht umständlich war, aber schön.

Es war ein einziges Gestolpere, mit einer Stimmung dabei, so leicht wie das Elfengehüpfe auf Jugendstilbildern.

Katharina gefiel es in Bastians Arm.

Bevor sie ins Auto stiegen, schaute er noch einmal am Berg hoch.

»Da oben war ich. Da war ich richtig oben. Th –, glaubt mir in München kein Aas.«

In einem Wirtsgarten in der Jachenau fanden sie einen schattigen Tisch, an dem noch niemand saß.

Bastian stürzte sich in ein Bier. Ein zischendes, kühles Labsal – da, trink mal, Kathinka …

Dann las er ihr die Speisekarte vor wie ein Gedicht.

»Rostbraten, Wiener Art – mit gemischtem Salat.«

»Wiener Art«, wiederholte sie versonnen.

»Möchtest du?«

»Nein. Aber sag mir noch was Liebes.«

»Rahmgulasch.«

Wollte sie auch nicht.

»Kaiserschmarrn.«

Das war's.

Bastian legte die Karte fort und holte sich ihre Hand über den Tisch und küßte jede Fingerkuppe einzeln.

Katharina sah ihm dabei zu.

Es war vor allem Zärtlichkeit, was sie für ihn empfand. Ein bißchen war er auch der Bruder, den sie sich immer gewünscht hatte, aber nur ein bißchen.

Sie wollte ihn haben und behalten, solange es eben ging. Sehr lange würde es bestimmt nicht gehen, dazu waren sie zu verschieden.

Der Gedanke an ein absehbares Ende gleich zu Anfang einer Liebe ist derselben sehr zuträglich. Er läßt die Liebe bewußter genießen. Intensiviert die Gefühle …

Vielleicht lag Katharinas gehaltvolles Nachdenken mit entfernt aufklingenden Schicksalsmotiven am Marillenschnaps, von dem sie bergab immer wieder einen Schluck getrunken hatten.

Es gab aber auch eine ganz einfache Erklärung dafür: die Angst, ein plötzliches, ungewohntes Glück wieder zu verlieren.

Und dann mußte sie an Susi Schulz denken.

Katharina sagte: »Ich denke gerade an Susi Schulz.«

Bastian gab darauf ernüchtert ihre Hand frei und suchte nach seinen Zigaretten. Ihm fiel ein, daß er heute abend nach Haus kommen würde wie zu Weib und Kind.

»Ja, das ist ein Problem«, sagte er. »Sie denkt manchmal wie ein Kind. Völlig naiv und emotionell. Sie wünscht sich im Augenblick einen Vater für Kathrinchen. Sie hat zufällig mich wiedergetroffen. Sie mag mich. Schon sieht sie Kathrinchens Vater in mir und findet es ganz selbstverständlich, bei mir zu wohnen.«

»Wenn sie's noch lange tut…«

»…hat sie mich paralysiert«, gestand er, ehrlich besorgt. »Ich bin ihrer Unlogik einfach nicht gewachsen. Ich kann ihr nicht mit Realitäten kommen. Ich kann mir den Mund fußlig reden – sie hört nur das, was sie möchte. Und wenn ich dann grob werde, kriegt sie diesen Rehblick. Schon hab' ich Angst, sie tut sich was an.«

»Weiß sie, daß du mit mir heute unterwegs bist?«

»Nein.«

»Und warum nicht?«

»Sie liegt wie ein Klotz auf meinem Gewissen«, verteidigte er sich.

»Nur auf deinem Gewissen?« fragte Katharina.

»Ja doch. Wo denn sonst? – Und in meinem Bett«, fiel ihm noch ein.

»Und wo liegst du?«

»Auf einer Gartenliege in der Rumpelkammer. Zweimal bin ich mit dem Ding schon zusammengebrochen.« Er sah sie an. »Kathinka, hilf mir!«

Sie nahm eine Zigarette aus seinem auf dem Tisch liegenden zerknautschten Päckchen.

»Zuerst einmal machst du einen großen Fehler. Du läßt sie in dem Glauben, es gäbe keine andere Frau in deinem Leben. Damit bestärkst du sie in ihrem Vorhaben, sich bei dir einzunisten.«

»Was soll ich denn machen? Sie heult ja gleich los.«

Die Kellnerin kam an ihren Tisch und fragte, ob sie schon gewählt hätten.

»Schmarrn«, sagte Bastian unwirsch.

»Kaiserschmarrn«, erläuterte Katharina freundlich.

»Zweimal.«

»Keine Suppe?«

Bastian hörte nicht.

»Ob du eine Suppe möchtest«, frage Katharina sanft.

»Leberknödel-, Gulasch-, Frittatensuppe. Hühnerbouillon«, zählte die Kellnerin auf.

»So geht's nicht weiter«, sagte er vor sich hin. »Wir müssen eine Lösung finden. Eine, die keinem weh tut.«

»Leberknödelsuppe«, sagte Katharina zur Bedienung, die bei allem Betrieb, der sonntags anfiel, diese heitere, vollbusige, oberbayrische Geduld bewahrte.

»Weißt du eine Lösung?« fragte Bastian, als sie gegangen war.

»Zu meinen Eltern wollte sie nicht. Bleibt deine Großmutter. Sie hat sich doch sehr um die beiden bemüht.«

»Sie ist aber verreist«, sagte Bastian. »Zu Verwandten.«

»Und was macht sie da?«

»Schickt Ansichtskarten, wo draufsteht, mit wem sie schon alles verzankt ist.«

»Hat sie eine Wohnung?«

»Drei Zimmer. Altbau. Alles unverändert seit Großvaters Tod. Damit er sich zurechtfindet, wenn er nachts spuken kommt.« Bastian faßte sich plötzlich an die Ohren.

»Kathinka!« Daß ich da noch nicht draufgekommen bin! Du bist ein Engel, Kathinka –« und sprang auf.

»Wo willst du hin?«

»Telegrafieren. Ob's Großmutter recht ist, wenn ich Susi und Kathrinchen bei ihr unterbringe. Den Schlüssel zu ihrer Wohnung hab' ich ja …«

Um ein Haar hätte er die schwer tragende Bedienung umgerannt. Katharina sah ihm nach und lachte.

Und räkelte sich zufrieden – bemerkte beim Räkeln zufällig ihre rotbestrumpften Füße. Hatte noch immer nicht die Blasen an ihnen verarztet.

In genau drei Stunden und siebenundzwanzig Minuten mußte sie ihren Dienst im Krankenhaus antreten. Sie hatte es Bastian noch nicht gesagt. Sie selbst hatte es ganz vergessen gehabt. Warum bloß heute!?

Warum konnte sie nicht anrufen und sagen, sie hätte im ganzen neun Blasen und einen durchgescheuerten Hacken und könne nicht auftreten, leider … Warum hatte sie keinen Beruf, in dem man mal schwänzen konnte, wenn einem danach zumute war!?

Katharina hatte Dienst. Nach Hause mochte er nicht. Also wälzte Bastian auf offener Straße sein Notizbuch nach einem Menschen, den er am Sonntag nachmittag heimsuchen konnte.

Er wechselte eine Mark in Groschen und trat mit fünf Adressen in eine Telefonzelle. Er konnte dieselben zwei Groschen immer wieder benützen, weil sich von fünf Angerufenen keiner meldete.

Wer war schon am Sonntag in München!?

Als Bastian sein Vorhaben aufgeben wollte, sah er durch das verschmierte Glas der Telefonzelle seinen Kommilitonen Kaspar Hauswurz mit einem Siphon aus einer Wirtschaft kommen.

Kaspar war ein Netter. Ein ganz Ruhiger. Einer mit Nerven wie ein Wiederkäuer. Die brauchte er auch, wenn er mit dem Namen Hauswurz Lehrer werden wollte. Auf der PH hatten sie ihn Kaspar Hauser-Wurz genannt. Er war groß, dünn, dunkel, unscheinbar und kurzsichtig.

Wenn man ihn nicht sehr genau kannte, erkannte man ihn nicht wieder. Aber er erinnerte jeden dritten Beschauer an jemand anderen, den er kannte.

Bastian lief auf ihn zu. Kaspar ahnte nicht, was er sich mit ihm auflud, als er sagte: »Komm doch auf'n Sprung mit hinauf.«

Er wohnte mit einem Chemiestudenten, einer Grafikerin und einem Maler in einer Altbauwohnung nahe dem Hauptbahnhof. Früher war sie ein Etagenpuff gewesen, der wegen Überalterung der weiblichen Angestellten geschlossen werden mußte. Eine dunkelrote Tapete und nikotinbraune Wolkenstores erinnerten in Kaspars Erkerzimmer noch immer an damals, sonst nichts. Er besaß ein mageres Bett, einen Tisch, einen Schreibtisch, fünf verschiedene Stühle, ein Vertiko und ein Klavier. Und viele Bücher, die sich an der Zimmerwand hochstapelten.

Bastian war zum erstenmal bei Kaspar.

Er bekam ein Glas Siphon mit Himbeersirup vorgesetzt.

»Sie ist Ärztin, weißt du«, begann er. »Im Krankenhaus. Sie hat jetzt Nachtdienst. Heut' früh war ich mit ihr auf'm Berg.«

Kaspar war ein guter Zuhörer. Der beste, den man sich wünschen konnte.

Aber nach einer dreiviertel Stunde ging ihm das Thema Katharina – Krankenhaus – Liebe merkbar auf die Geduld. Er begann, auf seinem Stuhl herumzurutschen.

Bastian war so langatmig. Er wiederholte sich ständig. Und es war gar nicht spannend, was er erzählte. Er wollte auch nicht auf ein anderes Thema übergehen. Er hatte nur Katharina im Sinn und Katharina und Katharina.

»Kann ich sie mal anrufen?«

Kaspar ging inzwischen aus dem Zimmer und traf den Chemiestudenten im Gang, der mit seiner Freundin vom Baden kam.

»Bei mir hockt einer, der Guthmann Bastian. Er liebt einen steilen Berg mit roten Strümpfen und Blasen auf der Frauenstation von dem Krankenhaus, wo seine Oma einen Vorfall hatte. Er telefoniert gerade. Habt ihr was gegen Zahnschmerzen?«

Bastian öffnete die Zimmertür und sagte: »Sie ist auf Station, ich krieg' sie nicht.«

Er wollte zwei Zehnerl neben das Telefon legen, aber Kaspar sagte: »Ach, laß doch.«

Als Bastian zum viertenmal das Krankenhaus anrief, holte Kaspar von sich aus eine Untertasse aus der Gemeinschaftsküche und stellte sie neben das Telefon.

Bastian legte ein Markstück darauf und drehte noch einmal die Nummer vom Krankenhaus.

Diesmal erwischte er Katharina. Sie hatte es eilig.

Ihm fiel nichts ein, was er sagen sollte, außer: »Ach. Mensch – du – warum bist du da? Warum bist du nicht hier? – Ich? Ich bin bei einem Freund – Kathinka – war schön heut.«

»Ja, war schön –« kam ihre Stimme zurück.

»Nur viel zu kurz.«

»Ja, Bastian, viel zu kurz ...«

»Weißt du, sie ist wundervoll«, sagte er, nachdem er eingehängt hatte, und saß mit einem Gesicht da wie aufgegangen.

»Ja«, sagte Kaspar.

»Sie ist klein – bis hier geht sie mir bloß. Aber das ist einerseits das Schöne, und andererseits merkst du es gar nicht. Das macht ihre Persönlichkeit ... Du mußt sie mal mit ihren Patienten erleben ... Nicht diese blöde Jovialität, die Ärzte manchmal mit Kranken haben. Sie nicht. Sie ist so ruhig und menschlich, einfach ...«

»Wundervoll«, gähnte Kaspar.

Es war inzwischen halb zehn.

»Ja«, nickte Bastian und griff zum Telefonhörer.

»Ich ruf' sie noch mal an. Ich muß sie fragen, was ihre Blasen machen. Sie war so tapfer ...«

Kaspar bot ihm keinen Saft mehr an, er hatte auch schon den Aschenbecher fortgeräumt.

Bastian sagte höflichkeitshalber: »Tja, dann werde ich mal gehen ...«

Kaspar stand sofort auf, damit er es sich nicht noch anders überlegte.

Bastian spürte einen starken, ziehenden Schmerz in den Beinen, er konnte kaum auftreten – aua – was war ihm denn bloß geschehen!?

»Sagtest du nicht mehrfach, du warst auf einem Berg?« erinnerte sich Kaspar.

»Meinst du, das kommt davon?«

Bastian quälte sich am Treppengeländer hinunter. Er teilte jede Stufe, die er bewältigt hatte, durch ein Stöhnen seinem Kommilitonen mit, der oben auf dem Treppenabsatz stand und ihm interessiert nachsah.

Martha Guthmann fährt U-Bahn

Bastian schlief wie ein Toter in seiner Rumpelkammer. Er hörte weder das Telefon noch Susi, die im Nachthemd an seiner Liege stand und »Aufstehen!« rief.

Sie suchte sich schließlich sein Ohr und trompetete seinen Namen hinein, wobei sie gleichzeitig heftig an ihm rüttelte. Es war, als ob sie einen Groschen in sein Ohr geworfen hätte, der unterwegs im Gehörgang hängen blieb, nach mehreren Püffen wieder hinunter rutschte und endlich bei seinem Bewußtsein ankam.

»Ja – was'n los?«

»Du mußt aufstehen. Schnell!«

Bastian fuhr hoch, aus dem Bett und mit einem Schmerzensschrei wieder hinein.

Susi, mit der neidischen Moral der Ausgeschlafenen, die am Sonntag nichts Amüsanteres vorhatten, als früh zu Bett zu gehen, sagte: »Du bist aber schön verkatert.«

Bastian tastete zuerst nach seinem linken Bein und setzte es vorsichtig auf den Boden, dann tat er dasselbe mit dem rechten und hielt ihr seine Hand hin: »Zieh mal an mir.« Er wimmerte, während sie ihn in die Höhe wuchtete.

»Das kommt vom Saufen.«

»Was heißt Saufen? Halt' ich mir den Kopf oder die Haxen?«

»Wo warst du denn?«

»Auf'm Berg.«

»Du? Welchem Berg denn?«

Das wußte er nicht.

»Aber du mußt doch wissen, wie der Berg geheißen hat.«

»Es stand nicht dran.« Er lahmte hinter ihr aus der Kammer. »Warum hast du mich eigentlich geweckt?«

»Gerade ist angerufen worden. Eine Telegrammdurchsage. Deine Großmutter kommt um acht Uhr vierunddreißig auf dem Hauptbahnhof an. Du möchtest sie abholen.«

Bastian war plötzlich oberhalb des Muskelkaters voll Heiterkeit. »Sie kommt heute schon? Sagenhaft. – Wie spät haben wir's eigentlich?«

»Zwanzig vor acht. Ich mach' dir schnell Tee.«

Er lahmte ins Bad und versuchte, mit beiden Händen ein Bein über den hohen Rand der Wanne zu hieven, jedoch es gelang ihm auch beim dritten Anlauf nicht.

Na schön, duschte er eben morgen.

»Du, Bastian«, rief Susi von der Küche her. »Warum kommt deine Großmutter so plötzlich zurück?«

»Ich nehme an, sie hat Sehnsucht nach Kathrinchen.«

»Glaubst du?« sagte sie froh.

Elf Minuten vor Ankunft des Zuges war er auf dem Bahnhof. Sechs Minuten brauchte er, um eine Telefonzelle zu finden, die nicht besetzt war und dennoch funktionierte. Dann dauerte es noch einmal zwei Minuten, bis er Katharinas müde, zärtliche Stimme in der Hand hielt.

»Liebling …«

»Hmhm?«

»Hast du gut geschlafen?«

»Es ging heut nacht. Ich bin nur zweimal gerufen worden. Wo bist du denn? Da ist so ein Krach …«

»Auf dem Bahnhof«, sagte er. »Meine Großmutter abholen. Sie kommt gleich selbst.«

»Du, das ist fein.«

»Spätestens morgen wohnt die Susi bei ihr. Ach, Kathinka, ich denke an dich – bei jedem Schritt denke ich an dich ...«

Sie lachte zufrieden. »Spürst du den Berg in den Beinen?«

»Du lachst. Es ist tierisch. Ich wohn' vier Treppen hoch – bei jeder Stufe ruft der Berg. – Was machen deine Blasen?«

»Ich habe Schwester Theresas Jesuslatschen an. Die sind mir zwei Nummern zu groß, aber sie drücken wenigstens nicht.«

»Ich glaub', der Zug fährt ein. Ich ruf' dich nachher wieder an – ich ruf' dich noch zehnmal an, Kathinka ...«

Er wollte den Hörer küssen, erinnerte sich aber noch rechtzeitig daran, wo er sich befand, und verließ die stinkende Zelle.

Vor der Tür ließ sich gerade eine alte Wermutschwester zur Ruhe nieder.

»Na, Süßa?« Ein zahnloses, gutmütiges Grinsen in einem verwüsteten Gesicht.

»Na, Tantchen?«

Sie rief ihm noch viele unverständliche Sachen nach, während er sich den Bahnsteig suchte, auf dem seine Großmutter gerade angekommen war.

Martha Guthmann stand bereits auf dem Perron und verabschiedete sich von ihren Mitreisenden wie eine Gastgeberin nach einer gelungenen Familienfeier. Wünschte allen alles Gute, bedankte sich für ein Soßenrezept und war so mit Händeschütteln beschäftigt, daß sie ihren mit schleifenden Schritten näher kommenden dreizehnten Enkel übersah. Er stand einen Augenblick neben ihr und staunte.

»Ich kann zwei Tage in einem Abteil mit denselben Leuten fahren, ohne mit ihnen zu reden. Du bist nach zwei Stunden schon mit allen intim.«

»Du sagst ja auch nicht mal guten Tag, wenn deine alte Großmutter aus der Fremde heimkehrt. Da –« Sie hielt ihm die Wange hin.

Er nahm ihr Gepäck auf, das bereits auf dem Bahnsteig stand. Nur einen festverschnürten Karton wollte sie selbst tragen.

»Da sind sechzig frische Eier drin.«

»Was brauchst du sechzig Eier? Gibt's keine mehr in München?«

»Doch, aber nicht so frische und dazu noch von Hofhühnern.«

»Und wenn von den sechzig Eiern in zwei Wochen noch etwa zwanzig übrig sind – sind das dann immer noch frische Landeier?«

Sie sah ihn mißbilligend an. »Was bist du frech zu mir. Ich dachte, das wären nur die anderen – also, Bub, ich sag's dir – unsere Familie!! Wir haben einfach zuviel davon, und man kann sie sich ja auch nicht aussuchen. Solange sie klein sind, sind sie herzig, aber später sind sie es nicht mehr. Ich muß dir erzählen – aber jetzt erzähl du mal erst. Also wie dein Telegramm gestern kam – wir waren gerade beim Umkochen der Erdbeermarmelade – von acht Gläsern hatten fünf Schimmel, die Ella wird's nie lernen, nie –, da klingelte es. Ella sagt, wer kann denn das sein, ich sage, ich seh mal nach. Steht der Telegrammbote vor der Tür. Na, erst haben mir die Hände gezittert – ich denke, Telegramm, was mag da los sein, dann hab' ich meine Brille nicht gefunden ... Wo gehen wir denn hin, Bub?«

»Zur U-Bahn.«

»Und die Susi ist heimatlos? Ja, wenn ich das geahnt

hätte, natürlich kann sie bei mir wohnen. Wo wohnt sie denn jetzt?«

»Bei mir«, sagte Bastian.

Großmutter war ganz entsetzt unter ihrem Hut. »Bei dir! Aber da ist es doch viel zu eng! Da hat das Kind ja nicht mal einen Wickeltisch.«

»Doch. Hat es. Bloß ich hab' keinen Arbeitstisch mehr.«

»Das muß natürlich anders werden.«

Dann saß sie in der U-Bahn, den Eierkarton auf den Knien, und schaute sich um, schaute alles genau an, damit sie es dem nächsten, dem sie begegnete, in epischer Breite schildern konnte.

»Hast du auch alles mit?«

»Ja, Martha.«

»Und sind wir im richtigen Zug? Müssen wir nicht aussteigen, Bub?«

»Schön ruhig bleiben«, er tätschelte ihre Hand. »Noch zwei Stationen, dann steigen wir um.«

»Alles unter der Erde?«

»Ja, bist du denn noch nie mit der U-Bahn gefahren?«

»Nein«, sagte Großmutter, »aber es gefällt mir. Es gibt so hübsche Bahnhöfe –«

Am nächsten Tag zogen Susi und Kathrinchen in Martha Guthmanns Dreizimmerwohnung ein.

Großmutter hatte inzwischen die Schubfächer leergemacht, die Fenster geputzt und eine Chaiselongue in ihr ehemaliges Eßzimmer gestellt. Danach fuhr sie zu Bastian und beschloß: »Die beiden kommen gleich mit, packt nur das Nötigste, der Rest hat Zeit bis morgen. Natürlich müssen wir das Zimmer renovieren. Das macht der Bastian. Die Susi schläft auf der Chaise, die ist noch sehr gut, reines Roßhaar ...«

Auch Großmutters Fürsorge war despotischer Natur. Ehe Susi Schulz nachdenken und über den jähen Abschied von Bastian in Rehblick ausbrechen konnte, war sie bereits in einem humorlosen Eßzimmer zwischen Kredenz und Aufsatz-Büfett etabliert. Kathrinchens Körbchen wirkte darin wie ein aus Versehen verlorenes buntes Osterei.

Susis erste Handlung in der neuen Umgebung war das Bügeln ihres Zigeunerrocks, den sie früher auf Partys getragen hatte.

Denn Susi ging ins Theater.

Katharina hatte die Karte von einer Patientin, einer Schauspielerin, erhalten und Bastian gegeben: »Ich hab' eh keine Zeit. Schick die Susi. Hat sie ein bißchen Abwechslung.«

Bastian stand daneben, wie Susi versuchte, ihren Rock in der Taille zuzuhaken. Das war Schwerstarbeit. »Dabei hab' ich – nur noch – zwei Pfund – zuviel –.«

»Aber überleg dir mal, 'n Kilo Rindfleisch. Das ist auf einem Batzen eine ganz schöne Portion«, gab Bastian zu bedenken. »Warum quälst du dich? Laß das Ding doch auf und zieh was drüber. Du hast doch so 'ne Weste.«

Er war wirklich sehr lieb und reich an Ratschlägen, seitdem sie nicht mehr bei ihm wohnte. Er machte ihr sogar Komplimente.

»Du siehst irre gut aus.«

Susi strahlte. »Danke. Aber ich find's so traurig, daß ich allein gehen muß. Kannst du nicht mitkommen?«

»Ins Theater? Unmöglich. Ich hab' 'ne Einladung.«

»Von einer Frau?«

Bastian überlegte. Dann sagte er mutig:

»Ja, Susi.«

Sie nickte bloß und biß sich auf die Lippen.

»Du hast keinen Grund, traurig zu sein. Soll ich dir mal aufzählen, wie gut du's hast, ja, soll ich mal? Du hast endlich eine Bleibe. Innenarchitektonisch ist das hier zwar keine direkte Erfüllung. Aber du wohnst billig, und du hast eine babynarrische Oma mitgemietet. Du kannst fortgehen, wann du willst. Du kannst bald wieder arbeiten. Du hast es viel besser als viele andere junge Mütter. Du hast immer jemand da, der dein Baby hütet.«

Bastian sah sich um. »Wo ist die Omi eigentlich?«

»Keine Ahnung. Sie wollte bloß mal was ausprobieren, hat sie gesagt. Das war um vier. Jetzt ist es sieben.«

»Sie wird schon kommen«, tröstete er. »Sie weiß ja, daß du ins Theater gehst.«

Um halb acht war Bastian bei Katharina Freude vorgesehen, zum erstenmal bei ihr zu Haus. »Ich koche«, hatte sie gesagt, »sei bitte pünktlich.«

Bastian hatte das Warten zu Haus nicht ertragen und war deshalb früher aufgebrochen, um Susi das vergessene Ölbild und einen Koffer vorbeizubringen. Dieser Umweg sollte die Wartezeit totschlagen.

Die Wartezeit war um, er wollte gehen, er kam sogar schon zu spät, wenn er jetzt loslief, denn es war sieben Uhr zwanzig. Und Martha Guthmann noch immer nicht zurückgekehrt.

»Ich versteh' das nicht, es muß ihr was passiert sein«, jammerte Susi.

»Meiner Großmutter? Das kann ich mir einfach nicht vorstellen. Komm, wir hauen ab.«

»Ich kann nicht fort«, jammerte Susi.

»Wegen Kathrinchen?«

»Wegen dem Hausschlüssel. Deine Großmutter hat keinen mit.«

»Scheiße«, sagte Bastian.

»Da hat man zum erstenmal nach so langer Zeit was vor sich und freut sich –!«

»Dann geh doch! Los, mach schon! Schmeiß dich vor ein Taxi, dann schaffst du's noch zum ersten Akt.«

»Und du? Du hast doch auch was vor!«

»Bei mir klingelt es nicht um acht und macht die Türen dicht.«

»Nein, nein, ich bleibe hier«, und dabei stopfte sie Fahrgeld in ihr Perlentäschchen.

»Red keinen Blödsinn, lauf –!«

»Du bist so lieb, Bastian – so lieb –.« Sie küßte ihn im Davoneilen. Ein Duft wie von Vanillepudding blieb von ihr zurück.

Bastian fühlte sich wie der heilige Sebastian, sein Schutzpatron, als er beschloß, Märtyrer zu werden.

Da hatte er Mutter und Kind endlich untergebracht. Hatte Mutter auch noch mit Theaterkarte versorgt. Glaubte sich endlich wieder entscheidungsfrei. Freute sich wie blöd auf Katharina. Endlich Katharina Und was widerfuhr ihm?

Er saß in Omas Wohnung mit dem Säugling fest.

Denn Martha Guthmann fuhr U-Bahn.

Fuhr U-Bahn wie im Rausch, kam in Gegenden, in denen sie noch nie gewesen war, stieg mehrmals um, verstieg sich, schaute zufällig einmal auf die Uhr und wollte tot umfallen vor Schreck.

Fiel aber nicht, sondern rannte über den Bahnsteig, an dem der Zug gerade hielt, rief lauthals Gott an und die Heilige Familie – Wo bin ich denn hier?! – ergriff den nächstbesten Mitmenschen am Revers *»Sie!!! Ich* muß *heim!!!* Ich such' meine Linie –«

»Wo wollen S' denn hi?« erkundigte sich der Gegriffene höflich.

»Na *heim!*« rief sie in höchster Erregung.

Der Mann sah sie an und sagte behutsam: »Vielleicht nehmen S' besser ein Taxi, Oma.«

Akkurat sieben Minuten und fünf Sekunden vor acht hielt das Taxi vor dem Haus. Bastian hatte Großmutter vom Fenster aus kommen sehen und rannte ihr entgegen.

Sie begegneten sich auf dem Hausflur.

»Bub, wenn du wüßtest, wo ich alles war.«

»Hier ist der Wohnungsschlüssel. Servus, Martha!«

»Wo willst du hin?«

»Zur U-Bahn!«

»O Bastian! Da wirst du was erleben!« rief sie hinter ihm her.

Zehn Minuten vor halb acht war Katharina mit allen Vorbereitungen fertig und erwartungsvoll.

Um acht Uhr stellte sie die Herdplatten ab, die Tagesschau an, pustete die Tischkerzen aus und goß sich einen großen Schnaps ein.

Mit diesem nahm sie auf dem Sofa Platz und tat sich furchtbar leid, denn Bastian war nicht gekommen.

Beim Operieren hatte heute früh der Oberarzt gesagt: »Schaut mal unsere Kleine an. Sie macht Augen, als ob sie Chopin hört.«

Das war gemein. Niemand macht Augen, als ob er Chopin hört, wenn er stundenlang Klammern halten muß.

Der Oberarzt wußte von Bastian. Er hatte einige seiner Serienanrufe entgegengenommen.

Eine verliebte Ärztin nahm keiner ernst. Warum eigentlich nicht? Machte sie Fehler? Nein. Sie war innerlich froh, und davon profitierten alle, denen sie begegnete. Vor allem die Patienten.

Und nun kam Bastian nicht.

An ihrer Enttäuschung über sein Ausbleiben merkte sie, wie sehr sie sich bereits an ihn gewöhnt hatte. Seine Zärtlichkeit, Unkompliziertheit, Verehrung, seine Verspieltheit und Durchschaubarkeit.

Seine Jugend.

Bisher hatte sie immer nur ältere Männer gekannt. Männer mit beruflichen Verantwortungen. Mit Streß und einem Magenleiden oder einem Herzen, auf das sie Rücksicht nehmen mußte, mit Freundinnen noch woanders und Ärger wegen der Bauchweite. Männer mit Sorgen, wie sie ihr Geld am krisensichersten anlegen sollten, mit Steuerschulden und kleinlichem Prestigedenken. Manche von ihnen verheiratet. Unglücklich. Sie fühlten sich von ihren Ehefrauen unverstanden. Dachten aber gar nicht daran, sich scheiden zu lassen. Wer trennt sich schon gern von seinen langjährigen Gewohnheiten und Bequemlichkeiten!!?

Katharina mußte nicht weiter im Trüben herumdenken, denn es klingelte Sturm.

Ein verschwitzter Bastian, völlig außer Atem, hängte seine Arme über ihre Schultern, als sie öffnete.

»Kathinka, Süße, es ist nicht meine Schuld – es ist, weil meine Großmutter – sie beherrscht das U-Bahn-Fahren noch nicht – sollte erst mal 'n Trockenkurs machen – und weil sie keinen Schlüssel mithatte – weißt du, was ich vergessen hab'? Die Blumen!« Er küßte sie. »Verzeih.«

»Es ist alles verkocht«, sagte Katharina.

Aber das störte Bastian nicht. Er war ja nicht gekommen, um bei ihr zu essen.

Bastian hält den deutschen Wald sauber

Jede Woche einmal, am Dienstag, gab Bastian Probeunterricht in einer Grundschulklasse.

Dies war das letztemal vor den großen Ferien.

Er hatte den Kindern eine Rechenaufgabe aus einem Lehrbuch gestellt. Die Aufgabe lautete: »Hans wird von seiner Mutter mit einem 10-Mark-Schein zum Einkaufen geschickt. Beim Milchhändler kauft er 7 Eier à 16 Pfennig und 1/8 Kilogramm Butter. Der Kilopreis beträgt 5,84 Mark.«

Weiter war er nicht gekommen, denn gleich drei Mädchen meldeten sich geräuschvoll knipsend und wollten wissen, wo es die billige Butter gab und ob das ein Sonderangebot sei.

»Wahrscheinlich ein Sonderangebot«, meinte Bastian und diktierte weiter.

Im Laufe der Rechenaufgabe wurde Hans auch zum Postamt geschickt, um Briefmarken für 8 Pfennig zu kaufen.

Sieben Finger bohrten sich auf einmal in die Luft. Und viele Gesichter feixten.

»Jaja, ich weiß«, sagte Bastian. »Aber man kann nicht jedesmal die Rechenbücher ändern, wenn die Post das Porto erhöht.«

Er hatte schließlich das Buch in die Ecke gefeuert und Bruchrechnung mit den Kindern gemacht.

Und war anschließend sehr nachdenklich gewesen. Jetzt war er nur Aushilfspauker. Wenn er sich aber vorstellte, daß er jahrein, jahraus bis zu seiner Pensionierung Unterricht geben sollte … Warum hatte er ausgerechnet Lehrer werden wollen? Weil seine eigene Schulzeit so schön gewesen war?

War sie überhaupt nicht.

Weil er sich zum Pädagogischen berufen fühlte? Fühlte er sich überhaupt zu etwas berufen?

Er mochte Kinder. Er konnte gut mit ihnen umgehen. Das würde sich im Laufe der Jahre wahrscheinlich legen.

Bastian dachte noch immer über seine Zukunft nach, während er auf dem Parkplatz des Krankenhauses auf Katharina wartete.

Ob das wohl richtig gewesen war, dieses eine Leben, das er nur hatte, der Plage mit anderer Leute Kinder zu widmen? Aber irgend etwas mußte er ja tun. Ausgeprägte Talente besaß er nicht. Für Büroarbeit war er nicht geschaffen. Maschinenbau war auch nicht das Richtige gewesen. Warum hatte er eigentlich Maschinenbau studiert? Weil er als Schüler gern gebastelt hatte?

Sein Bruder, Klappzahn Guthmann, pflegte zu sagen: »Der Bastian hat keine gerade Linie, kein Ziel vor Augen. Er ist der Typ, der ewig studieren möchte, um nicht einer geregelten Tätigkeit mit Aufstiegsmöglichkeiten nachgehen zu müssen.«

Bruder Klappzahn hatte völlig recht.

Seine Großmutter, Martha Guthmann, drückte ähnliches etwas zärtlicher aus.

Sie sagte: »Der Bastian hat irgendwann den Zeitpunkt, erwachsen zu werden, verpaßt. Ich kenne ihn gut genug, um anzunehmen, daß er ihn bewußt verpaßt hat.«

Katharina kam im weißen Kittel zum Parkplatz gelaufen, auf dem sie mit Bastian verabredet war. Sie fand ihn nirgends, aber an der Windschutzscheibe ihres mit Müll beladenen Wagens klemmte ein Zettel: »Ich lieg' im Gras. B.«

Neben dem Parkgelände war eine kleine Grünanlage. Dort ruhte er unter einem Strauch und lachte ihr entgegen.

»Komm her, Kathinka.«

Sie blieb kopfschüttelnd vor ihm stehen. »Wie ein Penner.«

»Ich guck' gern in die Bäume. Du nicht?«

»Ja, doch, aber nicht unbedingt auf 'nem Parkplatz.« Sie holte eine Zigarette aus ihrer Kitteltasche. »Du mußt allein zum Schuttplatz fahren. Ich kann noch nicht weg.«

Bastian stand auf und gab ihr Feuer und einen Kuß. »Ach Mensch«, sagte er enttäuscht, »ich hab' mich so gefreut.«

»Ich auch. Aber was soll ich machen? Und dann besorg mir was, womit ich die Farbe von den Fingern kriege. Der Chef hat schon gefragt, ob mich jemand gebissen hätte.«

Er brachte sie zum Krankenhaus zurück. »Wenn ich sehe, wie du schuftest, habe ich richtig ein schlechtes Gewissen.«

»Mußt du nicht. Du hilfst mir schon dadurch, daß es dich gibt.«

»Aber etwas nehme ich dir ab, nicht wahr?« Er wollte sich gern bestätigt wissen.

Darum sagte Katharina: »Ohne dich schaffe ich den Umzug nie.«

Bei diesem Umzug handelte es sich um einen kurzfristig beschlossenen Wohnungstausch mit der Anästhesieärztin. Diese übernahm Kathinkas Einzimmerappartement und überließ ihr dafür ihre Zweizimmerwohnung.

Katharina nahm die Wohnung vor allem, weil sie eine Küche hatte. Sie war es leid, in einer Kochnische im Zimmer zu brutzeln. Tagsüber Krankenhaus in der Nase und abends gebratenen Fisch – das reichte ihr.

Vor dem Nebeneingang wollte sich Bastian von ihr mit einem Kuß verabschieden, aber sie wehrte ab.

»Wenn man uns sieht!«

»Na, und? Was gehen uns die Leute an!«

»Aber die Schwestern.«

»Die sind bloß neidisch.«

Kathinka sah ihn amüsiert an. »Etwa deinetwegen?«

»Glaubst du, ich bin nicht ihr Typ?«

»Zumindest nicht der von Theresa. – Tschau, du! Bis heut' abend. Ich bin so um sechs zu Haus.«

Nachdem sich Bastian von Katharina verabschiedet hatte, machte er den ersten großen Fehler an diesem frühen Nachmittag: Er fuhr nicht direkt zum Müllplatz, wie anfangs vorgesehen, sondern zu seiner Großmutter. Das war so gegen halb zwei.

Martha Guthmann hatte gerade Bauernknödel gemacht. Dazu gab es Geselchtes.

»... als ob ich geahnt hätte, daß du heut' vorbeikommst, Bub. Komm, iß, iß tüchtig. Du hast dich ja so lange nicht bei uns sehen lassen. Mindestens eine Woche nicht. Die Susi fragt täglich nach dir – sie arbeitet seit Montag bei einem Anwalt in der Praxis – halbtags. Noch einen Knödel?«

»Ich hab' schon drei«, stöhnte Bastian, seinen Gürtel lockernd. »Ich platz' gleich.«

»Es schmeckt dir nicht bei mir«, beschwerte sie sich. »Sonst würdest du essen. – Aber Nachspeise, ja?«

»Frau Guthmann!!«

»Ja, wozu koch' ich denn, wenn niemand bei mir was ißt?«

Zu ihrem Glück kam Susi in diesem Augenblick nach Hause.

»Wie schön – es ist noch alles warm, ich tu' Ihnen gleich auf. Der Bastian ist da.«

»Ja, sieht man dich auch mal wieder?« sagte Susi zu ihm.

»Tag, Mädchen. Komm, setz dich. Laß dich mästen.«

»Was macht Kathrinchen?«

»Ihr Stuhlgang war heut' ein bißchen hart«, sagte Oma.

»Hast du ihr auch Knödel gegeben?« fragte Bastian.

Großmutter schlug mit dem Handtuch nach ihm.

Er verabschiedete sich, weil er zum Müllplatz fahren wollte. Daß er diese Absicht kundtat, war der zweite Fehler an diesem Nachmittag, denn Großmutter fiel sofort das alte Federbett ein, das sie loswerden wollte. Und sie eilte aus der Küche, um es zu holen.

Susi und Bastian waren allein.

»Wie geht's dir hier?«

»Deine Großmutter ist rührend.«

»Aber zu sagen hast du wahrscheinlich nicht viel.«

»Überhaupt nichts«, lachte sie.

»Und der neue Job?«

»Auch da scheine ich Glück zu haben. Toi, toi, toi! Und was machst du?«

»Nachhilfeunterricht. Taxifahren ...«

»Und darüber hast du Kathrinchen und mich ganz vergessen.«

Großmutter bewahrte Bastian vor einer frommen

Lüge, indem sie mit einem großen roten Federbett zurückkam.

»Da bin ich aber froh, daß ich das loswerde. Das war mein Gästebett – noch aus eurer Kinderzeit. Warte, ich pack' dir die Nachspeise ein und die Knödel. Brat sie dir auf. Hast du gleich was zum Abendbrot.«

Die Puddingschüssel verschwand in einer Tengelmann-Tüte, die Knödel in einem Karstadt-Beutel, beides und das Bett dazu landeten in Bastians Armen.

»Die Speise nicht schief halten, hörst du?« Und dann sagte sie: »Wenn du zum Müllplatz fährst, könntest du die Susi mitnehmen. Sie hat so wenig frische Luft.«

Es war wirklich ein Fehler gewesen, bei Martha Guthmann vorbeizufahren.

Aber damit fing der Ärger an diesem Nachmittag erst an. Schuld war einer dieser ganz blöden Zufälle: Bastian hielt zur gleichen Zeit wie Oberarzt Weißbart an einer Kreuzung.

Weißbart erkannte Bastian, erkannte nicht das hübsche schwarzhaarige Mädchen an dessen Seite, obgleich es vor kurzem seine Patientin gewesen war. Er kannte auch nicht den farbenprächtigen Müll, der den beiden dauernd ins Genick rutschte, wohl aber die Autonummer und hatte nichts Eiligeres zu tun, als Katharina Freude bei seiner Rückkehr ins Krankenhaus von seiner Begegnung zu erzählen.

»Ihr Auto mit Ihrem Freund am Steuer. Und neben ihm eine schnuckelige Biene. Und ein Federbett.« Das fand er besonders ulkig.

Katharina ließ Weißbart stehen und ging aus dem Zimmer und wollte es nicht glauben: *Ihr* Auto, *ihr* Bastian mit Biene und einem Federbett, das nicht zu *ihrem* Müll gehörte.

Zuerst war sie verstört, dann maßlos wütend.

Die arme Patientin, der sie wenig später eine Spritze in den Po jagte, schrie, als ob sie abgestochen würde.

So haben Kranke zuweilen unter den privaten Mißstimmungen der behandelnden Ärzte zu leiden!

Die Zufahrt zu dem einzigen Bastian bekannten Schuttabladeplatz war gesperrt. Er beschloß, seine Ladung im Wald zu verlieren.

»Und wenn sie dich dabei erwischen?« fragte Susi besorgt.

»Glaubst du etwa, ich habe Lust, den ganzen Nachmittag vermiefte Betten spazierenzufahren?«

Sie rollten langsam am Perlacher Forst entlang. Schließlich hielt Bastian an. »Hier«, sagte er.

»Da sind Leute.« Susi zeigte auf ein Liebespaar.

»Die stören uns nicht. Die stören höchstens wir.«

Er lud zuerst das Bett, einen Lampenschirm und einen zusammengeschnürten Packen alter Ärzteblätter aus.

»Wart hier. Ich komm' gleich wieder.«

So behutsam und gebückt ins Dickicht zu schleichen und gleichzeitig soviel Krach wie Bastian zu machen, gelang auch nicht jedem.

Susi wollte sich ausschütteln vor Lachen. »Du schaust vielleicht aus! Weißt du, wie? Wie einer, der seine erste selbstgemachte Leiche versteckt!«

Dämliches Huhn. So laut zu gackern.

Bastian scheuchte auf seinem Weg ins Waldinnere ein zweites Liebespaar auf.

Das Pärchen erschrak sehr.

Bastian erschrak auch sehr. Was war denn heut für'n Tag?

Freiluftschmusetag?

Er stiefelte weiter und kam zu einer Lichtung, die malerisch gewesen sein mochte, bevor sie mit zerfetzten

Matratzen, kaputten Sesseln und Klobecken dekoriert worden war.

Bastian besah sich die Idylle und stellte fest: sie gefiel ihm nicht. Gefiel ihm ganz und gar nicht.

Darauf beging er den nächsten Fehler an diesem Tag. Anstatt sein Gelump dazuzuwerfen (auf drei Stücke mehr oder weniger kam es nun wirklich nicht mehr an, außerdem war sein Gelump geradezu formschön und appetitlich im Vergleich zu dem bereits vorhandenen), schleppte er Bett, Ärzteblätter und Lampenschirm zum Auto zurück und warf alles zu Susis nicht geringem Erstaunen wieder auf den Rücksitz. »Spinnst du?«

»Hast du dir mal den Wald angeschaut, ja?« fragte er dagegen. »Das soll noch Natur sein? Das ist ein Misthaufen. Wenn man die Verbrecher kriegt, die das gemacht haben, die kann man gar nicht hoch genug bestrafen.«

»Ach.« Sie ließ keinen Blick von seinem heiligen Zorn.

»Und du? Wolltest du nicht eben noch dasselbe tun?«

»Jetzt nicht mehr. Das nehmen wir alles wieder mit.«

Susi sang »Rin in de Kartoffeln, raus aus de Kartoffeln« und verstaute den Müll.

Dabei entdeckte sie die gedruckte Abonnementaufschrift auf einem Ärzteblatt. »Dr. Katharina Freude. Freude?« sagte sie überrascht. »Ist das nicht die Ärztin, nach der Kathrinchen heißt?«

»Ja und?«

Susi begann zu begreifen. »Dann ist das also ihr Müll – und ihr Auto. Dann ...«

»Nun steig schon ein. Und erzähl mir lieber mal, ob der Anwalt Kathrinchens Vater gefunden hat«, lenkte er ab.

Susi antwortete nicht. Und Bastian vermied es während der Rückfahrt, sie anzusehen.

Plötzlich seufzte sie auf. »Warum ist bloß alles so kompliziert? Warum liebt man nur immer den Falschen?«

»Wieso? Liebst du schon wieder den Falschen?« fragte er, als ob er das nicht wüßte.

»Und du?« fragte Susi.

Er lachte bloß zur Antwort, aber sein Lachen klang ihr viel zu glücklich.

Martha Guthmann glaubte zu träumen, als Bastian, Susi und der Müll vor ihrer Haustür vorfuhren.

»Was soll denn das?« rief sie aus dem Fenster.

»Wir bringen alles wieder.«

»Wir stopfen es in die umliegenden Mülltonnen!«

»Ja, seid ihr nicht recht gescheit?« fuhr sie die beiden an. »Wer euch dabei erwischt, schlägt euch zu Krüppeln!«

»Macht nichts«, jubelte Susi mit ernstem Gesicht. »Hauptsache, der deutsche Wald bleibt sauber. Nächsten Sonntag fahren wir hinaus und harken ihn.«

Martha Guthmann sah die beiden an, ohne etwas zu sagen – das bedeutete viel für ihre Verhältnisse.

Das Loswerden von Sperrmüll auf fremden Höfen erwies sich als echtes Problem und kostete Nerven wie ein Krimi.

Erschwert wurde das Unternehmen durch das Geräusch beim Öffnen der Mülltonnen, bei dem jeder Anlieger weiß, daß es sich um das Geräusch beim Öffnen von Mülltonnen handelt.

Auf manchen Höfen mußten sie an die acht Deckel heben, bis sie eine Tonne fanden, in die noch etwas hineinging. Dreimal wurden sie außerdem von mißtrauischen Mietern gestört und einmal beinah von einem Schäferhund gebissen.

Schließlich sagte Susi, das hielten ihre Nerven nicht mehr aus. Sie höre pausenlos Schritte im Ohr, dabei sei das ihr eigenes Herzklopfen.

Die Hälfte waren sie los. Sie hatten aber noch das Federbett, die Ärzteblätter, eine Tengelmann-Tüte und den Schirmständer übrig. »Was machen wir denn damit?«

Bastian überlegte und hatte eine wunderschöne, eine geradezu bezaubernde Idee. Daß ihm die nicht schon früher gekommen war! Hätte er sich und Susi die Reise in den Wald und den Nervenkitzel ersparen können.

Er fuhr nach Bogenhausen und hielt vor der rechten Hälfte eines Doppelhauses. Dort stieg er mit Susi aus und horchte durch die Zaunhecke in den kleinen Garten hinein.

Nichts rührte sich. Nichts war zu sehen. Der Mann, der auf der Terrasse seinen Whisky trank, war durch einen Jasminstrauch gegen Einblicke von der Straße gesichert. »Komm«, sagte Bastian, »die Luft ist rein.« Das war ein geradezu lieblicher Satz nach ihrem Studium wildfremder Mülltonnen.

Bastian schmiß zuerst das Federbett. Dann die Ärzteblätter. Ein dumpfer Plumps kündigte ihre Landung im Garten an. Susi warf den Rest.

»So«, sagte er unendlich zufrieden, »jetzt ist Feierabend«, und legte seine Hand auf ihre Schulter, während sie zum Wagen zurückgingen.

Im Grunde war sie ein prima Kumpel, der ohne viel Fragen alles mitmachte.

Wenn der Mann, dem sie gefallen wollte, »Halt mal!« sagte und ihr ein tickendes Bömbchen in die Hand drücken würde, Susi würde ihm zuliebe das Bömbchen halten und erst später über ihren Heldenmut nachdenken und Schreikrämpfe bekommen – falls sie ihn überlebte.

»Wem haben wir denn all die Sachen in den Garten geschmissen?« fragte sie, als sie ins Auto stiegen.

»Meinem Bruder. Dem gönn' ich den Mist.«

Aber schon wieder waren Bastian an diesem Tage zwei grobe Fehler unterlaufen. Erstens: das Übersehen seines whiskytrinkenden Bruders hinterm Jasminstrauch.

Und zweitens und schlimmer: auf dem Bündel mit den Ärzteblätern stand Katharina Freudes Name und Adresse.

Karl Guthmann kombinierte. Das Auto, mit dem Bastian vor seinem Haus gehalten hatte, gehörte der Frau, die er auf keinen Fall hatte kennenlernen sollen, weil er »genau der Typ war, der zu ihr paßte«. Ergo mochte es sich bei den Köstlichkeiten, die in seinen Garten flogen, um ihr Hab und Gut und um ihre Adresse auf den Ärzteblättern handeln.

Aber weshalb ausgerechnet in seinen Garten? Wie sollte er das verstehen? Als kleine brüderliche Aufmerksamkeit?

Karl Guthmann wurde gleich darauf sehr zornig infolge eines prüfenden Griffs in die Tengelmann-Tüte, in der sich Großmutters Nachspeise befand.

Es ist nämlich ein ganz übles Gefühl, im Dunkeln in Pudding zu fassen, ohne zu wissen, daß es sich nur um Pudding handelt.

Karl beschloß, sich zu rächen.

Seit dem frühen Nachmittag lebte Katharina zwischen Wutanfällen und Depressionen.

Fuhr in *ihrem* Wagen mit einer Biene und einem Federbett spazieren!

Na warte, Burschi! Sie sehnte den Moment herbei, wo er ihr die Autoschlüssel zurückbringen würde. Sie brauchte seine Gegenwart, um sich von ihren angestauten Anklagen und Schimpfworten zu befreien.

Sie hätte ihn auch dringend für ihren Umzug am nächsten Tag gebraucht. Zum Installieren von Lampen, zum Möbelrücken und Gardinenaufhängen. Aber damit war es jetzt natürlich vorbei. Ehe sie ihm noch einmal erlauben würde, ihr zu helfen, holte sie sich lieber einen elektrischen Schlag oder stürzte von der Leiter. Schadete ihm gar nichts…

Nachdem sie jedoch Eitelkeit, Zorn, Trotz und Rachegedanken im Laufe eines langen Nachmittags abgebaut hatte, blieb nur Enttäuschung übrig. Und Leere.

Was brauchte sie jetzt noch eine neue, größere Wohnung mit Küche!? Wozu?!

Was war sie selbst ohne Bastian? Er hatte ihr seelisches Gleichgewicht und ihre anhaltende Hochstimmung während der letzten beiden Wochen ausgemacht.

Katharina stopfte das letzte herumstehende Geschirr in eine Tüte und anschließend in die Geschirrkiste, als es an der Haustür klingelte.

Sie nahm den Hörer vom Haustelefon und fragte »Hallo?« hinein.

»Hier Guthmann«, war die Antwort, begleitet von Straßengeräuschen.

»Bastian!« fing sie zu schimpfen an. »Daß du dich überhaupt noch herwagst!«

»Hier ist nicht Bastian, sondern Karl Guthmann, der Bruder. Frau Dr. Freude?«

»Ja?« sagte sie verwirrt.

»Ich möchte etwas abgeben.«

»Den Autoschlüssel, ich weiß. Tun Sie ihn in den Briefkasten.«

»Das, was ich abzugeben habe, paßt in keinen Briefkasten.«

Darauf drückte Katharina auf den Türknopf.

Karl erschreckte eine Mieterin, die gerade mit ihrem Pudel Gassi gehen wollte, durch das Federbett in seiner Hand.

Er fragte nach Dr. Freude.

»Fünfter Stock«, sagte die Frau, »aber der Lift ist außer Betrieb.«

Karl schulterte das Bett und machte sich mutig an den Aufstieg.

Die Frau sah ihm nach. Typisch für heutzutage. Angezogen war er wie ein feiner Pinkel; aber beladen mit irgendwo aufgegabeltem Sperrmüll.

Sie kannte das. Schließlich half sie ab und zu in der Tankstelle ihres Schwagers aus. Da gab es solche Typen. Fuhren einen Maserati und tankten für sieben Mark fuffzig.

Sie verließ das Haus in dem Moment, wo ein anderer junger Mann, den sie schon öfter mit der Freude gesehen hatte, in die Sprechanlage säuselte: »Kathinka, Liebling, drück mal, ja?«

Und darauf die aufgebrachte Stimme der Freude: »Laß mich zufrieden. Erst schickst du deinen Bruder vor. Jetzt kommst du auch noch selbst!«

»Wieso Karli?«

»Stell dich nicht so blöd.«

»Ich weiß wirklich nicht –«

»Er muß gleich oben sein.«

»Wer? Was ist denn los?«

»Das fragst *du* mich? Fährst mit einer Biene in meinem Auto spazieren, während ich …«

»Aber das war doch bloß die Susi!« brüllte Bastian so laut, daß nicht nur die Frau mit ihrem zu einem Baum ziehenden Hund, sondern auch die übrigen Straßenbenützer bequem mithören konnten.

»Woher weißt du das überhaupt? Und was ist mit Klappzahn??«

Ja, was war mit Karl Guthmann? Er hatte inzwischen den dritten Stock erklommen und legte eine kurze Verschnaufpause ein, während Katharina ihre ganze aufgestaute Wut dem Haustelefon mitteilte.

»Susi – immer Susi. Ich hab' verstanden, daß du dich um sie und ihr Baby gekümmert hast, als sie keine Bleibe hatten, aber jetzt *haben* sie eine. Jetzt besteht kein Grund mehr, mit ihr in *meinem* Wagen spazierenzufahren.«

»Sie hat mir geholfen, *deinen* Müll wegzubringen, verstehst du? Weiter nichts!«

Denselben Müll, zumindest einen Teil von ihm, hatte Karl Guthmann inzwischen in den fünften Stock hinaufgetragen und hörte, vor Dr. Freudes Tür stehend, ihre Stimme von drinnen: »Du hast immer Ausreden! Und ich blöde Gans hab' dir geglaubt! Geh nach Haus, Bastian Guthmann, ich will dich nicht mehr sehen.«

Karl klingelte.

Katharina riß verärgert die Tür auf.

Sie hatte Klappzahn schon einmal in einem Porsche vorbeifahren sehen – mit Schlips auf nackter Brust –, aber zu kurz, um ihn jetzt wiederzuerkennen. Um so bekannter war ihr dafür der alte Schirmständer mit antikem Schlachtschiff drauf, den er in der Hand trug. Aber was sollte das Federbett? Sie begriff überhaupt nichts.

»Fräulein Dr. Freude? Ich bin Karl Guthmann, der Bruder. Darf ich hereinkommen?«

Katharina starrte noch immer irritiert auf seine Mitbringsel. »Ja – bitte–, aber Sie müssen entschuldigen – bei mir schaut's aus – ich ziehe morgen um.«

Sie führte ihn ins Zimmer. Im selben Augenblick klingelte es Sturm.

Katharina nahm den Hörer vom Haustelefon ab und schimpfte: »Laß mich in Ruh!«

»Ist Klappzahn bei dir?«

Ohne zu antworten hing Katharina ein und bot Karl

einen bereits verschlossenen Umzugskarton an. »Bitte.« Er setzte sich und fragte entzückt: »Das ist doch Bastian?«

»Ja – wieso – sind Sie nicht zusammen gekommen?«

»Wir? Er und ich – gemeinsam zu Ihnen? Aber ich bitte Sie, Fräulein Doktor, bisher hat mein Bruder alles getan, um zu verhindern, daß ich Sie kennenlerne.«

Es bimmelte Sturm.

Karl zeigte auf seine Mitbringsel. »Ist das Ihr's?«

»Ja, bis auf das Bett.«

Das Bett. Das Federbett. Weißbart hatte von einer schnuckeligen Biene und einem Federbett in ihrem Auto gesprochen. Aber wie kam nun wieder Karl Guthmann –?

»Ich war zufällig im Garten, als Bastian und noch jemand diese Sachen über meinen Zaun feuerten. Und einen Pudding dazu.«

So wie Katharina mochte einem Menschen zumute sein, der unvorbereitet in ein Happening gerät. »Pudding?«

»Den hab' ich fortgeworfen. Vermissen Sie ihn etwa?«

»Nein, nein, ich vermisse keinen Pudding ...«

Das anhaltende Sturmklingeln störte sie beim Nachdenken. Karl hingegen genoß es.

»Ich glaube, es ist besser, wenn Sie jetzt gehen«, sagte Katharina, »sonst macht er Skandal. Ich ziehe zwar hier aus, trotzdem ...«

»Natürlich, Fräulein Doktor.« Karl war so wunderbar verständnisvoll.

Sie brachte ihn zur Tür. »Vielen Dank für Ihre Mühe mit den Bumerangs da. Jetzt habe ich Gott sei Dank bis auf ein paar Tüten und den Lampenschirm alles wieder ...« Sie zeigte aufs Federbett. »... und noch was dazu.«

»Oh, bitte, gern geschehen.« Karl küßte ihre Hand. »Wenn ich Ihnen sonst noch behilflich sein kann ...«

»Vielen Dank, aber das reicht.«

Sie schloß die Tür hinter ihm und versuchte, zu begreifen, was hier vorging. Nur soviel begriff sie mit Sicherheit: Was am Nachmittag für sie als Enttäuschung begonnen hatte, war inzwischen zur Klamotte ausgeartet.

Den Höhepunkt aber durfte sie wenige Augenblicke später von ihrem Balkon aus miterleben: das Zusammentreffen der beiden Brüder vor der Haustür.

Bastian rannte wie ein gereizter Stier in Karl hinein.

Karl Guthmann – mit Bastians Dickschädel im Magen – versuchte noch immer ein distinguiertes Benehmen.

Dann mußte etwas geschehen sein, was ihr aus der Vogelperspektive entgangen war. Auf alle Fälle gab es den Anlaß zu einem wunderschönen brüderlichen Clinch.

Von links kam die Frau Fürster aus dem Parterre mit ihrem Pudel angerannt, um ja nichts zu verpassen. Von der gegenüberliegenden Straßenseite näherte sich ein Streifenpolizist. (... aber wenn man sie braucht, sind die nie da.)

Kathinka hing zwischen den cremig duftenden Balkon-Petunien und fühlte sich phantastisch: Es war das erstemal, daß sich zwei Männer um sie kloppten, und dazu noch zwei so hübsche.

Karli war der stärkere von beiden und der sportlich versiertere. Bastian war vor allem sinnlos eifersüchtig und ging sehr bald zu Boden.

Katharina rannte ins Zimmer und holte das bewußte Federbett und warf es ihm zu: »Zum Drunterlegen!«

Das Federbett traf den inzwischen amtlich eingreifenden Polizisten genau auf die Mütze. Die Klamotte war perfekt.

Ende des Kampfes. Funkstille.

Die Brüder schauten aufwärts. Der Polizist nahm Großmutters Federbett ab und schaute auch nach oben.

Katharina zog sich aus den Petunien zurück.

Wenige Augenblicke später hörte sie, wie ein Motor knatternd startete – nach dem Geräusch zu urteilen, schien es sich um einen Porsche zu handeln.

Am nächsten Tag kaufte Bastian zehn Pfund Salz und ein Brot, so groß wie ein Wagenrad. Damit fuhr er gegen Mittag zu Katharinas neuer Wohnung.

Die Möbelleute waren gerade gegangen, die Tür stand noch offen. Katharina saß auf einer Kiste, eine Flasche Bier in der Hand.

Man mußte sie schon mit den Augen der Liebe betrachten, um verstehen zu können, weshalb es ihretwegen am Abend davor zu einer männlichen Keilerei gekommen war. Sie sah halt so aus wie eine junge Frau, die einen Umzug hinter sich hat und sich jetzt unbeobachtet fühlt.

Bastian stand in der Tür und sah ihrer Erschöpfung zu. Es dauerte eine Weile, bis sie ihn bemerkte und ohne Überraschung »Ach, der Bastian Guthmann« sagte. Und als sie seine Tüten bemerkte: »Bringst du mir den restlichen Müll zurück?«

Er packte das Brot aus, legte einen schönen neuen Kupferpfennig drauf und sagte feierlich: »Zum Einstand.«

»So viel Salz! Wen soll ich denn damit einpökeln?«

Diese Frage blieb offen, denn der Ausfahrer eines Blumengeschäftes kam durch die offene Tür mit einem großen Strauß.

»Der ist bestimmt von Klappzahn«, giftete Bastian.

»O nein«, sagte Katharina, die Begleitkarte lesend, »der ist vom Chef. Das da drüben ist von deinem Bruder.«

Bastian betrachtete Karlis Arrangement aus Blattpflanzen.

»Typisch«, sagte er, »mal wieder typisch. Schenkt immer das, was lange hält, damit sich der Einsatz lohnt.«

»Hat er dich schön verdroschen, ja?«

»Aber das nächstemal schlag' ich ihn zusammen!« schwor Bastian und drohte mit der Faust.

Dabei fiel ihr der schmuddelige Verband an seinem Handgelenk auf. Der sah nach einer Serviette aus, mit einem Stück Strippe zusammengehalten.

»Komm mal mit«, sagte sie und ging ins Bad, in dem die Kiste mit der Hausapotheke abgeladen worden war.

Es war das erstemal, daß sie ihn verarztete.

Insofern hatte sich die Keilerei für Bastian doch gelohnt.

Mengenleere

Anstrengender Dienst, Umzug und junge Liebe waren einfach zu viel für Katharina. Sie schlief schon auf der Heimfahrt vom Krankenhaus im Auto ein. Aber das machte nichts, Bastian steuerte ja.

Er hatte ihre Erschöpfung ganz gern, sie gab ihm ein Gefühl der Überlegenheit, das er ja im Umgang mit Katharina nicht kannte, allerdings auch nicht sehr vermißte.

Der neuen Wohnung merkte man nicht mehr allzu viel vom Umzug an. Im engen Flur standen Faltkartons, die Bilder lehnten an der Wand. Bis auf eine Bücherkiste war alles ausgepackt.

Bastian ging gleich in die Küche und lud seine Einkäufe ab.

»Ruh dich aus, ich koche heut.«

Als er eine halbe Stunde später mit einem Tablett das Wohnzimmer betrat, saß Kathinka aufrecht im Sessel und schlief.

Bastian stellte das Tablett ab und ging vor ihr in die Hocke. »He – Kath – Kathinka ...«

Sie lächelte ein bißchen. »Ich hab' wohl geschlafen ...«

»Zieh wenigstens den Mantel aus.«

Er half ihr und pries dabei die Suppe an, die er für sie komponiert hatte. »Ist alles drin, was den Gaumen freut

– blaue Bohnen, ein Löffelchen Lysol, Zahnpasta mit Himbeergeschmack.«

»Ich mag nicht essen.«

»Wenigstens kosten.« Er fütterte sie.

Katharina schluckte gehorsam.

»Gut«, lobte sie. »Etwas ungewöhnlich. Was schmeckt da so besonders vor?«

»Das ist Skiwachs. Für Harschschnee.«

Sie nahm ihm den Löffel aus der Hand und aß nun selbst weiter.

Es handelte sich um eine Gulaschsuppe aus der Büchse, die Bastian mit Gewürzen, Marmelade und Schnaps verfeinert hatte.

»Iß Brot dazu«, sagte er.

»Du bist wie eine Mutter zu mir. Wenn du jetzt noch die Bilder aufhängen würdest ...«

»Heute?« Er war nicht sehr entzückt von der Idee. Bilderaufhängen erforderte so viel Präzision. »Lieber Samstag.«

»Samstag geht nicht. Da bin ich nicht da.«

»Du bist nicht da? Wieso bist du nicht da? Du hast mir versprochen ...«

»Brüll nicht«, unterbrach sie ihn. »Ich muß mal nach Haus.«

»Und was wird aus mir? Ich hab' überhaupt nichts von dir.«

»Doch«, sagte Katharina, »meine Müdigkeit.« Sie sah ihm nach, wie er wütend aus dem Zimmer ging. »Wo willst du hin?«

»Hammer holen.«

Während er den ersten Nagel einschlug, sagte sie: »Komm doch mit.«

»Wohin? Zu deinen Eltern?« Er war fast entsetzt. »Findest du das etwa gut?«

»Nein, nicht besonders, aber es ist die einzige Chance, am Wochenende zusammen zu sein. Ich fahre Samstag nachmittag und Montag früh zurück.«

Zwei Bilder waren dabei, die man mit einer langen Schnur ganz hoch anbringen mußte. Bastian stieg auf einen Stuhl und fragte sie zwischen Hämmern: »Wie sind sie denn?«

»Meine Eltern? Die sind Kummer gewöhnt. Was glaubst du, was meine Schwestern mit heimbringen. Dagegen bist du harmlos.«

Bastian stieg vom Stuhl, weil ihm ein Nagel heruntergefallen war. »Du findest mich also harmlos?«

»Ja, du nicht?«

Bastian hatte den Nagel gefunden und stieg mit ihm wieder hinauf. »Auch noch miesmachen, Mensch.«

»Ich mach' nicht mies, was ich liebhabe«, sagte Katharina und stellte die geleerte Suppentasse auf das Tablett zurück.

»Und wenn ich mitkäme«, überlegte er, »müssen wir dann mit deinen Eltern Händchen halten und uns säuberlich benehmen?«

»Ach was! Jeder macht, was er will.«

»Und wenn's regnet?«

»Regnet's eben.«

»Bergsteigen tun wir bestimmt nicht?«

Das mußte sie ihm fest versprechen.

Während Kathinka sich eine Zigarette anzündete, fiel ihr Blick auf seine Kehrseite. So in gehobener Position, wie jetzt auf dem Stuhl, fiel es ihr besonders auf, wie ausgeleiert der Hintern in seinen Cordjeans war. Außerdem beulten die Knie und unten waren sie ein bißchen zu kurz.

Vor allem aber der Hintern!

»Sag mal, Bastian, deine Hose ...«, begann sie sinnend

und kam nicht ein Wort weiter, denn er drehte sich warnend nach ihr um.

»Das ist eine prima Hose, was hast du gegen meine Hose?«

»Nichts, gar nichts. Ich mein' ja nur ...«

»Ich meine – solange ich dich kenne – hast du immer dieselbe an.«

»Das ist nicht dieselbe. Ich hab' drei Stück von der Sorte.«

Katharina resignierte. »Wie schön.«

Bastian stieg vom Stuhl und trat zurück, um sein Werk zu betrachten, und war zufrieden mit sich.

Und sie wagte nicht zu sagen, daß das Aquarell viel zu weit links hing. Sie wollte ihn nicht schon wieder kritisieren.

Als letztes sollte Bastian ein kleines Bild über ihrem Schreibtisch aufhängen. Es handelte sich um die Fotografie eines rundum bewachsenen, großen, alten Landhauses in einem großen, alten Garten mit großen, alten Bäumen.

Bastian betrachtete es ausführlich. »Sag bloß, das ist euer Eigenheim.«

»Da bin ich schon drin geboren.«

Er legte das Bild auf den Schreibtisch, weil ihm der Aufhänger fehlte. »Jetzt versteh' ich deine Frage nach meiner Hose. Meine Hose ist nicht fein genug für dein Zuhause.« Schon wieder reagierte er vorsorglich aggressiv. »Glaub ja nicht, ich kauf' mir deshalb eine neue. Ich denk' nicht dran. Lieber komm' ich erst gar nicht mit. Hab' ich das nötig?«

»Aber Bastian! Wer hat denn gesagt, daß deine Hose nicht fein genug ist, wer hat denn gesagt, daß du eine neue kaufen sollst? Wer denn, bitte schön?«

»Gesagt nicht, aber gedacht. Gib zu, du kannst meine Hose nicht leiden.«

»Aber ja doch.«

»Du findest sie also schön?«

»Schön nicht, komisch. Sie hat viele Gesichter.«

Bastian liebte seine Hosen. Sie waren die bequemsten Hosen der Welt. Aber jedesmal, wenn von nun an jemand auf der Straße hinter ihm lachte, kniff er den Hintern ein.

Katharinas Bemerkungen hatten das zärtliche Verhältnis zu seiner Hose getrübt. Trotzdem trug er sie weiter. Auch wenn sie komische Gesichter schnitt.

Nun gerade.

Er trug sie auch am nächsten Mittag, als er bei seiner Großmutter Kartoffelpuffer aß.

Bastian saß am Küchentisch, seine Großmutter stand am Herd und ließ Teig in das zischende Fett der Pfanne fließen.

»Also du fährst mit der Ärztin. Der Dr. Freude, die mich behandelt hat. Und das geht seither zwischen euch? Und ich hab's nicht gewußt. Ist sie nicht älter als du?«

»Na und?«

»Ich mein ja bloß«, sagte sie einlenkend. »Nun fährst du zu ihren Eltern. So ernst ist das also.«

»Nein«, sagte Bastian und schüttelte viel Zucker auf seine Reibekuchen.

»Wenn du zu ihren Eltern fährst, ist es ernst.«

»Vielleicht zu deiner Zeit.«

»Heut immer noch – in manchen Gegenden.« Sie schüttelte sich selbst ein paar krosse Puffer von der Pfanne auf den Teller und setzte sich zu ihm, stand noch einmal auf, um trockenes Brot zu holen und ihren Henkeltopf, auf dem »Oma« stand (ein Präsent von Bastian), mit schwarzem Kaffee zu füllen.

»Sag einmal, Bub, was ziehst du denn da an, wenn du mitfährst?«

Sie bekam keine Antwort, nur einen Blick.

»Du hattest doch mal so einen schönen, blauen Anzug. Hast du den noch?«

»Der heiratet dieses Wochenende.«

»Heiratet?« Sie begriff nicht ganz. »Gegen wen?«

»Eine Apothekerin aus Zwiesel.«

»Aber warum?«

»Warum – warum – weil er sie mag, natürlich.«

»Der Anzug?«

Bastian knurrte wie ein gereizter Hund. »Der Freund von mir, der sich den Anzug für seine Hochzeit geborgt hat.«

»Ah ja.« Sie betrachtete ihn bekümmert. »Und jetzt hast du nur diesen einen Hosentyp. Aber in dem kannst du dich nicht vorstellen, wenn du ernste Absichten hast.«

Bastian sprang so jäh auf, daß sein Stuhl umfiel. »Ich *habe* keine ernsten Absichten, und ich habe es satt, mir meine Hosen vorhalten zu lassen. Servus.«

Ohne sich noch einmal umzuschauen, marschierte er aus Großmutters Küche, die Tür schlug hinter ihm zu, aufgegessen hatte er auch nicht.

»Ja, haben wir denn heute Föhn?« wunderte sie sich.

Nachdem Martha Guthmann das Geschirr in den Abwaschtisch gestellt hatte, den sie aus alter Gewohnheit »Brunnen« nannte, band sie ihre Schürze ab und nahm das Portemonnaie aus dem Küchenschrank.

Damit eilte sie zur nächsten Straßenecke, an der eine Zelle stand, von der sie mindestens einmal täglich zu telefonieren pflegte.

Dr. Katharina Freude wurde auf der ganzen Station gesucht. Es lag ein Telefonanruf für sie vor, in einer »dringenden familiären Angelegenheit«.

Katharina wurde ganz schlecht vor Schreck. »Gottes willen, hoffentlich ist nichts zu Haus passiert!«

Aber es war nur Martha Guthmann am Telefon, die sich Sorgen wegen Bastians Hose machte.

Ja, so konnte er doch nicht zu ihrer Familie fahren. Was solle die denn von seiner Familie denken!

»Es ist sehr nett, daß Sie sich deshalb Gedanken machen, Frau Guthmann, aber gegen die Hose kommen wir beide nicht an.«

Großmutter war da anderer Ansicht. »Wo zwei Willen sind, ist auch der Weg zu einer neuen Hose«, meinte sie. »Ich meld' mich heut noch mal bei Ihnen, Fräulein Doktor.«

Bastians Nachhilfeschüler interessierten die Verkehrszeichen und Genrebildchen an den Zimmerwänden viel mehr als die Mengenlehre, die er ihm beizubringen versuchte.

Er hörte geduldig an dem vorbei, was Bastian ihm wieder und wieder erklärte, und lebte erst auf, als es an der Wohnungstür klingelte.

Das war Martha Guthmann, mit verrutschtem Hut, atemlos vom Steigen: »Bub – ich bring' dir – deine Wäsche.«

Bastian nahm ihr das schwere Päckchen ab. »Aber warum denn? Die hätt' ich mir holen können, ich hol' sie doch sonst immer.«

»Ja, aber wann?« sagte Oma bedeutungsvoll. »Wahrscheinlich erst nächste Woche!«

Zwischen nächster Woche und dem heutigen Donnerstag lag das Wochenende bei Katharinas Eltern.

»Grüß dich, mein Kind«, sagte sie zum Schüler, »lernt ihr schön? Macht ruhig weiter. Ich räum' inzwischen die Wäsche ein.«

Als sie Bastians Schrank öffnete, fiel ihr sein Inhalt entgegen. »Mariandjosef!« Sie machte sich ans Aufräumen.

Bastian kehrte zur Mengenlehre zurück.

»Wo waren wir stehengeblieben? Ah ja, also – die Menge A ist die Untermenge der Menge B, wenn jedes Element von A auch ein Element von B ist. Damit ist die Leermenge ...«

»Leermenge?« fragte Großmutter dazwischen.

Bastian erklärte es ihr geduldig: »Die Leermenge ist die Untermenge einer jeden Menge M, also auch von sich selbst.«

»Und wozu soll das gut sein?«

»Das fragt meine Mutter auch«, sagte der Junge.

Aber dann begriff die Großmutter. »Ja, Moment – wenn zum Beispiel eine Hose – eine neue Hose in einem Geschäft hängt, dann ist sie eine Leermenge. Und wenn der Bastian sie kauft und anzieht, dann ist er die Untermenge in dieser neuen Hose.«

»Frau Guthmann!« warnte er.

»Kauf eine Hose! Bitte, Bub, kauf eine! Ich geb' dir auch was zu!«

Er versprach es ihr, nur um sie endlich loszuwerden.

Großmutter umarmte ihn beglückt und eilte davon, ohne sich weiter um das Einräumen der Wäsche zu kümmern.

Von der nächsten Telefonzelle aus rief sie Katharina an, um ihr das freudige Ereignis mitzuteilen.

Katharina war noch ganz überwältigt von Martha Guthmanns freudigem Gebrüll, als sie, vom Telefon kommend, Schwester Theresa auf dem Flur begegnete.

»Ach, Theresa«, sagte sie, »machen Sie doch bitte der Frau Schmidt auf 326 eine leichte Hose.«

Dann ging sie weiter, und Schwester Theresa stand da.

Der Hosenkauf

Am nächsten Tag ging Martha Guthmann mit ihrem siebenundzwanzigjährigen Enkel Bastian Guthmann eine Hose kaufen.

»Als ob ich das nicht allein könnte«, motzte er neben ihr her, die unerschütterlich die Fußgängerzone durchschritt.

»Wie schaut denn das aus!«

»Trödel nicht!«

»Ein erwachsener Mensch, der an Omas Hand Hosen kaufen geht. Bleib wenigstens draußen.«

»Ich komm' mit hinein.«

»Du kommst nicht.«

»Ich komme. Nachher kaufst du wieder solche mit Beulen.«

»Aber du! Du kaufst die richtigen für mich«, rief er aufgebracht.

»Das tu' ich.«

»Hast du Großvater auch modisch beraten, ja?«

»Wieso?«

»Wenn ich an seine Hosen denke! Die hatten immer Flatterhintern!«

»Großvater trug die Hosen *deines* Vaters auf. Der war stärker um die Hüfte.«

»Sag nichts gegen meinen Vater!«

»Wie werd' ich was sagen gegen meinen Maxl. Gott hab' in selig!«

»Ja«, sagte Bastian, »er war der einzig Vernünftige in dieser Familie.«

»Stell dir vor, er hätte *deine* Hosen auftragen müssen!«

Bastian langte es. Er ging immer schneller. Sie keuchte hinter ihm her, gab aber nicht auf.

»Dein Bruder Karli ist so ein eleganter Mensch – und du?«

»Trotzdem kannst du ihn nicht so gut leiden.«

»Seine Hosen schon.«

»Wenn du noch einmal *Hosen* sagst!!!«

»Ja?«

»Dann weiß ich nicht, was ich tu'«

Sie lächelte unter Atemnot: »Eine Hose kaufen.«

Frauen mit dem Beharrungsvermögen der Martha Guthmann wurden meistens eines Tages in Notwehr erschlagen.

»... damit sie endlich mal stille war, Herr Rat!«

Bastian drehte sich auf dem Hacken um und ging Richtung Marienplatz, woher sie gekommen waren.

Martha sah ihre Pläne, so kurz vorm Ziel, davonlaufen und rief energisch »Bastian!« hinter ihm her. »Bastian!! Bleibst du wohl –! Hierher!!!«

»Ja, bei dem Gewurle – da laßt man doch keinen Hund ohne Leine laufen!« belehrte sie eine Passantin im Vorübergehen.

Großmutter sah sie verständnislos an.

Der Abstand zwischen ihr und dem störrischen dreizehnten Enkel hatte sich verdoppelt, sie verlor ihn in dem Gewühle zeitweise aus den Augen, war den Tränen nahe vor Enttäuschung ...

... da tauchte als reichlich abgehetzter Deus ex machina Katharina Freude auf.

Sie sah zuerst Bastian und winkte ihm zu.

»Hallo – du – ich hab' mich so beeilt – aber ich bin nicht vor drei weggekommen – und eh ich einen Parkplatz gefunden hab' ...«

Er legte den Arm um sie und zog sie fort. »Komm rasch – meine Großmutter verfolgt mich.«

Martha Guthmanns aufgeregte Stimme und ihre Arme mit der schlenkernden Handtasche hoch über ihrem Kopf alarmierten die Passanten im Umkreis.

»Fräulein Doktor! Hallo, Fräulein Doktor! Halten Sie ihn auf! Das Luder will türmen!«

Es blieb Bastian und Kathinka nichts anderes übrig, als stehenzubleiben und zu warten, bis sie herangekommen war, im Gesamtbild auffallend derangiert.

»Guten Tag, Frau Guthmann«, sagte Kathinka, »fein, Sie mal wiederzusehen.«

»Aber der Anlaß«, keuchte Martha Guthmann tragisch, »der Anlaß.«

Plötzlich hatte Bastian einen Verdacht. »Sagt bloß, ihr habt euch verabredet!«

Katharina lachte freimütig. »Ja.«

»Warum?«

»Falls der Laden, wo wir die Hose kaufen wollen, zwei Ausgänge hat«, sagte Großmutter.

Beide Frauen hakten ihn ein und zogen ihn mit sich fort, auf ein Herrenbekleidungsgeschäft zu.

In den Auslagen standen Puppen in verkrampft ungezwungener Haltung herum. Sie hatten gelbe und braune Perücken auf und einen Gesichtsausdruck, über den sich Martha Guthmann gar nicht beruhigen konnte.

»Lauter Deppen in Freizeitkluft! Ja, wer sagt's denn –!«

Es war ein kleineres Herrengeschäft, in das sie schließlich hineingingen. Großmutter blieb sicherheitshalber an der Tür stehen.

Nach Bastians Geschmack zu großkarierte und zu taillierte Jünglinge hingen beschäftigungslos an der Kasse herum und unterhielten sich. Einer kam schließlich auf ihn zu, einen anderen stupste er an und zeigte auf die alte Frau, die an der Ladentüre stand.

Der Angestupste fragte Großmutter: »Sie wünschen?«

»Ich? Nichts. Ich steh' hier nur auf Wachtposten.«

Er schaute sie abschätzend an und näselte: »Ach so – Zeugen Jeovas.«

»Nein«, sagte Oma, »katholisch. Warum?«

»Wir geben nichts«, sagte er und ließ sie stehen.

Inzwischen hatte der andere Verkäufer Bastian nach seinen Wünschen gefragt.

Bastian blicke verzweifelt die Wände hinauf und hinunter. Wo er hinblickte: Hosen.

»Ich brauch' angeblich 'ne Hose. Haben Sie eine?«

»Haben Sie einen bestimmten Wunsch?« fragte der Verkäufer.

»Na, eben 'ne Hose, die nicht beult.« Bastian sah sich gereizt nach Katharina um. »Das ist euch ja wohl das Wichtigste.« Zum Verkäufer: »Und keinen Hintern darf sie haben, die Gesichter schneidet.«

Der Verkäufer fühlte sich verscheißert. »Unsere Hosen beulen nicht.«

»Bei mir schon.«

»Wir haben zwei Modelle – wenn Sie mal sehen möchten. Ein weitgeschnittenes mit Aufschlägen und eins mit tief angesetztem Hosenbund. Nicht ganz so ausstehend.«

Bastian lachte. Es war ein amüsiertes und gleichzeitig wütendes Lachen.

»Eine schiefergraue Flanellhose würde ich vorschlagen«, sagte Katharina und lachte auch.

Der Verkäufer nahm mit Widerwillen um Bastians

Hüfte Maß, dann angelte er zwei Hosen aus einem oberen Regal und hängte sie ihm über den Arm.

»Dort ist die Kabine.«

Sie befand sich in einer Nische zwischen zwei Wandschränken und war durch einen beigen Vorhang vom Zuschauer- beziehungsweise Verkaufsraum getrennt.

Martha Guthmann stand nun neben Katharina Freude. Beide Frauen schauten gebannt auf den beigen Vorhang, der sich unter zornig ausholenden Bewegungen beulte. Dann plumpste was.

»Das waren die Schuhe«, lächelte Kathinka zärtlich.

Eine Minute später trat Bastian in Flanell auf. Schaute um sich wie ein Mordbube auf Socken.

Kathinka betrachtete ihn kritisch. »Dreh dich mal –«

Er drehte sich.

Großmutter betrachtete indessen seine fadenscheinigen Hacken.

»Neue Socken braucht er auch.«

»Ich würde sagen –«, sagte der Verkäufer.

»Sagen Sie lieber nichts«, warnte Bastian.

»Aber im Bund ...«

Bastian unterbrach ihn streng. »Sie paßt.«

»Nun ja – im Vergleich zu Ihrer eigenen ...«

»Packen Sie sie ein«, sagte Bastian.

Es bedurfte mehrerer fragender Blicke und eines eigenen Nachgedankens, bis er begriff, daß er die Hose zu diesem Zwecke wieder ausziehen mußte.

Katharina wollte die Tüte mit der Hose tragen.

Großmutter wollte sie tragen.

Bastian fragte, warum.

»Damit du das gute Stück nicht irgendwo stehenläßt.«

Katharina trug die Hose.

Beide Frauen wirkten auffallend heiter und gelöst. Das wunderte Bastian. Ehrlich. Er hätte nie gedacht, daß eine unscheinbare graue Hose soviel Freude zu spenden vermochte.

Aber jetzt wollte er ein Bier.

»Du kriegst dein Bier«, versprach Großmutter.

»Du kriegst zwei Biere«, versprach Kathinka. »Und ich muß was essen, sonst fall' ich um.«

Bastian, der beide um etliches überragte, hatte in der entgegenschlendernden Masse den Lockenkopf seines Bruders entdeckt.

»Ich sehe was, was ihr nicht seht. Ich hoffe bloß, er sieht uns nicht.«

»Wer?« fragte Oma.

»Klappzahn. Da kommt er schon, o Gott, da kommt er auf uns zu. Heut ist ein Unglückstag.«

Karl Guthmann eilte hocherfreut näher. Groß. Gebräunt. Englisch gekleidet. »Nein, so eine Überraschung!«

»Ganz meinerseits«, sagte Bastian sauer. »Darf ich vorstellen – Klappzahn Guthmann, dein Enkel. Martha Guthmann – deine Oma.«

»Laß den Blödsinn, wir kennen uns.« Karl küßte seine Großmutter auf die Wange und Katharina auf die Hand mit der Tüte.

»Liebes Fräulein Doktor Freude ...«

Bastian schob sich eifersüchtig zwischen die beiden.

»Bemach dich bloß nicht!«

Sie schlenderten gemeinsam weiter, Karl neben Großmutter.

»Na, Karli, geht's denn?«

»Lange nicht gesehen, Omama.«

»Das letztemal, wie mein Oberstück gebrochen war«, sagte sie. »Das war im Juni.«

»Hat's denn gehalten?«

»Ach danke. Bloß manchmal juckt es unter der Platte.«

»Das liegt nicht am Oberstück«, sagte Karl und wandte sich den beiden anderen zu. »Wo geht ihr hin?«

»Biertrinken und was essen«, sagte Katharina.

»Komm doch mit«, sagte Großmutter.

»Wenn ich nicht störe?« Karl sah Kathinka in die schönen Augen.

Sie lachte. »*Mich* nicht.«

»Darf ich Ihnen die Tüte abnehmen?« fragte er und bedachte gleichzeitig Bastian mit einem abwertenden Blick.

Typisch. Hängte die Daumen in seinen Gürtel und ließ die Dame tragen.

Karl Guthmann nahm Katharina die große Plastiktüte ab.

Bastian grinste: »Jetzt trägt der Klappzahn meine Hose!«

»Wer? Ich?« Karl schaute entsetzt an ihm herunter. »*Deine* Hose!!?«

Zwei Stunden später gingen sie vor dem Restaurant, in das Karl Guthmann sie geführt hatte, auseinander.

»Was der Klappzahn sich geärgert hat, daß er Großmutter heimfahren muß und nicht dich«, freute sich Bastian, einen Rülpser bekämpfend. Katharina antwortete nicht.

»Mir ist gar nicht gut. Die ›Genfer Morgenröte‹ war entschieden zuviel.«

Sie antwortete nicht.

»Aber was tut man nicht alles, um seinen Bruder zu schädigen.«

Jetzt antwortete sie erst recht nicht.

»Hast du die Rechnung gesehen? Nein? Ich leider auch nicht. Aber sein Gesicht, als er sie angeschaut hat. Haha ...«

Katharina war sich nicht mehr ganz sicher, wo sie ihren Wagen abgestellt hatte. Dann fiel es ihr endlich wieder ein. In der Löwengrube, schräg gegenüber von der Polizei.

»Für Großmutter und mich hätte er niemals so viel ausgegeben. Wir sind ja bloß Familie. Familie führt man ins Bräuhaus. Bräuhaus ist mir auch lieber. Gibt's wenigstens Bier vom Faß da.«

Sie hatten das Auto erreicht. Katharina legte die Tüte mit der Hose auf das Wagendach und schloß ihre Tür auf. Stieg ein und öffnete von innen die Tür auf Bastians Seite.

»Du redest wohl nicht mit jedem? He, Kathinka! Was ist los!«

Katharina startete – an die Hosentüte auf dem Wagendach dachten sie beide nicht.

Sie sagte: »Findest du nicht, daß du dich unmöglich benommen hast?«

»Ich?« Er begriff nicht. »Ich hab' auf Klappzahns Kosten gefuttert und getrunken wie ein Ortsarmer. Ist das so schlimm?«

»Und zum Dank dafür hast du ihn auch noch hochgenommen.«

»Ja, hab' ich. Es paßt mir nicht, wie er dich anglubscht«, schimpfte Bastian und wunderte sich über einen Menschen am Straßenrand, der ihnen heftige Zeichen machte.

»Aber anscheinend bist du in ihn verknallt.« Er öffnete Gürtel und obersten Hosenknopf. »Im Grunde paßt er viel besser zu dir als ich. Er ist ehrgeizig – erfolgreich – trägt feine Anzüge ...«

»Dabei fällt mir ein – wo ist eigentlich die Tüte mit der Hose?«

»Ist sie nicht im Wagen?« Bastian schaute hinter

sich. Sah keine Tüte. »Vielleicht ist sie unter den Sitz gerutscht.« Und kehrte sich wieder Katharina zu. »Um noch mal auf Klappzahn zu kommen – ich hab' doch gemerkt, wie dir das heute gefallen hat – der scheißfeine Laden da – das gepflegte Blabla und der Geschäftsführer persönlich: ›Jawohl, Herr Guthmann, aber gern, Herr Guthmann, Ihren alten Tisch, Herr Guthmann!‹ Im Grunde wirfst du mir vor, daß ich dir so was Schönes nicht biete.« Er betrachtete von der Seite ihr verschlossenes Profil. »Nun sag schon was, Kathinka!«

»Du erwartest, daß ich dir widerspreche?«

»Wenigstens anstandshalber.«

Sie seufzte. »Ich hab' dich lieb.«

»Und das tut dir beinah schon leid.«

Katharina schüttelte den Kopf. »Nein. Nein, überhaupt nicht.«

Am Straßenrand stand ein Mann und machte aufgeregte Zeichen.

»Schau mal den da«, sagte Kathinka.

»Was will denn der Depp?«

»Keine Ahnung.«

Dann bemerkten sie eine Frau, die ihnen zuwinkte.

»Schon wieder eine.«

Katharina wurde nervös. »Hab' ich denn die Tür nicht richtig zu?« Die Tür war zu. »Oder Licht an?« Auch kein Licht an. Erschrocken zu Bastian: »Wir brennen doch nicht etwa?«

»Das würde man schließlich riechen.«

»Ich versteh' das nicht.«

Dann mußte sie rechts abfahren und hatte das Gefühl, im Rückspiegel einen Schatten zu sehen, der vom Dach rutschte. Aber sie konnte sich auch geirrt haben.

Und da von nun an keiner mehr ihnen Zeichen machte, vergaßen sie die Angelegenheit und sprachen über das Wochenende, das ihnen bevorstand.

Im Porsche war die Stimmung während der Heimfahrt auch nicht gut, zumindest Karl Guthmanns Stimmung war es nicht.

»Was der Kerl auf meine Kosten gefressen hat. Die Karte 'rauf und 'runter.«

»Er hatte eben Hunger«, sagte Großmutter.

»Immer nimmst du ihn in Schutz. Wahrscheinlich findest du auch, daß die Freude zu ihm paßt?«

Martha Guthmann hob die Hände. »Lieber Karl, was geht's uns an!?«

»Jetzt fährt er mit zu ihren Eltern«, ärgerte er sich. »Aber mit dir kann man ja nicht darüber reden.«

»Mit dir kann man über alles reden, sogar über deinen Bruder«, sagte Großmutter.

Sie genoß das Fahren im Porsche, und sie hoffte, daß möglichst viele Nachbarn aus den Fenstern schauen würden, wenn sie vorfuhr. Das hob ihr Ansehen.

»Ich war mal in der Steiermark zur Jagd«, sagte Karl. »Da war ein Dr. Freude mit seiner Frau. Ausgezeichneter Jäger. Ich habe vergessen, Fräulein Freude zu fragen, ob das ihre Eltern gewesen sein könnten.«

Großmutter lachte. »Ich stell' mir gerade vor, es sind ihre Eltern.«

»Ja und?«

»Wenn ihr Vater ein passionierter Jäger ist, dann wird er viel Freude an Bastian haben. Der sitzt doch im Gebüsch und macht ksskss, damit die Rehe flitzen.«

»Aber nicht etwa aus Tierliebe, sondern um die Jäger zu ärgern«, sagte Karli. »Es fehlt im jeglicher Sportsgeist.«

»Das mag sein«, sagte Großmutter. »Davon verstehe ich nichts.«

Ihr war nur eins wichtig – daß der Bub anständig angezogen zu Dr. Freudes Eltern fuhr. Und das hatte sie geschafft.

Der Verlust der Hose kränkte Bastian nicht. Er wehrte sich nur energisch gegen den Verdacht, sie absichtlich verloren zu haben.

Wie sollte er denn, wo er sie nicht einen Augenblick lang hatte tragen dürfen?

»Aber vielleicht hast du gesehen, wo ich sie stehenließ, und nichts gesagt«, überlegte Katharina, nicht bereit, die Schuld allein zu tragen, sie wollte ihm zumindest einen Verdacht um den Bauch binden – statt der Hose.

Am nächsten Tag war Samstag.

Kathinka fuhr nachmittags zu ihren Eltern nach Großgmain. Bastian wollte am Sonntag nachkommen.

Er meinte, ein Tag Familie Freude wäre für den Anfang genug.

Ein Herr Guthmann wird erwartet

Er war gerade beim Packen seines Koffers, als Martha Guthmann vor der Tür stand.

Sie sagte, sie wäre »zufällig« in dieser Gegend gewesen, und da hätte sie sich gedacht, wo du nun schon hier bist, Martha, kannst du rasch mal nach dem Bastian schauen und Abschied von ihm nehmen.

»Abschied?« Er grinste. »Für einen Tag? Das glaubst du doch wohl selbst nicht.«

Nein, das glaubte sie auch nicht und lenkte darum ab: »Für einen Tag so einen großen Koffer?« Sie hob seinen Deckel an.

In dem großen schwarzen Gepäckstück fürchteten sich ein paar Socken, ein Hemd und eine Unterhose vor einer großen Papierschere.

»Ich hab' keinen kleineren«, sagte Bastian und warf noch das hinein, was man unter dem Begriff »Kulturbeutel« zu kaufen pflegt und was bei ihm immer voll Zahnpastafleckchen war.

Großmutter betrachtete ihn prüfend. »Ich vermisse die schöne neue Hose an dir?«

»Ach ja, das dachte ich mir, daß du das sagen wirst«, er hatte nicht die Kraft, ihr den schweren Verlust mitzuteilen – zumindest jetzt nicht. Später einmal. Schonend. Es würde sie zu arg treffen, daß alle Nervenkraft, aller Ärger und das gute Geld umsonst verschwendet worden waren.

»Katharina hat die Hose schon mitgenommen. Damit ich sie nicht vergesse.«

Das beruhigte Großmutter. Einer Ärztin konnte man vertrauen.

»Aber zum Friseur hättest du noch gehen müssen.«

»Ja«, sagte Bastian.

»Du sagst immer ja«, sagte Großmutter ärgerlich.

»Ja«, sagte Bastian und verschloß seinen Koffer.

»Und dann wollte ich dich bitten, wenn du bei den Freudes bist – red nicht über Politik, nein?«

»Warum nicht?«

»Vielleicht haben sie eine andere Einstellung als du.«

»Und wenn?«

»Ich mein' ja nur, schließlich bist du ihr Gast.«

»Und wenn einer Gast ist, muß er die Klappe halten, ja?«

»Bitte, halt sie, Bub, und trink dir keinen an. Wenn du einen sitzen hast …«

»Am besten, du kommst mit und paßt auf mich auf.« Bastian nahm seinen Koffer und drückte einen Kuß auf Oma. »Wenn du noch bleiben willst, schließ bitte ab.« Er sah sich um, ob er auch nichts vergessen hatte. Großmutter sah indessen ihren Enkel an.

»Bastian«, sagte sie zart. Und als er mißtrauisch guckte: »Ach, schon gut. Ich sag' lieber nichts mehr.«

»Dein Glück, Martha.«

»Trotzdem hast du fürchterliche Socken an!«

Nachdem sie ihren Enkel verabschiedet hatte, fuhr Martha Guthmann wie jeden Sonntag vormittag zum Friedhof, um ihren Verschiedenen zu gießen. Es war um dieselbe Zeit, zu der er einstmals in die Wirtschaft zu gehen pflegte.

Postum verwöhnte sie ihn mit all den kleinen Freuden, die sie ihm zu Lebzeiten schwer verübelt hatte. Sie war ihm nicht oft eine verständnisvolle Frau gewesen. Aber sie war ihm eine gute Witwe. Doch, das war sie. Sie hatte ihm ein schönes Liegen gekauft, mit Sonne, damit ihm die Füße nicht froren. Sie goß ihn zur Frühschoppenzeit und ließ kein Unkraut auf ihm zu.

Von all ihren Kindern und Enkeln war Bastian ihrem Verstorbenen am ähnlichsten. Darum hatte sie ihre despotische Liebe auf ihn übertragen, aber mit mehr Verständnis für seine Schwächen. Er war ja auch nur ihr Enkel und nicht ihr Mann.

Martha Guthmann putzte das Grab und erzählte dabei von Bastians Wochenendfahrt und daß sie nächsten Monat Telefon kriegen würde. Susi Schulz wollte sich an den Kosten beteiligen.

Bei Susi Schulz fiel ihr das Mittagessen ein.

Sie verstaute Harke und Gießkanne hinter dem Grabstein, versprach, in Anbetracht der großen Trockenheit, morgen wiederzukommen, und fuhr heim.

Susi sah Großmutter mit ihrem feuchten Rehblick entgegen.

»Er ist also wirklich gefahren?«

»Ja. Ist er«, sagte Großmutter und setzte ihren Hut ab.

»Glauben Sie, daß er sie heiraten wird?«

»Er sagt nein. Aber darauf kommt's sowieso nicht an. Bastian ist nicht der Typ, der von sich aus heiratet. Bastian *wird* geheiratet. Und wenn die Freude will –? Aber ich glaub's nicht. In Liebesangelegenheiten denken die meisten Frauen vernünftiger als Männer – außer Ihnen, Kindchen, warum heulen Sie denn nun wieder? Haben Sie wenigstens die Kartoffeln aufgesetzt?«

Wie sollte Susi an Kartoffeln denken, wenn Bastian zur Freude fuhr?

Martha Guthmann war ärgerlich. Kein Sinn für Realität in diesem Mädchen, bloß Gefühle. Und die immer am falschen Objekt.

Dann tat ihr die Susi wieder leid.

»Ich hätt' ja auch lieber gesehen, wenn er und Sie … Aber was sollen wir machen? Mit Gewalt ist kein Bulle zu melken.«

Bastian warf seinen Koffer ins Netz und wandte sich, Platz nehmend, an den einzigen Mitreisenden in diesem Abteil.

»Verzeihung, ist hier Raucher?«

Der Mann legte seine Zeitung nieder, nahm die Pfeife aus dem Mund. »Nein, wieso?«

»Dann ist es gut«, sagte Bastian und holte seine Zigaretten vor.

Der Mann sah sehr englisch aus oder sehr österreichisch, was bei einem gewissen Schnurrbarttyp aufs selbe herauskommt. Nach einer Weile faltete er die Zeitung zusammen, klopfte seine Pfeife aus und ging hinter der Fenstergardine schlafen.

Das war der Moment, wo Bastian seinen Koffer herunterholte und die Papierschere herausnahm, um sich mit ihrer Hilfe die Nägel zu maniküren.

Danach besah er sich seine von Großmutter beanstandeten Socken. Sie waren nicht nur verfärbt, sie hatten auch ein Loch.

Bastian nahm seinen »Kulturbeutel« und ging mit ihm auf die nächstliegende Zugtoilette, wo er sich einschloß.

Zwischen Prien und Traunstein war er mit einer kniffligen Denkaufgabe beschäftigt, die nicht nur seine Intelligenz, sondern vor allem seine Füße lösen mußten.

Er hatte dieselben von ihren unvorteilhaften Socken befreit und dabei festgestellt, daß ihre Sohlen dringend einer Säuberung bedurften.

Aber wie? Wenn der eine Fuß oben im Sparbecken Wasser haben wollte, mußte der andere Fuß unten auf einen Hebel treten. Mit dem linken Fuß auf dem linken Hebel und dem rechten im winzigen Lavoir ging das ja noch. Aber mit dem rechten Fuß auf dem linken Hebel und dem linken Fuß im Lavoir setzten die Schwierigkeiten ein.

Bastian fiel zweimal um, aber nicht hin, dazu war das Kabinett zu klein. Er lachte sehr, denn er hatte sich sein kindliches Gemüt bewahrt.

In Traunstein verließ er die Toilette, die nackten, nicht ganz trockenen Füße halb in den Schuhen, den »Kulturbeutel« unterm Arm.

Ein hübsches Mädchen, das nach ihm das unter Wasser stehende WC betrat, fand seine Socken auf dem Klodeckel und trug sie ihm nach, was ihm sehr peinlich war. Sobald der Zug den Bahnsteig verlassen hatte, zog Bastian das Abteilfenster herunter und warf sie in die oberbayrische Landschaft.

Der pfeiferauchende Anglo-Österreicher sah ihm dabei zu.

»Warum?«

»Sie gefallen meiner Großmutter nicht.«

»Ah so.«

Der Mann verstand ohne Wundern. Das gefiel Bastian an ihm.

Wie die meisten Gartenbesitzer scherte Dr. Freude seine Rasenfläche mittags zwischen eins und drei. Diese weitverbreitete Unsitte läßt darauf schließen, daß Motormäher während der Mittagsruhe anderer Leute besonders erfolgreich zu handhaben sind.

Frau Freude in ihrem Liegestuhl hörte sich eine Weile diese Belästigung an, gab es auf, zu schlafen, dachte kurzfristig sogar an Sabotage und verwarf diesen Plan wieder bei der Vorstellung, wie lange es dauern würde, bis ein Handwerker kam, um das Sabotierte zu reparieren.

Sie stand auf, ging um die Hausecke und legte, sobald sie ins Blickfeld ihres Mannes geriet, vier Fingerspitzen leidend an die Schläfen.

Er rief ihr etwas zu, was sie mit einem Achselzucken beantwortete.

Er brüllte.

Sie zuckte bedauernd.

Da stellte er endlich den Motormäher ab.

Was für ein unbeschreiblicher Genuß für die gesamte Umgebung.

»Ich hab' dich leider nicht verstanden, Dietmar«, sagte Frau Freude. »Was hast du gebrüllt?«

»Der Mann, den Kathi mitbringt – was ist das für einer?«

»Ich weiß nur, daß er Guthmann heißt.«

»Guthmann – Guthmann ...« Herr Freude kramte in seinem Gedächtnis. »Aus München, sagst du?«

»Ja, Dietmar, und ich möchte dich herzlich bitten, betrink dich nicht. Und vor allem, politisier nicht mit ihm. Ich denke noch immer mit Schrecken an diesen jungen Menschen, den unsere Angelika das letztemal mitgebracht hat. Was habt ihr euch gestritten!«

»Das war nicht meine Schuld. Er hat angefangen«, verteidigte sich Herr Freude.

»Trotzdem. Du warst der Ältere.«

»Und deswegen soll ich den Mund halten, wenn hier einer herkommt und mich als Kapitalist und Ausbeuter beschimpft, bloß weil ich von meinem Vater fünf Tagwerk Bauland geerbt habe? Rosi, du bist mein Zeuge. Du weißt, wie oft ich das Land teuer an Baulöwen hätt' verkaufen können. Aber ich hab's nicht verkauft, um unsere Gegend vor zum Himmel stinkenden, kahlschädeligen Luxuskasernen zu bewahren. Ich wollte den Charakter der Landschaft erhalten!«

»Ja doch, Dietmar, das weiß ich alles!«

»Ich könnte heute vielfacher Millionär sein. Du selbst hast mir zugeredet, zu verkaufen. Gib's zu! Du denkst viel kapitalistischer als ich. Du ja. Von uns beiden war ich immer der Linke. Aber ich bin gegen den Radikalismus – egal, ob von rechts oder von links. Und das hab' ich Angelikas Freund auch gesagt. Das war mein gutes Recht. Oder?«

»Natürlich, Dietmar.« Frau Freude zog sich eilends ins Haus zurück, vom Zuhören erschöpft.

Wenig später, als sie in der Küche den Mixer aus seinem Fach nahm, um Schnee zu schlagen, dröhnte ihr Mann herein.

»Rosi! Jetzt weiß ich, wer der Guthmann ist.«

»Guthmann?« fragte sie zerstreut.

»Wir haben ihn bei den Kieslers auf der Jagd kennengelernt.«

»Welcher Jagd, Liebchen?«

»Auerhahn.«

Frau Freude überlegte und lächelte. »Ach so, *der* nette junge Mann. Und du glaubst, den holt unsere Kathi jetzt ab? Na, das wär' doch ganz nett, ganz reizend, Dietmar!«

»Sag ich ja«, brummte er und ging durch die Küchentür über den kleinen Wirtschaftshof um die Hausecke in den Ziergarten zurück, wo seine Mähmaschine auf ihn wartete.

Und sie weckte alle Mittagsruhebedürftigen, die inzwischen eingeschlafen waren, mit ihren süßen Tönen wieder auf.

Zuerst war es mal wunderschön, Katharina auf dem Bahnsteig zu sehen und in die Arme zu nehmen.

Katharina ohne Krankenhaus im Nacken. Ohne Berg vor Augen. Eine ausgeschlafene, blanke Katharina voll spröder Zärtlichkeit.

»Na du?«

»Na endlich du!«

Der Zug fuhr weiter.

Sie standen noch immer da und freuten sich übereinander.

»Müssen wir wirklich zu dir nach Haus? Können wir nicht türmen?« fragte er in ihre duftenden Haarwirbel hinein.

»Komm erst mal mit.« Sie nahm ihn an die Hand und zog ihn aus dem Bahnhofsgebäude ein Stück die Straße hinunter, dahin, wo ihr offener Wagen parkte.

An seinem Steuer saß ein Deutsch-Kurzhaar mit unbeschreiblich traurigem Gesicht, dessen Leidensausdruck seine flinken, hellen Augen Lügen straften.

»Kennst du den?« fragte Bastian, als sie den Wagen erreichten.

»Das ist Bruder Hermann«, sagte Katharina. »Er setzt sich immer ans Steuer, wenn man ihn im Auto allein läßt. Hermann, hopp, nach hinten. Er ist ein Jagdhund, der sich vorzüglich zum Wildern eignet, zu sonst gar nichts – als Jagdhund. Mein Vater hat ihn trotzdem behalten, wahrscheinlich aus demselben Grund wie seine drei Töchter, die als Söhne geplant waren. Er gewöhnt sich so leicht an das, was er kriegt, und dann mag er's nicht mehr hergeben.«

Sie bat Hermann noch einmal in höflicher Form, auf dem Rücksitz Platz zu nehmen, was dieser nach der siebten Aufforderung umgehend befolgte, und sagte zu Bastian: »Steig ein.«

Aber Bastian mochte nicht.

Weil Bruder Hermann seine leicht vergilbten Zähne entblößte und abschlägig knurrte.

»Er tut nichts«, versicherte Katharina.

»Weiß Hermann das auch?«

Bastian hatte Erfahrung mit großen Hunden, seit der Zeit, wo er Aushilfsfahrer bei einer Getränkefirma gewesen war. Am meisten fürchtete er Schäferhunde. Das lag an ihren Besitzern. Die drückten auf den Summer, man trat ahnungslos in den Garten, von irgendeiner Seite schoß eine Bestie auf einen zu. Vom Haus her rief jemand beruhigend: »Kommen Sie ruhig herein. Der tut nichts!« – und überließ einen danach seinem Schicksal. Machte man einen Schritt, fuhr einem die Bestie in die Hosen. Hob man die Hand, weil es einen unwiderstehlich an der Nase juckte, fuhr einem die Bestie an den Arm. Also stand man da wie ein hypnotisiertes Kaninchen oder wie Frau Lot, die biblische Salzsäule, jeden Augenblick damit rechnend, zerrissen zu werden. Wenn man Glück hatte, wurde einer im Hause – durch das anhaltende mordlustige Gebell – auf seine Zwangslage aufmerksam und brachte die Bestie mit dem Ruf »Bonanza, kusch, der Onkel darf ...« zur Räson. Falls die Bestie parierte.

Und nun Bruder Hermann auf dem Rücksitz, Bastian direkt in den Nacken hechelnd.

Er saß so starr da wie seine Vorfahren beim Kreisstadtfotografen.

Hermann im Nacken und Katharinas Eltern vor sich – hatte er das nötig gehabt?

Das Haus war zweistöckig, teils mit altmodischen Balkonen auf Eisenstelzen, an denen sich wilder Wein hochrankte bis unters Dach. Sein Laub verdunkelte die

Zimmer und versorgte sie mit Ungeziefer, vor allem Spinnen. Aber das hatte Katharina dem Bastian wohlweislich verschwiegen.

Frau Freude empfing ihn in der Haustür, ganz liebenswürdige Gastgeberin. Man merkte ihr die Enttäuschung nicht an, die sie bei seinem Erscheinen empfand.

»Kommen Sie herein, Herr Guthmann, ich bin Kathis Mutter, guten Tag. Hatten Sie eine angenehme Reise? War der Zug pünktlich? Ja? Kathi, du zeigst Herrn Guthmann am besten gleich sein Zimmer.«

Bastian wollte auf ihre Fragen antworten, aber dazu waren sie nicht gestellt worden. Sie gehörten einfach zum Begrüßungsblabla. »Sie wollen sich doch sicher frischmachen, nicht wahr? Mich entschuldigen Sie bitte, wir sehen uns ja beim Kaffee.«

Und damit enteilte Frau Freue heiter lächelnd auf der Suche nach ihrem Mann, um ihm ihre Enttäuschung mitzuteilen: »Dietmar! Es ist *nicht* der nette junge Mann, den wir erwartet haben!«

Katharina, Bastian und sein großer, fast leerer Koffer stiegen die Treppe zum ersten Stock hinauf.

»Ich muß mich nicht frischmachen«, sagte er. »Ich hab' mich schon im Zug frischgemacht. Sogar die Füße.«

Die Fenster des Gästezimmers standen offen. Von den Wiesen zog der Duft frischgemähten Heus herauf. Die Spinnen sah man tagsüber nicht. Ein liebenswert altmodisches Zimmer war das, mit Messingbett und Häkeldecke und Waschtisch mit Marmorplatte und einem Paravent. In der Mitte stand ein Tisch mit einem Feldblumenstrauß, den Kathinka heute früh gepflückt hatte.

»Gefällt's dir?«

Bastian stellte seinen Koffer ab und schloß Kathinka in weitausholende Arme.

Während er sie küßte, wanderte sein Blick zur unverschlossenen Zimmertür. Er dachte, wie schön, wenn das hier eine Frühstückspension wäre und nicht ihr respektables Elternhaus.

Später zeigte ihm Katharina den Garten. »Das sind die Reste von unserer Schaukel … der Goldfischteich … die Fliederhecke … Bruder Hermanns Zwinger …«

»Und das ist vermutlich euer Gartenschlauch.«

»Vermutlich.« Sie hakte sich bei ihm ein. »Nun find's doch'n bißchen schön bei uns.«

Unter einem Lindenbaum wurde der Kaffee getrunken mit Zucker, frisch geschlagenem Rahm und Lindenblüten.

Ameisen eilten über das Kreuzstichmuster des Tischtuches zum ofenheißen Kirschstreusel und verbrannten sich daran ebenso das Maul wie Bastian.

»Noch ein Stück Strudel, Herr Guthmann?«

»Nein, danke – war sagenhaft. Aber ich platz' gleich«, versicherte er.

»Sagen Sie«, begann Herr Freude, »wir haben mal auf der Jagd einen Namensvetter von Ihnen kennengelernt – auch aus München – Anfang, Mitte dreißig – etwa Ihre Größe …«

»Aber sonst wenig Ähnlichkeit, Dietmar!«

»Wenig Ähnlichkeit mit mir? Und Jäger sagen Sie?« Bastian lachte. »Das könnte Klappzahn sein.«

»Klappzahn?« fragte Frau Freude irritiert.

Bastian ließ seine Zähne geräuschvoll aufeinanderklappen.

»Mein Bruder Karl macht *diesen*, verstehen Sie?«

Frau Freude schaute ihren Mann an. Herr Freude lachte. »Nein, *diesen* hat unser Guthmann nicht gemacht.«

»Bastians Bruder hat ein zahntechnisches Labor«, erklärte Kathinka.

»Stahl- und Goldmetallgußtechnik. Verblendtechnik. Geschiebe- und Gelenkarbeiten. Keramik- und Acrylbrücken. Mein Bruder ist ein vielseitiger Zahnhersteller.«

»Aha – wie lustig«, sagte Frau Freude mit spinösem Lächeln.

Herr Freude war der bedeutend Nettere von beiden, fand Bastian. Ein rundlicher, handfester Typ mit randloser Brille und ausgeprägter Lachbereitschaft in den Wangen. Einer von diesen unendlich geduldigen, gutartigen Ehemännern, denen es gelingt, mit einer leicht verzickten, von Kindheit an verwöhnten, engstirnigen Frau auch nach fünfunddreißig Jahren noch eine verhältnismäßig glückliche Ehe zu führen.

»Haben Sie auch was mit Medizin zu tun?« fragte Frau Freude beim Kaffeenachschenken.

»Ich werde Lehrer.«

»Ach – Sie *werden* noch?«

»Falls ich mein Examen bestehen sollte.«

Frau Freude hatte einen Augenblick mit seiner Antwort zu tun.

»Studienrat?« fragte sie dann.

»Grundschullehrer«, sagte Bastian.

»Ja – liegt Ihnen denn der Beruf?«

»Das kann ich jetzt noch nicht sagen. Auf alle Fälle liegen mir die vielen Ferien.«

Frau Freude lehnte sich zurück, das Interview war beendet.

Sie schaute mit großen, besorgten Augen ihren Mann an.

Der lachte.

Sie fuhren Rad. Bastian freihändig auf einem sehr alten, schutzblechklappernden Damenrad mit Bruder Hermann an der Leine. Er machte Kunststücke.

»Paß auf, du knallst noch auf die Nase!« warnte Katharina. »Laß bloß Bruder Hermann einen Hasen sehen, dann liegst du lang.«

»Ich steh' ja unter ärztlicher Aufsicht. Zweifacher sogar. Was repariert eigentlich dein Vater?«

»Augen.«

»Da möcht' ich lieber nichts dran haben«, sagte er und fuhr nun nicht mehr freihändig.

Am Waldrand gab es eine winzige alte Wirtschaft, die von zwei ebenso alten Fräulein betrieben wurde.

Vor dem Häuschen standen drei Tische mit Holzbänken und dann noch einmal zwei unter einem Baum. Dort saßen Katharina und Bastian wie ein Liebespaar, sofern sie nicht nach Mücken klatschen mußten.

»Wir sollten viel öfter fortfahren, du.« Er spielte mit ihrem Haar und kraulte ihren Nacken.

Kathinka hielt genußvoll still.

»Auf Reisen bist du viel netter.«

»Wie netter?«

»Weiblicher. Nicht so furchtbar tüchtig und pflichtbewußt. Trinken wir noch eins?«

»Ist ja schon halb sieben.« Kathinka schlug eine Mücke von seinem Handrücken.

»Und wenn wir Bruder Hermann nach Haus schicken mit 'nem schönen Gruß, wir kämen später!?«

»Hermann geht wildern, wenn wir ihn auslassen. Und wenn Bruder Hermann wildert, kriegt er großen Ärger mit dem Jagdpächter, und das wollen wir doch nicht.«

»Kennst du den Jagdpächter?«

»Ja.«

»Kennt der Jagdpächter unseren Bruder Hermann?«

»Ziemlich. Hermann ist der Hund vom Jagdpächter.«

Bastian überlegte einen Augenblick. »Aber dein Vater macht doch einen ganz toleranten Eindruck.«

»Nicht als Jagdpächter.«

Bastian seufzte. »Also zahlen wir. 3 Halbe, 35 Mücken und ein kurzes Idyll mit Kathinka ...« Er steckte sein Geld wieder ein. »Das ist gar nicht zu bezahlen.«

Sie fuhren Hand in Hand zurück, verunglückten beinah, stiegen ab und küßten sich vor frisch gemähten Wiesen. Bastian sagte, er hätte noch nie im Heu.

»Und was machen wir mit Bruder Hermann? Und wenn die Mücken von der Wirtschaft nachkommen?«

»Immer fallen dir Bedenken ein. Du willst mich nicht mehr.«

Sie legte die Arme um seinen Hals. »Ich hab' dich lieb.«

Balzen

Die Gemütlichkeit des Wohnzimmers wurde von einem riesigen schwarzen, ausgestopften Vogel mit erhobenen Schwingen und aufgerissenem Schnabel bedroht. Bastian mußte immer wieder zu ihm hinschauen. Er faszinierte ihn so sehr wie etwa die Warze auf der Nase eines Gegenübers in der Trambahn.

»Das ist ein Auerhahn?«

»Ja.« Herr Freude entkorkte eine Flaschen Frankenwein. Er hatte es offenbar eilig, mit seinem Gast zum Trinken zu kommen.

Bastian las auf dem Etikett »1959er Thüngersheimer Neuberg Müller Thurgau aus Veitshöchstheim«. Das war viel Name und Anschrift für einen Wein und vor allem für einen Konsumenten wie Bastian, der seinen Weinverstand an billigen Sonderangeboten geschult hatte.

Leider waren die Gläser zu klein.

»Ja, das ist ein Auerhahn.«

Bastian und der Vogel wechselten einen Blick.

»Der balzt, nicht wahr?«

Freude nickte.

»Und so haben Sie ihn geschossen?«

»Ja. In der Steiermark.«

»Schöner Tod«, sagte Bastian neidisch.

»Sie sind kein Jäger?«

»Nein. Als Kind hab' ich mal Wühlmäuse erlegt, danach nichts mehr.«

Er zeigte auf den Hahn. »Wie jagt man denn so ein Vögelchen?«

Das hätte er lieber nicht fragen sollen, denn nun stand Herr Freude auf, zog seine Jacke aus, hängte sie über die Stuhllehne und ging in Positur.

»Jetzt passen Sie mal auf, Herr Guthmann.«

Die Frauen waren in der Küche. Frau Freude wusch ab, und Kathinka trocknete ab.

Wegen Bastians später Anreise hatten sie erst zu abend ihren Sonntagsbraten gegessen: Bambi aus der Tiefkühltruhe.

»Deinem Freund hat es aber geschmeckt. Ein netter Mensch. Wirklich. So natürlich.« Wenn Frau Freude beim Lächeln viel Zahn sehen ließ, wußte ihre Tochter, was sie von diesem Lächeln zu halten hatte. »Er sagt, was er denkt. Wie alt ist er eigentlich?«

»Siebenundzwanzig.«

»Siebenundzwanzig! Vier Jahre jünger als du! Stört dich das nicht?«

»Zumindest stört es Bastian nicht«, sage Katharina und hob die abgetrockneten Teller in den Küchenschrank.

»Bestimmt hat er einen wertvollen Charakter.« Frau Freude zog den Stöpsel aus dem Abwaschbecken. »Bloß ob das ausreicht!?«

»Ausreicht? Wofür?«

»Na ja – ich meine …« Sie war verlegen. »Für eine Ehe ist doch noch was anderes entscheidend.«

»Zum Beispiel?«

»Beruf. Einkommen. Sicherheiten. Hat er wenigstens Vermögen?«

Kathinka lachte. »Bastian? Eine Kiste voll Bücher hat er.«

»Das ist nicht viel.«

»Nein. Viel ist das nicht. Aber vielleicht kauft er noch ein paar dazu.«

Sie räumte die Bestecke ein. Frau Freude wischte den Spültisch.

»Und sein Bruder? Du kennst ihn doch, nicht wahr?«

»Ja.«

»Und?«

»Was und?« Dabei wußte Kathinka genau, worauf dieses Gespräch hinauslaufen sollte.

»Ist er dir symathisch?«

»O ja!«

»Und er?« Vorsichtiges Anfragen. »Interessiert er sich für dich?«

»Er ist ganz verrückt nach mir.«

Frau Freude warf den Lappen hinter sich ins Becken und jubelte: »Na, das ist doch fabelhaft! Uns hat er ja auch so gut gefallen. Frag deinen Vater. Wir hatten gehofft, er wär's, den du heute abholst.«

»Und nun hab' ich euch enttäuscht.«

»Das will ich damit nicht sagen. Ich meine nur – im Grunde paßt er viel besser zu dir und zu unserem Ganzen hier –«

Sie erfaßte ihre Umgebung mit einem Blick und einer Geste.

»Ja, das findet Bastian auch«, sagte Katharina.

»Was?«

»Daß sein Bruder im Grunde viel besser zu mir passen würde als er.« Sie stellte die »guten« Gläser, die ihren ständigen Wohnsitz nicht im Küchen-, sondern im Bauernschrank im großen Zimmer hatten, auf ein Tablett. »Aber ich kann ja nicht beide lieben.« Und nahm das

Tablett auf, um ins Zimmer zu gehen, als ihre Mutter besorgt fragte: »Kathi?«

»Ja?«

»Ist es was Enstes?«

Kathinka überlegte einen Augenblick. »Mit Bastian?« Sie lächelte. »Sehr ernst nicht, aber wunderschön.«

Sie trug das Tablett über die knarrenden, goldbraun gebohnerten Flurdielen, auf denen Fleckerlteppiche zum Stolpern einluden, bis zum Wohnraum, drückte mit der Schulter die Tür auf und blieb entgeistert stehen.

Sie dachte, es äfft sie ein Spuk.

Die beiden Männer bemerkten sie nicht. Bastian, sein Glas in der Hand, schaute hingerissen und so, als ob er es nicht fassen könnte, zu, wie Dr. Freude ihm die Auerhahnjagd erklärte.

Gerade in diesem Augenblick war er der Hahn höchstpersönlich.

Ein imponierender Auerhahn, der in Hemdsärmeln, prüfend nach links und nach rechts äugend, mit kleinen, schnellen Schritten durch den Raum trippelte. Dabei stieß er ein hohles »klock – klock – klock – *klock*!« aus. Erklärendes Flüstern in Bastians Richtung: »Jetzt keine Bewegung. Kein Geräusch, sonst wird der Hahn mißtrauisch und verschweigt.«

Bastian, der gerade aufstehen und sein Glas füllen wollte, verharrte bewegungslos und total verkrampft auf halber Höhe.

Nun machte Herr Freude einen langen Hals, flatterte mit den Armen, schloß die Augen und stieß ein zischendes »Tschiiiiihhhhhschiiieh« aus. Leise zu Bastian: »Jetzt dürfen Sie sich bewegen. Springen Sie ihn an! Schnell!«

»Wen?« Bastian hielt die Spannung kaum noch aus.

»Den Hahn. Er hört nichts, wenn er schleift.«

Bastian entschloß sich, die fast geleerte Weinflasche anzuspringen, goß ihren Rest mit solcher Hast in sein Glas, daß es überschwappte, da – Harregott! – ließ ihn ein heftiges »Pschscht« erstarren.

»Nicht bewegen!«

Und alles fing »klock – klockklock – *klock*« von vorne an.

Bastian stand, mit Glas und Flasche, auf einem Bein vornübergeneigt wie ein Eisläufer, bemüht, die Balance zu halten, und dachte verzweifelt: »Jungejunge. Ist das ein Scheißspiel.«

Katharina winkte ihre Mutter heran. »Hast du Papa schon mal balzen sehen?«

Frau Freude dachte nach. »Ja. Aber das ist lange her. Das war in unserer Brautzeit.«

»Komm mal mit.« Katharina führte sie auf Zehenspitzen an die halbgeöffnete Wohnzimmertür.

Frau Freude, die alles sehr ernst nahm, war über das, was sich ihr bot, entsetzt.

Im Vordergrund der verrenkt schwankende junge Mann aus München, und mitten im Zimmer flatterte ihr Gatte zu seltsamen Lauten.

»Dietmar!« schrie sie. »Dietmar, was *machst* du denn?«

Die Jagd war aus.

Bastian lockerte seine Glieder und trank.

Herr Freude zog seine Jacke wieder an und wußte nicht, ob er verlegen sein sollte.

»Ich führe Herrn Guthmann gerade in die Gründe der Auerhahnjagd ein.«

»Ja aber – interessiert ihn denn das überhaupt?«

Herr Freude hob die Flasche gegen das Licht und

stellte fest, daß sie leer war. Er ging zur Tür, um eine neue zu holen.

»Er hat es jedenfalls gesagt.«

»Jawohl, hab' ich«, bestätigte Bastian. »Ich hab's mir nur nicht so umständlich vorgestellt.«

Montag früh I

Frau Freude stieß die Läden auf. Morgensonne fiel grell über Herrn Freudes Augen her. Plötzlicher Durchzug ließ die Tür ins Schloß fallen: ein scharfer Schmerz in seinem Schädel.

Und dazu die muntere Stimme seiner Frau: »Aufstehn, Liebchen! Aufstehen.«

Er mochte nicht antworten.

»Dietmar!«

Noch immer nicht.

Da setzte sie sich auf seinen Bettrand und raubte ihm seinen Schutz, die hochgezogene Decke. »Weißt du, wie spät es ist? Halb acht. Die Pflicht ruft!« Diesen letzten Satz sang sie beinah.

Er grunzte abwehrend.

»Möchtest du vielleicht ein Süppchen?«

»Süppchen«, ekelte es ihn.

»Oder soll ich dir lieber ein Bircher-Müsli machen? Ich denk' ja bloß an deinen Magen, Liebchen.«

»Der Wein war gut, sogar sehr gut«, verteidigte er seinen edlen Tropfen.

»Aber schwer. Ich erinnere mich, wie wir damals in Würzburg waren als junges Ehepaar. Wir haben Steinwein getrunken. Solange wir saßen, habe ich nichts gemerkt. Aber als wir aufstanden … Erinnerst du dich, Dietmar? – Ich suchte Halt an deinem Arm und fand keinen. Erinnerst du dich?«

»Du warst volltrunken«, murmelte Herr Freude und versuchte, sich vor den Sonnenstrahlen zu retten.

»Ihr auch. O Gott, wie wart ihr blau heut nacht.« Sie hob seine herumliegende Garderobe vom Boden auf. »Das Hemd kannst du nicht mehr anziehen. Dabei hast du's nur gestern abend angehabt. Sag mal, Dietmar, wäschst du dir nicht mehr den Hals?«

»Wie geht's denn dem Guthmann?« erkundigte er sich.

»Der hat nichts gesagt, außer daß er dich grüßen läßt. Er kriegte kaum die Zähne auseinander.«

»Ist er schon fort?«

»Aber Liebchen! Kathis Dienst fängt um halb acht an. Um halb sechs sind sie gefahren.«

»Schade ...« Es tat Herrn Freude wirklich leid.

»Aber er wird wiederkommen. Ich habe ihn für September eingeladen. Ihn und seinen Bruder, deinen Waidgenossen.«

»Klappzahn ...«, erinnerte sich Herr Freude.

Seine Frau nahm frische Wäsche für ihn aus dem Schrank. Dabei sagte sie: »Wenn Kathi nicht weiß, welcher Guthmann der richtige für sie ist, muß ich eben ein bißchen nachhelfen.«

Er blinzelte zu ihr hinüber, die so provozierend ausgeschlafen eins seiner Oberhemden auseinandernahm, um zu prüfen, ob ihm auch kein Knopf fehlte.

»Als ob deine Töchter jemals auf dich gehört hätten ...«

Montag früh II

»Fahr die Landstraße, bitte«, hatte Bastian gebeten. »Autobahn sind so viel Menschen.«

Nun lag er neben ihr im Liegesitz, einen feuchten Seiflappen auf der Stirn, den der Fahrtwind kühl hielt.

Er schlief.

Er wachte auf und stöhnte.

»Na?«

»Aber meine Großmutter hatte mich gleich gewarnt. ›Trink nicht so viel‹, hat sie gesagt ...« Er drehte den Seiflappen um, die kühle Seite auf seine Stirn. »Meine Großmutter hatte ja soo recht! Wie geht's denn dir?«

»Etwas besser. Ich hatte ja auch eine Flasche weniger.«

»Ich muß mal, Kathinka.«

»Hier?«

Die Landschaft war gerade sehr übersichtlich.

»Kommt ja keiner. Und wenn – mei! Geht's mir schlecht.« Dies stellte er fest, als er ausstieg.

Aber die Morgenstille war ungeheuer. Und diese Luft! Irgendwie lebte er falsch. Was wollte er eigentlich in der Stadt?

Kathinka hupte, weil sie einen Autobus im Rückspiegel entdeckt hatte.

Der Autobus ratterte vorüber.

Dann kam noch ein Auto von vorn, und dann kam nichts mehr.

Bastian erfreute sich am Tauglitzern der Wiese im Morgensonnenschein und an seinem eigenen Regenbogen. Er stieg nur ungern ins Auto zurück.

»Müssen wir denn wirklich nach München? Du kannst doch auch mal krank sein, Kathinka. Ich hab' schon öfter von Ärzten gehört, die plötzlich krank geworden sind. Zum Beispiel der Oberarzt meiner Tante Rosa in Tutzing ...«

»Bastian!« seufzte Katharina.

»Ich schweig' ja schon stille. Aber es ist schade, sehr, sehr schade.« Er rutschte, so nah es ging, an sie heran.

»Du solltest Urlaub nehmen.«

»Nicht vor Oktober. Es geht nicht, Liebling, wirklich ...«

»Im Oktober bin ich wahrscheinlich schon Lehrer«, sagte Bastian ohne Lust darauf.

»Vielleicht fahren wir einmal wieder über ein Wochenende zu meinen Eltern. So schlimm war's doch gar nicht für dich, oder?«

»Eher komisch. Mir fehlen bloß ein paar Meter von heute nacht.«

»Daran, daß du Waldhorn geblasen hast, erinnerst du dich vielleicht noch?«

»Dunkel.«

»Dunkel? Ziemlich grell sogar. Dann mußten wir meinen Vater zu Bett bringen. Er hatte das Ziel der Klasse erreicht. Dann kamen wir wieder herunter. Da saßest du Arm in Arm mit Bruder Hermann unterm Auerhahn.«

»Mit dem Bluthund?«

»Keine Sorge. Du hast ihn nicht gebissen. Du hast ›Schätzchen‹ zu ihm gesagt. Du warst überhaupt sehr lieb.«

Bastian gab sofort das Kompliment weiter. »Wir haben uns alle Mühe gegeben. Vor allem dein Vater.«

»Mein Vater hat bloß Töchter. Der ist ganz glücklich,

wenn mal ein junger Mann da ist. Du hast ihm gefallen.«

»Tja ... eigentlich komisch. Wo wir doch so verschieden sind.«

Und dann schlief er wieder ein und überließ es Kathinka, sie heil nach München und durch den starken, unberechenbaren Montagmorgenfrühverkehr zu steuern.

Dabei war sie selbst auch nicht die Frischeste. Oh, gar nicht.

Sie brachte zuerst Bastian nach Haus.

Ehe er aus dem Wagen stieg, saß er einen Augenblick so vor sich hin.

»Weißt du, Kathinka, wie mir zumute ist?«

»Nein.«

»Wie Leuten, wenn sie im schönsten Sommer an den Winter denken und an die Ausgaben zu Weihnachten.«

Er trennte sich so schwer von ihr. Hatte bereits Heimweh nach ihr, als er nach einem weichen Kinderkuß auf ihre Wange mit seinem Koffer ausstieg.

»Servus. Wir telefonieren.«

Und als sie anfahren wollte, rief er laut ihren Namen.

Sie schaute zurück.

Bastian trippelte mit flatternden Armen, vorgestrecktem Hals und geschlossenen Augen um seinen Koffer herum, der auf dem Pflaster stand. Er balzte zum Herzerweichen und zur Verblüffung unausgeschlafener Passanten.

Bastian hatte es gut, er konnte jetzt schlafen gehen, während für sie der Dienst im Krankenhaus begann.

Aber Bastian kam nicht zum Schlafen. Er stand gerade mit seinem zweiten Frühstück in der Küche, als die Post durch den Türschlitz fiel. Eine bunte Karte vom

Wörther See war dabei. Dort verbrachte seine Mutter ihren Urlaub.

Und ein Brief.

Bastian las den Absender und wurde blaß.

Es war soweit.

Er legte den Brief auf den Küchentisch und seine angebissene Semmel dazu. Er zündete eine Filterzigarette am falschen Ende an und drückte sie nach dem ersten Zug angeekelt in seiner Tasse aus.

Dann nahm er den Brief wieder auf und sein Frühstücksmesser, um den Umschlag aufzuschneiden.

Mitten in dieser schicksalhaften Handlung verlor er den Mut und legte beides auf den Küchentisch zurück.

Nein.

Nein, bitte, noch nicht. Warum sollte er sich die Laune verderben. Hatte er so lange gewartet, konnte er jetzt auch noch ein paar Tage länger in Ungewißheit bleiben.

Ungewißheit war manchmal schöner.

Außerdem gab es sowieso nur zwei Möglichkeiten. Entweder enthielt der Brief die Nachricht, daß er nicht bestanden hatte – dann begann ab November die Lernerei für die Prüfungen wieder von vorn. Wenn aber in dem Brief sein Zeugnis drin war und die Mitteilung, daß er es geschafft hatte, so bedeutete das seinen Abschied von München in etwa drei Wochen.

Abschied – wohin?

Auf seinem Antrag auf Zulassung zum Vorbereitungsdienst hatte er sich für den Regierungsbezirk Oberbayern gemeldet. Die meisten Studenten hatten das getan.

Vielen von ihnen war schon ihr Bestimmungsort zugeteilt worden. Nix Oberbayern. Dörfer in Unterfranken waren dabei.

Da gab's *auch* Kinder, die unterrichtet werden mußten. Aber die Zugverbindungen nach München!

Es wäre ja alles nicht so schlimm, wenn es nicht Katharina gäbe. Er könnte sie doch jetzt noch nicht verlassen.

Und somit stopfte Bastian das schicksalsschwere amtliche Schreiben in seinen Wäscheschrank zwischen die Winterpullover, damit ihm sein Anblick nur ja nicht sein Glück verderben konnte.

Wenn er in einer Woche nachschaute, war's noch früh genug.

Bastian war auf dem Postamt, um für Katharina ein Päckchen aufzugeben. Da stand ein Mann neben ihm und fragte: »Welchen haben wir eigentlich?«

Der Postbeamte sagte: »Den Zwölften.«

Bastian dachte, er fiele gleich um vor Schreck. Denn am 15. August hatte Großmutter Guthmann ihren siebzigsten Geburtstag, und er hätte ihn beinah vergessen.

Er fuhr deshalb zu ihrer Wohnung, in der Hoffnung, Susi anzutreffen. Frauen wissen besser, was man Frauen schenkt und dazu noch zum Siebzigsten.

Immer diese unvorhergesehenen Ausgaben! Zu schade, daß er in diesem Fall seine Großmutter nicht anpumpen konnte. Aber das vertrug sich nicht mit der Pietät.

Susi war allein zu Haus. Er mußte mehrmals klingeln, bis sie endlich öffnete – im Bademantel, ein Frottiertuch um den Kopf geschlungen.

»Ach Bastian, du? Gibt's dich auch noch? Komm 'rein, ich wasch' mir gerade die Haare. Ich dachte schon, du hättest uns vergessen.«

»Du schaust hübsch aus. Handtuch steht dir. Mein Fräulein Großmutter nicht da?«

»Nein«, sagte Susi. »Willst du Kathrinchen sehen? Sie ist gerade wach.«

Kathrinchen hatte sich in den letzten Wochen zu einem liebenswürdigen Menschlein entwickelt.

»Sie guckt pfiffig«, stellte Bastian fest.

Während Susi ihre Haare eindrehte, zog er ein Taschentuch hervor und versuchte, daraus etwas herzustellen.

»Paß auf, Kathrinchen, das wird ein Häschen. Paß auf. Moment – gleich wird ein Häschen draus. – Es wird kein Häschen«, sagte er bedauernd und steckte das Tuch wieder ein. »Leider.«

Kathrinchen lachte trotzdem. Ein Traumkind!

»Was soll ich unser aller Oma bloß zum Geburtstag schenken?« schrie er unter die Haube, unter der Susi jetzt ihre Haare trocknete. »Weißt du nicht was Gescheites?«

»Sie wünscht sich eine Tiefkühltruhe.«

»Eine was? Ich hab' an etwas für zwanzig Mark gedacht. Das ist das äußerste.«

»Ich gebe fünfzig dazu«, sagte Susi. »Das muß ich schon. Sie ist so ein Schatz.«

»Und woher nehmen wir den Rest? So 'n Ding kostet doch ein paar Hunderter!«

»Schließlich hast du ja noch einen gut verdienenden Bruder.«

»Klappzahn? Der Geizknochen? Der erinnert sich wahrscheinlich nicht mal daran, daß Omi siebzig wird.« (Er selbst hätte es beinah vergessen, aber das war natürlich etwas anderes. Bei ihm war's Schußligkeit, bei Klappzahn Gleichgültigkeit.)

»Dann mußt du ihn daran erinnern«, sagte Susi.

Aber das lehnte Bastian entschieden ab. »Wenn ich zu ihm geh' und sage: ›Du mußt Oma was schenken‹, dann reagiert er so, als ob ich ihn anpumpen will.«

»Dann geh' ich eben zu ihm«, sagte sie.

Bastian staunte. Susi war in den letzten Wochen nicht nur sehr hübsch geworden, sondern auch zu selbständigen Unternehmungen bereit.

»Du kennst ihn doch gar nicht.«

»Nein. Aber deine Großmutter soll ihre Tiefkühltruhe haben.«

»Wozu eigentlich? Wozu braucht sie in ihrem Alter noch eine Tiefkühltruhe, wo sie ein Leben lang ohne ausgekommen ist? Wo ist sie überhaupt?«

»Bei Ferry Blanc. Muß aber jeden Augenblick zurückkommen.«

»Wer ist Ferry Blanc?«

»Ein Schnulzenstar. Kennst du nicht?«

Bastian schüttelte irritiert den Kopf. »Als ich Oma das letztemal sah, war sie doch noch ganz normal.«

»Sie kann nichts dafür. Sie hat den Besuch in einem Preisausschreiben gewonnen.«

»Sie gewinnt immer so seltsame Sachen«, sagte Bastian. »Das letztemal war's ein Bastelkasten. Und nun ein Sänger.«

»Der erste Preis war eine Tiefkühlbox. Darum hat sie mitgemacht«, sagte Susi.

Martha und Ferry

Das Anwesen lag in Grünwald, von hohen Hecken abgeschirmt. Ein Bungalow im Halbrund um einen Swimmingpool in Nierenform. An den Hauswänden schmiedeeiserne Möwen und Rehe.

Auf der Terrasse ein Außenkamin mit Grill. Dort fand das zwanglose Beisammensein zwischen Ferry Blanc, seinem Manager, dem Illustriertenreporter, einem Fotografen und Martha Guthmann statt.

Sie saß in ihrem guten Braunseidenen in einer Hollywoodschaukel, und neben ihr saß ein Stofftier, das ihr gleich bei der Ankunft überreicht worden war. Warum, wußte keiner so recht, aber Großmutter freute sich dennoch darüber. Jetzt war Kathrinchen zwar noch zu klein für einen Teddybären, aber später …

»Nun, liebe Frau Guthmann, noch ein Käffchen?«

»Nein, danke«, sagte Großmutter, »ich hatte schon zwei. Ich möcht' ja noch schlafen heute nacht.«

»Vielleicht ein Likör?« Die Fragen stellte der Manager des Gesangsstars, ein athletischer Typ mit schwindendem Haarwuchs.

»Was Süßes?« sagte sie besorgt, denn davon kriegte sie immer Sodbrennen.

»Aber vielleicht einen Whisky, ja?« Es klang so, als ob er bei jedem Wort auf die Uhr schaute und als ob ihm die Liebenswürdigkeit in den Kiemen weh tat.

Alle Anwesenden spürten es, nur Martha Guthmann nicht.

Sehr sicher und anmutig saß sie da. Und sehr interessiert, wie es weitergehen würde.

Ob sie einen Obstler haben könnte? Whisky kenne sie nicht.

Der Manager goß ihr einen Slibowitz ein.

»Also, liebe Frau Guthmann«, hob der Reporter an, der sie hergeleitet hatte. »Es wäre nett, wenn Sie Herrn Blanc ein paar Fragen stellten. Fragen Sie frisch von der Leber weg. Nur keine Hemmungen.«

»Ich habe keine«, sagte sie mit Würde.

»Na, das ist prima, Frau Guthmann«, rief er bestürzend munter. »Hervorragend. Also, Frau Guthmann?«

Großmutter überlegte einen Augenblick, dann wandte sie sich an Ferry Blanc, der ihr lächelnd gegenübersaß. Er hatte ein gefälliges Gesicht und schöne brünette Wellen um den Kopf. Sein Hemd stand bis zum Gürtel offen. zwischen seinem Brusthaar lag ein goldenes Amulett, von einem Kettchen gehalten. Sagen sagte er nichts. Aber sein Blick, dieser »Auch-du-bist-ein-Mensch-Blick«, hüllte sie ganz ein.

»Sie sind Deutscher, junger Mann?«

Ferry schaute fragend zu seinem Manager auf. Sein Manager sagte: »Herr Blanc ist aus Wuppertal. Warum?«

»Wegen seinem ausländischen Namen. Und dann singt er so gebrochen deutsch. Ich hör' ihn ja immer im Radio.«

Reporter und Manager wechselten einen Blick.

»Bitte die nächste Frage, Frau Guthmann.«

»Singen Sie gern den Blödsinn, den Sie manchmal singen?«

Der Manager fragte mit kaum zu zügelnder Gereiztheit: »Gefallen Ihnen unsere Texte nicht?«

»Nein. Etwa Ihnen?«

(Gräßlicher Kerl, dachte sie. So einer, der mit Vollgas auf Katzen hält, wenn sie über die Straße huschen, und sich freut, wenn er sie erwischt.)

»Ich denke, wir kommen zur nächsten Frage«, sagte er zum Reporter.

»Was heißt nächste«, sagte Martha. »Herr Blanc hat diese ja noch gar nicht beantwortet.«

»Darauf kommt es nicht so sehr an.«

»Wieso soll ich dann fragen, wenn es nicht drauf ankommt?«

»Das mach' ich nachher schon«, versicherte der Reporter. Großmutter sah ihn erstaunt an. »Sie?«

»Unsere Zeit ist begrenzt, gnä' Frau«, sagte der Manager. »Herr Blanc hat heute abend ein Konzert. Bitte Ihre nächste Frage.«

Martha Guthmann überlegte. Was sollte sie denn die beiden noch fragen, die wie ein Bauchredner (Manager) mit seiner Puppe (Ferry) vor ihr saßen? Eine Antwort kriegte sie eh nicht. Aber dann fiel ihr noch was ein.

»Sie verdienen sicher jetzt viel Geld, Herr Blanc. Haben Sie das auch krisensicher angelegt? Ich meine, haben Sie an die Zeit gedacht, wo Sie keiner mehr hören will?«

»Ja, hat er«, drängelte der Manager.

»Dann ist es ja gut«, sagte Martha Guthmann beruhigt. »Der Sohn von meiner Nachbarin nämlich war Tänzer im Opernballett. Und eines Tages war er vierzig und hatte es mit dem Knie. Und kein Gespartes. Da wollte ihn keiner mehr. Was nun?!« Sie schaute bedeutungsvoll um sich. »Er hatte nichts anderes gelernt als tanzen. Privat ging auch was Langjähriges in die Brüche – wenn's mal kommt, kommt es ja immer ganz dick. Na, jedenfalls, jetzt ist er Ausfahrer in einer Wurstfabrik.

Nichts gegen Wurst. Aber glücklich ist er dabei nicht. Ihm fehlt die Bühne. Er hat noch immer den Applaus im Ohr, sagt meine Nachbarin. Sie macht sich Sorgen um ihn.«

Ferry Blanc spielte mit seinem Kettchen. Manager und Reporter wechselten einen Blick.

Reporter zum Fotografen: »Jetzt machen wir noch ein Foto von beiden zusammen. Herr Blanc, wenn Sie sich bitte mit Frau Guthmann zum Kamin – ja, so – der Mottenfiffi muß auch mit rauf.« Er drückte ihr das Stofftier in den Arm.

»Und nun noch eine letzte Frage, Frau Guthmann, eine allerletzte: Ist Ferry Blanc zufällig Ihr Lieblingssänger?«

Die Beantwortung dieser Frage brachte Großmutter in Schwierigkeiten. Sie wollte nicht unhöflich sein, aber auch nicht lügen. Sie sagte, das Stofftier kraulend: »Er singt ja schön. Sonst hätt' er nicht solchen Erfolg, nicht wahr? Aber mein Lieblingssänger – das war der Hans Moser.«

Ferry Blanc betrachtete irritiert seine Ringe. Sein Manager hielt sich den Magen, drehte sich auf einem Bein und sagte dabei: »Vater!«

Der Fotograf packte seine Kamera ein und griente. Nur der Fotograf.

Großmutter erhielt ihre Handtasche, Handschuhe und zusätzlich noch eine Langspielplatte in den Arm gedrückt, in dem schon der Teddy war, und wurde mit der gleichen Geste dem Gartentor zugeschoben.

Sie hätte ja gern noch nach der Toilette gefragt, aber sie traute sich nicht. Alle hatten es plötzlich so eilig.

»Vielen Dank für Ihren Besuch, gnä' Frau«, sagte der Manager. »Spiel'n Se mal die Platte. Is der neuste Hit von Ferry. Super, gnä' Frau. Haut den zähesten Steher aus der Wäsche. Ham Se 'n Grammophon, ja? So eins mit Nadel zum Wechseln noch, ja? Nostalgie! Die Stimme deines Herrn! Versuchen Se 's ma drauf, gnä' Frau.«

Großmutter fühlte sich erschöpft. Sie vergreiste vorübergehend. Es war zuviel für sie. Von allen Seiten zuviel und zu gewalttätig, selbst das an sich Gutgemeinte.

Mit einem Plüschtier, einer Platte und ihrer Tasche unterm Arm steuerte sie der Straße zu, wo der Wagen des Reporters parkte.

Hinter ihr her dröhnte Ferry Blancs neuester Hit aus vielen Lautsprechern:

»Rrrussiche Omma, du muußt nicht weinen,
Du bist ja nicht allein.
Auch wenn dein Pjotr tott ist und leer das alte Nest,
zu dainem Wiegenfest.
Rrrussische Omma, du bist nicht allein,
einmal im Jahr werden alle bei dir sein.
Rrrussische Omma ...«

Martha Guthmann glaubte nicht, daß dieses Lied ein großer Erfolg werden würde, wenigstens nicht bei Omas, die sich Gedanken über Schlagertexte machten.

Dennoch hatte sie der Besuch bei Ferry Blanc mehr beeindruckt, als sie zugeben mochte. Sie fühlte sich wichtig, beinah prominent, während sie – noch den Hut auf dem Kopf – Kathrinchens Flasche vorbereitete.

Bastian saß am Küchentisch und sah ihr zu. »Du läßt dich vielleicht in Sachen ein!«

»Wir müssen die Zeitung kaufen, Bub! Mindestens dreißig Stück müssen wir kaufen für die Verwandten. Man hat mich ja auch fotografiert. Von unserer Familie hat lebend noch keiner in der Zeitung gestanden.«

»Doch.«

»Wer bitte?«

»Der Alfons, wie sie ihn eingesperrt haben«, sagte Bastian.

»Aber der war nicht mit Bild drin«, sagte Großmutter. »Ich bin mit Bild.«

»Susi sagt, du hättest lieber eine Kühltruhe gewonnen.«

»Ja, das schon.«

»Wozu denn?«

»Wegen der Sonderangebote, die es bei unserem Metzger gibt. Frier' ich sie ein, hab' ich immer Fleisch im Haus, wenn du kommst. Und spare Geld. Ich kann dann auch vorkochen. Suppe. Paprikaschoten. Huhn. Alles.«

»Knödel auch?«

»Natürlich.«

Das war ein Grund, der Bastian einleuchtete.

Wenn sie übriggebliebene Knödel einfrieren konnte, würde sie nicht mehr versuchen, sie umgehend in ihre Lieben hineinzustopfen.

»Aber wenn mal der Strom ausfällt, Oma! Dann mußt du alles auf einmal aufessen.«

Bastian gab ihr einen Kuß auf den Hutrand, denn es wurde Zeit, zum Krankenhaus zu fahren und Kathinka abzuholen.

»Warum soll denn der Strom ausfallen?«

»Zum Beispiel bei einem Streik.«

Sie schaute ihn ungläubig an. »In München?«

»Servus, Omi. Wir sehen uns ja übermorgen.«

»Ach so, ja. Übermorgen!« Sie tat so, als ob sie ihren Geburtstag ganz vergessen hätte, dabei dachte sie seit Tagen an nichts anderes.

»Wie viele hast du eingeladen? Alle Meschpoche, alle

Hausbewohner, die Straße, das Zugabteil, in dem du neulich gefahren bist, und die gynäkologische Station?«

»Nicht einen, Bub. Nicht einen einzigen. Ich möcht' einmal sehen, wie viele von selbst dran denken werden.«

Bastian schaute sie voll Liebe an und dachte, ach du Güte. Ach du liebe Güte!

Susi wußte, wo Karl Guthmann privat wohnte. Schließlich hatte sie schon Müll in seinen Garten befördert.

Er selbst war ihr nur aus Erzählungen bekannt.

Großmutter sprach selten von ihm, und wenn, dann von seiner Tüchtigkeit – er war der reiche Mann in der Familie. Ihn erwähnte sie, wenn sie den Eindruck hatte, andern Leuten imponieren zu müssen. Sonst sprach sie vor allem von ihm im Zusammenhang mit ihrem Oberstück.

»Er hat's mir umsonst gemacht, aber glauben Sie, er hätte Porzellan genommen? So nobel war er nun wieder nicht.«

Bastian nannte seinen Bruder »Klappzahn« und mochte ihn nicht besonders. Was auf Gegenseitigkeit beruhte. Sie waren zu verschieden.

Da Bastian für Susi gleich hinterm lieben Gott kam (allerdings nicht im heiligen Sinne, in dem nicht), war sie sicher, daß ihr Karl Guthmann auch nicht gefallen würde.

Äußerlich gefiel er ihr schon. Er machte mehr her als Bastian. Und er war sehr liebenswürdig.

»Vielen Dank, daß Sie dich an Großmamas Geburtstag erinnern. Ich hätte ihn glatt vergessen.« Er notierte sofort auf seinem Terminkalender »Großmama Blumen schicken.«

»Nicht schicken. Selber kommen. Es ist der siebzigste«, sagte Susi, während sie sich interessiert in Karlis Wohnung umschaute und diese in Gedanken mit Bastians Bude verglich, an die sie nie ohne leichtes Heimweh denken konnte.

Karl hatte sich von einem Architekten einrichten lassen und tunlichst alles vermieden, was diesen unpersönlichen Eindruck durch persönliche Aperçus verwischen könnte – bis auf die Geweihe natürlich, die statt Bildern seine Wohnräume zierten.

Susi musterte die Wohnung, und Karl Guthmann musterte Susi mit zunehmendem Wohlgefallen.

»Sie sind also Großmamas Untermieterin? Daß wir uns da noch nicht begegnet sind ... Komisch.«

»Gar nicht komisch«, sagte Susi. »Sie besuchen sie ja nie.«

Er bot ihr Platz an und eine Zigarette, die Susi ablehnte. Was ihm gefiel.

Er mochte keine Frauen, die rauchten und tranken und burschikos auftraten. Er liebte sie anschmiegsam, schutzlos und häuslich. Wie von damals. Bloß in Ohnmacht brauchten sie nicht mehr zu fallen.

»Wissen Sie, Großmama und ich hatten nie den rechten Kontakt. Sie hat immer den Bastian vorgezogen.« Und damit hatte er ein Thema angeschnitten, das ihn offensichtlich bewegte. »Vielleicht können Sie mir sagen, was die Frauen an meinem Bruder finden? Sie kennen ihn doch?«

»O ja.«

»Hat er überhaupt sein Examen geschafft?«

»Ich weiß nicht. Aber wenn, hätte Frau Guthmann schon darüber gesprochen.« Susi lachte. »Was heißt gesprochen. Sie hätte es wahrscheinlich über'n Rundfunk bekanntgegeben.«

»Schaun Sie, Fräulein –?«

»Susi Schulz.«

»Fräulein Schulz. Das ist so ein Beispiel. Wenn ich als Schüler Klassenprimus war, fanden das alle selbstverständlich. Wenn Bastian aber mal eine Drei schrieb statt einer Vier, wurde das als Ereignis gefeiert. Man kann als Mann, der etwas darstellt und auch nicht eben schielt – man kann ja Komplexe kriegen, Fräulein Schulz, wenn man sieht, wie die Frauen ihn verteidigen. Ja, was hat er denn? Kann er Kunststücke?«

Susi überlegte. »Kunststücke? Der Bastian? Ich wüßte nicht, aber ich kenne ihn auch nicht so gut –«

»Was hat er dann?«

»Er – er ist halt so schön normal, verstehen Sie? Er braucht weder viele Mädchen noch ein irres Motorrad, um sich zu beweisen, daß er ein Superkerl ist. Er will gar kein Superkerl sein. Er will auch nicht immerzu was darstellen wie die meisten Männer. Er – er gibt seine Schwächen zu. Ich glaube nicht, daß er jemals Karriere machen wird.«

»Das sage ich ja – er hat keinen Ehrgeiz.«

»Nein. Viel hat er wohl nicht«, nickte Susi. »Aber darum ist er auch nicht so egozentrisch wie die Ehrgeizigen. Ich kannte mal einen Referendar …« Sie brach ab und kehrte zu Bastian zurück. Man sah ihr an, wie sie geistig arbeitete, um seine Vorzüge zu formulieren. »Wissen Sie, die meisten Menschen sind so kompliziert, weil sie Komplexe haben. Die müssen sie dann irgendwie abreagieren. Meistens lassen sie andere dafür leiden. Bastian hat keine Komplexe.«

»Das hab' ich gemerkt, als er neulich auf meine Rechnung gefuttert hat«, ärgerte Karl sich noch immer.

Susi überhörte seinen Einwurf und dachte weiter über Bastian nach. »Wenn er zum Beispiel – wie soll ich das erklären – also, wenn er zu klein geraten wäre, körperlich, meine ich –, dann würde ihm das wahrscheinlich nichts ausmachen. Er würde sich sagen, na gut, es muß auch Kleine geben, und wäre so ein fröhlicher und sympathischer Kleiner, daß es keinem auffallen würde, daß er klein ist. Er würde sich als Dackel wie ein Bernhardiner benehmen und hätte die ganze Kläfferei der Kleinen gar nicht nötig. Ich hab' auch noch nie erlebt, daß er auf jemanden neidisch gewesen wäre, weil der was besessen hätte, was er nicht hat.«

Karl Guthmann hatte ihr mit wachsender Eifersucht zugehört. »All diese Eigenschaften passiver Natur bezeichnen Sie als besondere Vorzüge?«

»Ja.«

»Oh, Fräulein Schulz! Ich will Ihnen mal was sagen: Wenn es nur solche Menschen wie meinen Bruder gäbe, dann lebten wir heute noch auf den Bäumen.«

»Er hat ja noch andere Vorzüge«, verteidigte Susi den Bastian, und es war ein Jammer, daß er ihr nicht zuhören konnte. Er hätte wahrscheinlich ein schlechtes Gewissen gehabt. Denn er war nicht immer freundlich mit ihr umgegangen.

»Der heilige Sebastian!« ärgerte sich Klappzahn.

»Nein. Heilig ist er nicht. Er will auch gar nicht besonders gut sein. Er kann bloß nicht anders.«

»Sie also auch!«

»Ja, ich auch«, sagte Susi. »Und ich hab' allen Grund dazu. Ich weiß nicht, was ohne Bastian aus meinem Baby und mir geworden wäre.«

»Sie haben ein Baby?« fragte er blaß. »Wie reizend.«

»Ist es auch.«

»Möchten Sie einen Drink, Fräulein Schulz?«

Susi lachte. »Haben Sie einen nötig?«

Während er zwei Campari-Soda herrichtete, fragte

er: »Sind Sie gekommen, um mir von meinem Bruder vorzuschwärmen?«

»Nein. Ich bin gekommen, um zu sammeln. Für den Geburtstag. Ihre Großmutter wünscht sich eine Tiefkühltruhe, keine große. Die kleinste. Ich gebe fünfzig Mark, Bastian zwanzig. Wir dachten, daß Sie vielleicht den Rest –?«

Karl Guthmann rechnete kopf. Dann sagte er: »Ja, gut, das läßt sich machen. Ich kriege das Ding mit dreißig Prozent Rabatt.«

»Wie schön für Sie.« Susi stand auf und wollte sich verabschieden.

Karl sah sie besorgt an. Er mochte sie noch nicht gehen lassen. Sie gefiel ihm. »Sie haben ja noch gar nichts getrunken, Fräulein Schulz. Bleiben Sie doch noch ein bißchen.«

Ehe sie antworten konnte, schrillte das Telefon. Karl Guthmann wollte erst gar nicht rangehen, dann ging er doch, weil anhaltendes Klingeln so nervös macht.

Es war offensichtlich eine Frau am Apparat, zu der er intime Beziehungen unterhielt. Seine Stimme war voll ungeduldiger Zärtlichkeit. Er log etwas von einem Bielefelder Großhändler, mit dem er heute abend essen gehen müßte. Aber morgen würde er sich melden.

Bestimmt.

Während des ganzen Gespräches lächelte er Susi Schulz zu.

Sie war Frau genug, um diese Situation zu genießen. »Was für ein Großhändler bin ich denn?«

Karl Guthmann kehrte in seinen Sessel zurück. »Keine Ahnung. Eben ein Bielefelder. Und jetzt erzählen Sie mir von sich.«

Von-sich-selbst-erzählen bedeutete für Susi ihre

Handtasche öffnen und die ersten sechsunddreißig Babyfotos auf den Tisch blättern.

»Das ist Kathrinchen. Katharina II. von links, hat Bastian sie mal getauft. Katharina I. ist eine Ärztin.«

»Ich nehme an, Sie meinen Dr. Freude«, sagte Karl Guthmann kurzfristig mißgestimmt.

»Sie kennen die Freude?«

»Ja.« Er seufzte. »Und somit wären wir einmal wieder beim Thema Bastian angelangt.«

Bastian schlief nur noch in seiner Wohnung, wenn Katharina Nachtdienst hatte. Er brachte sie morgens mit ihrem Wagen zum Krankenhaus und holte sie auch wieder ab.

Er kaufte für den Haushalt ein und kochte und verbreitete seine persönliche Note in Form von genialer Unordnung vor allem in ihrem Bad und in der Küche.

Katharina räumte ihm anfangs alles nach, dann mahnte sie ihn, und an dem Morgen vor Großmutter Guthmanns siebzigstem Geburtstag kam es zwischen den beiden zu einem handfesten Krach, in dessen Verlauf sie sämtliche Synonyma für Unordnung verwandte und er sich mit dem Schimpfwort »spießige höhere Tochter« revanchierte.

Darauf schleuderte ihm die höhere Tochter einen Pantoffel ins Kreuz, was sehr, sehr weh tat. Denn an dem Pantoffel war ein Hacken dran.

Noch am selben Morgen zog Bastian mit Zahnbürste, Rasierzeug und Büchern aus der Wohnung aus, und zwar mit der Tram.

Kathinkas Auto rührte er nicht mehr an. Schließlich hatte er seinen Stolz.

Er rührte ihn nicht an, nahm aber aus Versehen das einzige Paar Wagenschlüssel mit, so daß Katharina trotz endlichen Taxis eine halbe Stunde zu spät zum Dienst kam, und das ausgerechnet an dem Morgen, an dem mehrere Operationen angesetzt waren.

Bastian war gerade zehn Minuten zu Haus und dabei, sich einen Tee zu brühen, als es Sturm klingelte.

Vor der Tür stand Susi.

»Du? Schon so früh?«

»Ist dein Telefon kaputt? Man erreicht dich ja nie …«

Susi kam herein. »Ich muß gleich weiter ins Büro.«

»Was gibt's denn? Ist was passiert?«

»Es passiert noch immer.«

»Etwa mit Großmutter?« fragte er erschrocken.

Susi nickte. »Sie bäckt einen Kuchen nach dem andern.«

»Und ich dachte schon, es wär was Ernstes.«

»Es ist ernst. Drei Schüsseln Heringssalat stehen schon da und ein Roastbeef und Schweinsbraten …«

»Ich denke, sie hat keinen eingeladen«, sagte Bastian und goß Tee auf.

»Sie hofft trotzdem, daß alle dran denken und kommen. Aber die *denken* doch nicht!«

»Nein«, sagte Bastian, »die Familie denkt bloß an Omi, wenn sie was von ihr will. Was machen wir denn da?«

»Überleg dir was. Ich muß los, sonst komm' ich zu spät.« Er brachte sie zur Tür. Hier blieb Susi plötzlich stehen und sah ihn unschlüssig an.

»Bastian?«

Er war nach dem Streit mit Kathinka viel zu abgestumpft für zarte Zwischentöne.

»Ist was?«

»Ach nichts«, sagte Susi auf der Höhe eines Seufzers und lief davon.

Und gab die Hoffnung auf Bastian endgültig auf.

Er fand einen alten Kanten Brot, einen Rest Butter im Eisschrank und Großmutters selbstgemachte Vielfruchtmarmelade, stellte alles auf ein Tablett, dazu den Teetopf, eine Tasse und ein Messer. Umrühren konnte er mit einem Bleistift und essen vom Tablett – sparte er einen Löffel, eine Untertasse und einen Teller ein.

Bastian frühstückte beim Telefonieren.

Zuerst rief er seine Schwestern an. Wie erwartet, hatte keine die Absicht gehabt, zu Großmutters Siebzigsten zu kommen.

»Typisch«, kaute er vorwurfsvoll, »wenn sie eure Kinder hüten soll, erinnert ihr euch an sie. Wenn ihr Geld braucht, soll sie 'ne Hypothek auf ihre Wiese aufnehmen, aber wenn sie ihren Siebzigsten feiert, habt ihr keine Zeit. – Dann verschieb doch den Zahnarzt! Na und? Na und? Die anderthalb Stunden Bahnfahrt! – Warum bringst du deinen Wurf nicht einfach mit? Schließlich ist sie die Uromi. Nun stell dich nicht so an. Morgen bist du hier, verstanden?«

Bastian rief im Laufe des Vormittags alle Verwandten an, die telefonisch zu erreichen waren.

Zwischen zwei Gesprächen klingelte es bei ihm. Katharina war am Apparat.

»Ach du, Kathinka.« Er hatte ihren morgendlichen Streit vergessen. »Dich wollte ich auch grad anrufen. Meine Großmutter bäckt und kocht, als ob die Gäste morgen mit Sonderbussen anreisen. Jetzt haben wir Angst, daß sie eine fürchterliche Enttäuschung erleben wird. Kathinka, du mußt mir einen Gefallen tun. Lad deine ganze Unterleibsstation zu Omas Festtag ein. Wenn bloß fünf davon kommen, bin ich schon froh.«

Sie japste hörbar nach Luft vor Zorn.

»Hast du keine anderen Sorgen? Weißt du eigentlich,

was du angestellt hast? Nein? – Dann faß mal in deine Hosentasche.«

Bastian faßte hinein und holte ihren Autoschlüssel hervor.

»Au Backe!« sagte er.

»Das ist alles, was du dazu zu sagen hast? Ich bin eine halbe Stunde zu spät zum Dienst gekommen. Der Chef hat mich angebrüllt. Das hat er noch nie getan. Und du sagst ›au Backe‹. Du bist ein hoffnungsloser ...« Sie brach mitten im Satz ab, weil jemand ins Zimmer gekommen war. Bastian hörte das Klappen der Tür, eine Männerstimme und dann ein Klicken.

Katharina hatte eingehängt.

Er holte darauf ihren Wagen ab und fuhr ihn auf den Parkplatz des Krankenhauses.

Ehe er ihn abschloß und den Schlüssel bei der Empfangsschwester abgab, schmückte er den Fahrersitz mit Blüten von den spitaleigenen Blumenrabatten.

Und war fest überzeugt, daß so viel Aufwand die Kathinka wieder aussöhnen würde.

Wer sich in ein Interview begibt ...

In seinem guten Anzug, mit Schlips, Gitarre und Blumenstrauß, stand er um acht Uhr vor Martha Guthmanns Wohnungstür.

Susi öffnete und freute sich nicht wie sonst, wenn er zu Besuch kam. Sie sagte nur »Ach du«, und das so, als ob sie jemand anderen erwartet hätte.

Bastian küßte sie auf die Wange. »Ja, was ist? Staunst du nicht, daß ich schon um acht Uhr da bin?«

»Wenn du erst Lehrer bist, mußt du jeden Morgen um acht Uhr da sein.«

»Und über meinen Schlips und den Anzug sagst du gar nichts? Hast du mich je mit einem Schlips gesehen?«

Susi sah Bastian-mit-Schlips an und meinte, er wäre auch danach gebunden. »Komm' rein. Sie ist total geklatscht.«

Martha Guthmann saß in einem lila Kleid am Küchentisch, vor sich eine aufgeschlagene Zeitung. Sie hatte hektische Flecken im Gesicht und nahm Bastians Eintritt kaum wahr.

Bastian legte seinen Strauß ab, stimmte seine Gitarre und sang:

»Ich mag dich so, ich hab' kein Geld,
und du magst rosa Rosen.
Was glaubst du, was ich angestellt

für deine rosa Rosen?
Der Gärtner hat sie angebaut,
die Nacht war schwarz,
der Hund war laut.
Ich habe sie dennoch geklaut
für dich – die rosa Rosen.«

Er stellte seine Gitarre ab und wickelte den Strauß aus. Es handelte sich um bunte Astern. Mit den rosa Rosen hatte es nicht geklappt, und zum Umdichten war ihm keine Zeit mehr geblieben – außerdem: Was reimte sich schon auf Astern?

»Da, Omi, zu deinem Siebzigsten. Außerdem schenke ich dir noch den Griff an einer Tiefkühltruhe, die Susi und Karli dir schenken.« Er küßte sie auf beide glühenden Wangen. »Alles Liebe, Schöne, Gesundheit und einen Dukatenscheißer.«

Großmutter war zu Tränen gerührt. Das lag an seinem selbstgemachten Gesangsstück. Schöne, gefühlvolle Musik ging ihr immer an die Nieren. (Sie war sogar überzeugt, daß auf Beerdigungen halb so viele Leute weinen würden, wenn der Trauergottesdienst ohne musikalische Untermalung abgehalten würde.)

»Vielen Dank, Bub, danke – dein Lied war hübsch. Aber ich darf gar nicht an Schlager denken.« Sie deutete auf die Zeitung. »Hast du schon gelesen? Nein. Es ist zum Heulen, Bub, aber erst mal mußt du frühstücken.«

Bastian schaute auf die vielen Torten und Kuchen, die in der Küche herumstanden.

»Hast du zufällig ein Stück Torte?«

Während Susi ihm auftat, litt Martha Guthmann laut vor sich hin.

»Da, Bub – hör dir das an, was hier steht: ›Die alte Frau Guthmann‹ – in Klammern ›70‹ – kannst du mir mal sagen, weshalb sie hinter jeden, über den sie schreiben, das Alter setzen müssen?«

»Stört es dich, wenn die Leser erfahren, daß du heute siebzig geworden bist?«

»Nein.«

»Na also.«

»Aber stell dir vor, ich wäre fuffzig geworden und hätte noch Chancen!« Sie nahm die Zeitung vor die Nase und las vor: »›Die alte Frau Guthmann (70) zitterte vor Glück, als sie Ferry Blanc gegenüberstand.‹« Verzweifelter Blick auf Bastian. »Bub, ich hab' nicht gezittert. Warum sollt' ich denn auch gezittert haben?«

Da Susi eine Gabel vergessen hatte, nahm Bastian sein Stück Cremetorte in die Hand und biß davon ab. »Schmeckt sagenhaft.«

»Und dann hör dir das an: ›Es war das größte Erlebnis ihres langen, arbeitsamen Lebens.‹« Die Zeitung sank knisternd in Großmutters Schoß. »Größtes Erlebnis. Bei denen piept es doch! Herrgottzeiten, was hat's in meinem Leben alles gegeben! Ausgerechnet dieser Ferry Blanc ... Und du lachst auch noch!« fuhr sie Bastian an.

»Es gibt ein modernes Sprichwort. Das heißt: ›Wer sich in ein Interview begibt, kommt darin um.‹«

Großmutter nahm die Zeitung wieder auf. »Jetzt kommt die größte Frechheit. Hör zu: ›Die Greisin weinte vor Rührung, als ihr Ferry Blanc zum Abschied seinen neuesten Hit vorsang.‹ – Der und gesungen! Daß ich nicht lache! Der hat nicht mal pieps gesagt.«

Erneutes Türklingeln unterbrach ihren Gram.

»Schon wieder! Das kann ja heut noch schlimm werden!« sagte sie befriedigt. »Susi, gehen Sie?« Und zu Bastian: »Die Greisin weinte vor Rührung. So 'n Blödsinn. Ich hab' nicht geweint, und Bub – schau mich an –, bin ich eine Greisin?«

Er hatte plötzlich eine Mordswut auf diesen Reporter, diesen blöden Hund, den! Er wollte ihr so viel Tröstendes sagen, aber er hatte den Mund voll Cremetorte und dann kam Susi mit einem Schmucktelegramm herein.

»Gib dem Boten ein Stück Kuchen«, sagte Großmutter und öffnete den Umschlag. Sie las laut:

»Frau Guthmann zum siebzigsten Geburtstag die herzlichsten Wünsche. Professor Dr. Klein.«

Der Kummer über die »Greisin« war vergessen.

Sie schaute überwältigt um sich. »Der Chefarzt von dem Krankenhaus, wo ich damals gelegen hab'. Der Chef persönlich gratuliert mir!«

»Und wenn man bedenkt, daß sein Titel zwei Worte gekostet hat«, lachte Bastian und liebte Kathinka für diesen Einfall.

Obgleich sie böse mit ihm war, hatte sie im Namen des Chefarztes an seine Großmutter telegrafiert.

Schon wieder klingelte es. Was für ein Tag!

Susi rannte zur Tür.

Und Großmutter las zum fünftenmal das Telegramm. Was immer an Glückwünschen, Besuchern und Präsenten an diesem Tag auf sie zukommen mochte – das Telegramm vom Chefarzt würde das Höchste bleiben.

Bastian ging auf den Flur hinaus, als er Karlis Stimme hörte. Und konnte kaum glauben, was er dort sah: Karl und Susi lächelten und lächelten und lächelten sich zur Begrüßung unerschöpflich an.

»Wie geht es Ihnen?«

»Und Ihnen?«

»Und Ihnen?«

Mehr fiel den beiden nicht ein.

Bastian stand daneben und staunte. Was solle denn das werden? Etwa ein neuer Referendar aus Köln? Schlitterte die Susi schon wieder in eine Liebe hinein, die sich nach dem Abklingen des ersten Enthusiasmus als Irrtum herausstellte!? Klappzahn war kein Mann für sie. Viel zu egozentrisch und zu bequem. Mädchen durften keine zu hohen Ansprüche an ihn stellen. Sie durften auch nicht zu weit entfernt von ihm wohnen – wegen dem lästigen nächtlichen Heimbringen. Wenn er irgendwelche Komplikationen befürchtete, ließ er sie fallen wie eine heiße Kartoffel.

Eines Tages würde er ein adrettes, ein wenig fades, aber nicht unvermögendes Mädchen »aus guter Familie« heiraten. Auf keinen Fall eine arme Kirchenmaus mit unehelichem Kind.

Sollte er Susi warnen? Aber wer springt schon aus einem fahrenden Zug?

Und dann ärgerte sich Bastian. Immer seine Freundinnen! Erst Katharina Freude. Bei der hatte Klappzahn nicht landen können. Jetzt ging er auf Susi los und, wie es schien, mit mehr Erfolg.

Er räusperte sich.

Karl bemerkte ihn zuerst. »Gut, daß du da bist. Du mußt mir helfen. Allein schaff' ich das Ding nicht herauf.«

Die Brüder gingen zum Auto hinunter, um die Kühlbox zu holen. Es war die kleinste und billigste, die Karl hatte auftreiben können.

Bastian konnte sich dabei einen Kalauer nicht verkneifen. »Ich möchte wissen, was aus warmen Gefühlen wird, die mit dem Kauf einer Gefrierdingsa begonnen haben«, sagte er.

Nie wieder siebzig

Martha Guthmanns Dreizimmerwohnung glich an diesem Tage einer Notunterkunft während eines Belagerungszustandes. Sie mußte ständig sämtliche Fenster geöffnet halten, um das Geschnatter der vielen Gratulanten ablassen zu können.

Bastians Anrufe hatten siebenundzwanzig Verwandte nach München zitiert.

Dazu dreizehn Personen aus der Nachbarschaft.

Vom Krankenhaus kamen Schwester Theresa, die zufällig ihren freien Nachmittag hatte, und eine Lernschwester.

Zwei Töchter von Großmutter gingen herum und schauten sich genau die Möbel an, aber es war nicht viel dabei, was sich zu erben lohnte.

Zwischen den Beinen der Erwachsenen prügelten sich Urenkel in Sonntagskleidern. Eines brüllte immer.

Die Torten reichten nicht.

Onkel Herbert, der Lebemann der Familie, kniff seiner siebzehnjährigen Nichte in den Popo.

Großmutters Schwester Meta war beleidigt, weil man ihren Erzfeind Bruno auch eingeladen hatte. Sie fuhr einen Zug früher als beabsichtigt nach Augsburg zurück. Großmutters beste Vase ging in Scherben. Keiner wollte es gewesen sein.

Bereits um vier Uhr nachmittags war Sohn Manfred

sternhagelvoll und stänkerte mit seiner Frau, welche darüber in Tränen ausbrach.

Sie hatten nicht genügend Tassen und Teller, auch wenn sie zwischendurch immer wieder abwuschen.

Einer ging, einer kam. Jeder wollte herzlich begrüßt und herzlich verabschiedet werden.

Die Erwachsenen sagten, bloß keinen Kuchen, sie müßten an die Kalorien denken. Sie dachten an die Kalorien und fraßen.

Gegen halb sechs klingelte ein Student, der Großmutter ein Zeitschriftenabonnement aufschwatzen wollte.

Zehn Minuten später stand ein alter Mann vor der Tür und entblößte zwei Reihen falscher Zähne in einem unendlich freudigen Lachen. Fragte »Martha? Bist du's?« und war ihr Schwager Alois, der 1936 nach Schweden ausgewandert war.

Sie hatte geglaubt, er wäre längst tot, weil sie in den letzten Jahren keinen Weihnachtsgruß von ihm erhalten hatte.

So kann man sich irren.

Schwager Alois ahnte nichts von ihrem Geburtstag. Er kam rein zufällig vorbei als Teilnehmer einer schwedischen Reisegruppe. Seit er Witwer war und sein Holzgeschäft verkauft hatte, machte er jedes Jahr eine Auslandsreise.

Martha Guthmann freute sich sehr, aber mußte er ausgerechnet heute kommen?

Sie hatte nichts lieber als Besuch, doch der hier war ihr zu viel.

Das war kein Besuch, sondern ein familiärer Heuschreckenschwarm, der über sie hereingebrochen war und ihre Vorräte kahl fraß und trank und miteinander durcheinander übereinander tratschte und hudelte. Es war nicht mehr schön.

Großmutter hatte nur die Arbeit und den Abwasch und die Sorge um den Nachschub. Ihr Portemonnaie wurde nicht mehr kalt in der Hand.

Wie gern hätte sie mit Schwester Theresa über das Krankenhaus gesprochen, an das sie noch immer wie andere an Teneriffa dachte. Aber wann sollte sie? Sie saß ja keinen Moment still.

Sie war Serviermädchen, Küchenpersonal, Empfangsdame, Gastgeberin und Finanzier dieser lautstarken Invasion.

Und zwischendurch mußte sie dem brüllenden Kathrinchen die Flasche geben. Denn Susi, die um vier Uhr Zigaretten holen gegangen war, war um sechs noch immer nicht zurück. Anscheinend holte sie Zigaretten aus Augsburg.

Gegen halb sieben erschien Bastian wieder. Es gelang ihm, innerhalb einer Viertelstunde die Stuben leerzufegen, ohne dabei jemandem ins Kreuz oder ans Schienbein zu treten.

Man schied mit dem indirekten Vorwurf an die Gastgeberin, zuviel gegessen und getrunken zu haben.

Servus Martha – Pfüat di – Wiedersehen – mach's gut, Oma – sagt Oma schön auf Wiedersehen – gebt Küßchen, Küßchen, hab' ich gesagt!!

Und vielen Dank auch.

Martha Guthmann war fix und fertig. Rückblickend kam ihr der Tag wie ein turbulenter Alptraum vor.

»Da siehst du mal, wie das ist, wenn all die kommen, die du im Laufe eines Jahres einlädst«, sagte Bastian. »Und das waren noch nicht mal alle, sondern nur ein Bruchteil.«

»Ja«, nickte Großmutter. »O ja –«

Sie schlief bereits in ihrem Sessel, als Katharina Freude wenig später vor der Tür stand, um ihre Glückwünsche und Blumen abzugeben.

»Na, wie war's?«

»Wie auf einer Breughelschen Bauernhochzeit. So schnell wird meine Großmutter nicht wieder siebzig«, sagte Bastian. »Komm rein.«

Ihren Streit erwähnten beide nicht mehr.

Sie standen im Wohnzimmer und tranken auf das Wohl der leise schnarchenden Jubilarin.

Auf daß sie noch lange leben möge!

Zuckerwatte

»Sag mal, Bastian?«
»Mein Liebling?«
»Hast du noch gar nichts von der PH gekriegt?«
»Nein.«
»Komisch. Die Schwester einer Freundin von mir hat zur selben Zeit wie du ihr Examen gemacht und bereits am 11. August die Mitteilung erhalten, daß sie durchgefallen ist.«
»Die Arme. Wie heißt sie denn?«
»Guggenmoser.«
»Ach, die Guggi. Und ist durchgefallen? Tut mir das leid.«
»Heut haben wir den Fünfundzwanzigsten.«
»Was? Schon?«
»Und du hast noch nichts gehört? Das gibt's doch gar nicht, Bastian!«
»Wenn ich's dir sage!«
»Aber du solltest dich wirklich darum kümmern.«
»Ja.«
»Du sagst immer ja und tust nichts.«
»Warum sollte ich? Ich kann's abwarten.«
Dieser Dialog war die Ouvertüre zu ihrem ersten ernsthaften Krach, in dessen Verlauf Katharina Freude dem Bastian Guthmann folgendes vorwarf:
1. Außerhalb der Realität zu leben.

2. Die Dinge immer laufen zu lassen.

3. Ein Tagträumer zu sein. (Begründung dieses Vorwurfes: für »Taugenichtse« im Eichendorffschen Sinne gäbe es in den siebziger Jahren des 20. Jahrhunderts keinen Platz mehr. Bastians Gegenfrage: »Warum nicht?« blieb unbeantwortet.)

4. Keinen Ehrgeiz zu haben.

5. Es am nötigen Ernst fehlen zu lassen.

6. Überhaupt nicht an die Zukunft zu denken.

7. Eine Schlampe zu sein.

Bastian konterte darauf mit Gegenvorwürfen.

»Ständig reibst du mir deine Tüchtigkeit und dein Pflichtbewußtsein unter die Nase. Und wann hast du schon mal Zeit für mich? Na gut, das ist nicht deine Schuld. Aber daß du nie abschalten kannst, Kathinka. Daß du nicht begreifst, wie mir der Appetit vergeht, wenn du beim Abendbrot von Totaloperationen und Brustkrebs und Frühgeburten erzählst.«

»Du hast eben kein Interesse an meinem Beruf!«

»Ich hab' vor allem nicht die Nerven dafür. Sonst wär' ich vielleicht selber Arzt geworden. Aber ich kann kein Blut sehen, und schon gar nicht das anderer ...«

»Dann tu was gegen deine Zimperlichkeit.«

Der Ausdruck »Zimperlichkeit« ärgerte ihn sehr.

»Ist das vielleicht ein Verbrechen, wenn einer kein Blut sehen kann? Ich bin dir nicht abgebrüht genug, wie? Da hast du allerdings recht. Ich nehme anderer Leute Leiden viel zu persönlich. Und wenn ich jemals einen zusammenschlagen würde, dann nur, weil er einen anderen zu Unrecht schikaniert.«

»Du Gerechtigkeitsapostel, du edler Mensch!«

»Ich bin kein edler Mensch!« schrie er.

»Edel und unsachlich!« schrie sie zurück.

Ach, was wirft man sich im Verlaufe solch eines Kraches alles an den Kopf! Und dann scheidet man mit Türenknallen und in der Hoffnung, daß der andere zuerst einrenken wird.

Es renkte aber keiner.

Bastian hatte sein Telefon seit zwei Tagen auf Auftragsdienst gestellt, damit ihm während seiner Abwesenheit kein Anruf entging.

Kathinka fragte fünfmal am Tag, ob kein Anruf für sie gewesen wäre.

Beide hatten eine große Wut aufeinander und eine große Sehnsucht nacheinander, und beide hatten ihren blöden Stolz.

Und überhaupt ist es gar nicht so einfach, wenn man erkennt, daß man nicht zueinander paßt, und sich dennoch sehr, sehr lieb hat.

Bastian kostete dieser Ausnahmezustand seinen Job als Taxifahrer.

Und das kam so: Da war ein Fahrgast aus Berlin, der war gesprächig auf der Fahrt vom Flughafen zum Bayerischen Hof.

Er fragte zuviel. Ob Bastian Student sei und was er studiere. Und als er hörte, daß Bastian Student an der PH sei, meinte, er, das wären doch bloß sechs Semester, und dafür sei er eigentlich zu alt.

Da fuhr Bastian das Taxi an den Straßenrand und bat seinen Fahrgast auszusteigen. Samt Koffern. Denn er habe zwar ein Recht, seine Fahrweise zu kritisieren, nicht aber sein Privatleben.

Der Fahrgast beschwerte sich beim Taxiunternehmer. Bastian wurde noch am gleichen Tag gefeuert.

Immer 'rauf aufs Schlimme.

Schadete Katharina gar nichts, wenn er seinen Job verlor. Was stritt sie mit ihm wegen seines Examenbriefes. Warum warf sie ihm vor, zimperlich zu sein und ein Taugenichts. Sie hatte kein Recht dazu …

… da ging sein Telefon. Er hob sofort ab, in der Hoffnung, Katharina rufe an.

Aber es war Martha Guthmann am Apparat. Martha Guthmann aus der Telefonzelle.

»Dein Onkel Alois ist heut den letzten Tag in Bayern. Da möcht' er gerne zu seiner Schwester Rosa nach Tutzing. Und da dachte ich, du fährst uns. Es ist ein schönes Verdienen für dich, Bastian.«

»Ich fahr' aber nicht«, sagte Bastian.

»Typisch, typisch«, sagte Großmutter. »Eine Großmutter kriegt spielend dreizehn Enkel groß, aber dreizehn Enkel können nicht eine Großmutter zu Tante Rosa nach Tutzing fahren!«

»Ich kann euch nicht fahren, weil ich kein Taxi mehr habe«, schrie Bastian in den Hörer. »Ich bin gefeuert, verstehst du? Warum nehmt ihr nicht den Zug? Habt ihr noch nie was von der S-Bahn gehört, nein? Die fährt auch zu Tante Rosa nach Tutzing, ach scheiß auf Tante Rosa. Laßt mich doch alle in Ruh!«

Er knallte den Hörer auf.

Martha Guthmann in ihrer Telefonzelle war in Druck. Denn vor der Zelle wartete Schwager Alois in Seemannskleidung und in Erwartung des Ausfluges an den Starnberger See.

»Sein Wagen ist kaputt. Wir müssen die S-Bahn nehmen.«

Tante Rosa und Großmutter hatten sich schon als junge Frauen nicht ausstehen können.

Während sie ihre Himbeertorte mit Schlagrahm aßen (backen konnte die Rosa ja, das mußte man ihr lassen), dachte Martha Guthmann immerzu an Bastian. Irgendwas stimmte nicht mit ihm. Sonst hätte er sich nicht so am Telefon benommen. Nicht ihr gegenüber. Nein, nicht der Bastian. Was war bloß mit dem Bastian?

Auf der Rückfahrt nach München fing ihr Schwager Alois plötzlich zu reden an. Sagte vielleicht Sachen –!

»Schau mal, Martha«, sagte er zwischen Starnberg und Mühltal, »unsere Kinder sind versorgt. Wir sind beide allein. Es ist nicht gut, allein zu sein. Ich hab' Gespartes, du hast deine Pension und die Dreizimmerwohnung. Schweden ist ein schönes Land, aber in der Heimat möchte man sterben. Martha, laß uns unseren Lebensabend zusammen tun!«

Martha Guthmann hatte aus dem Fenster geschaut und anfangs nicht zugehört. Nachträglich erschrak sie sehr.

»Du meinst, ich soll die Restpflege bei dir übernehmen, ja?«

»Aber Martha, so habe ich das doch nicht gemeint. Ich bin rüstiger, als du glaubst.«

»Ja, Alois«, sie tätschelte bekümmert seine Hand mit dem viel zu großen Siegelring. »Aber glaub mir, das ginge nie gut mit uns. Das gäb' Mord und Totschlag, glaub mir.«

»Warum denn, Martha?«

Sie wollte ihm nicht die Wahrheit sagen. Die Wahrheit hieß: Ich bin zu jung für dich. Ich bin erst siebzig und du schon sechsundsechzig, aber ich hatte immer Kinder um mich und junge Leute, was soll ich auf meine geschäftigen Tage mit einem Pensionär!?

Sie schieden herzlich vor ihrer Haustür.

Da es zu keiner Verlobung gekommen war, wollte Alois Guthmann nicht die für den letzten Abend seines München-Aufenthaltes vorgesehene Theatervorstellung versäumen. Schließlich hatte er sie bereits bezahlt.

Großmutter winkte seinem Taxi nach und schoß darauf in ihre Bäckerei – zwei Minuten vor Geschäftsschluß.

Sie sagte über den Ladentisch: »Ein halbes Mischbrot, Frau Hufnagel, und stellen Sie sich vor, mein Besuch aus Schweden hat mir einen Antrag gemacht, einen ernsthaften. Aber bin ich blöd? Werd' ich mich binden? Meine schöne Freiheit aufgeben? Ich bitt' Sie, Frau Hufnagel. Und dann noch zwei Brezen.«

Bastian war seinen Taxijob los. War zerstritten mit sich und der Umwelt. Und vor allem mit Kathinka.

Er tigerte ziellos durch die Isarauen und kam zwischen drei und vier Uhr nachmittags auf der Flußböschung nieder.

Schaute der Isar beim Fließen zu und zählte an den Fingern ab, mit wem er alles zerstritten war. Es waren nicht viele, aber entscheidende Persönlichkeiten. Katharina Freude. Der Taxiunternehmer. Martha Guthmann.

Und dann war zufällig Biggy vorbeigekommen, Biggy mit einem degenerierten Langhaardackel an der Leine.

Biggy.

Ein Vollmondgesicht. Glubschaugen. Krause Haare. Noch kein Busen, dafür Magen. Fünfzehn Jahre alt und auf dem Gipfelpunkt weiblicher Pubertät angelangt.

Biggy ließ sich neben Bastian auf der Böschung nieder und guckte auf seine denkenden Finger.

»Was machen Se denn da? Zähln Se Ihre Piepen?«

Bastian guckte kurz auf. »Ich zähle nach, mit wem ich alles zerstritten bin.«

»Warum?« fragte Biggy.

»Ja, warum …«

»Knies mit Ihrer Ische?«

Er antwortete nicht.

Sie nahm neben ihm Platz und streckte die Beine vor sich her, die in roten Socken endeten. Blaßrosa Beine mit Narben am Knie und ohne jede Form.

»Ich komm' aus Berlin. Kenn' Se Berlin?«

»Ja.«

»Kenn' Se's ehrlich?«

»Meine Kusine ist da verheiratet.«

»Wo denn da?«

»Wilmersdorf.«

»Wilmersdorf! Da wohn ick ooch. Zufall, was?«

»Ja.«

»Die Welt ist klein.«

»Wie groß ist denn Wilmersdorf?«

»Irre groß.«

»Dann ist die Welt wirklich klein im Vergleich zu Wilmersdorf.«

»Sarick ja.«

Bastian sank in seinen Kummer zurück. Vergaß darüber Biggy aus Berlin.

»Ick bin bloß bis übermorgen hier.«

»Ach.«

»Dit is mein Opa sein Hund.«

»Nett.«

»Aber kiebig.«

Er stand auf, wünschte Biggy noch viel Spaß in München und ging Richtung Corneliusbrücke, und als er einmal zufällig zur Seite blickte, war Biggy neben ihm.

»Glooben Se ja nich, daß ick Ihnen nachjeschlichen bin. Ich muß hier lang. Da drüben wohnt mein Opa«, versicherte sie, rot bis zu den Ohren.

Ging immer einen Schritt hinter ihm her. Unterhielt sich mit Opas Hund. War plötzlich auf Bastians Höhe. »Wissen Se zufällig, wo't hier Zuckerwatte jibt?«

Bastian seufzte.

»Kenn' Se nich?«

»Doch.« Er hatte bisher nur nicht gewußt, daß Zuckerwatte ein Ansprechungsgrund war.

»Schmeckt dufte. Ehrlich«, sagte Biggy beschwörend. »Beißt man rein – plötzlich hat man nischt mehr im Mund. Ein irret Jefühl.«

Sie schaute ihn an. »Is Ihnen nie nach Zuckerwatte?«

Bastian blieb stehen und lachte.

Diese Biggy hatte etwas von einem jungen Hund, der einem mit seiner Zutraulichkeit verfolgt und sich nicht abwimmeln läßt.

»Also komm«, sagte er.

Zwei Stunden lang suchten sie in der Au und rund um den Viktualienmarkt vergebens nach Zuckerwatte.

Dabei gab Bastian all sein Geld, das er bei sich trug, für Eis, Bonbons, Strohblumen, einen Stoffhund, Weißwürste und gebrannte Erdnüsse aus.

Daß er seine Fröhlichkeit wiederfand, hatte er Biggy aus Wilmersdorf zu verdanken. Eine große Klappe, hinter der sich ein schüchternes Mäuschen versteckte.

»Gehst du immer so vertrauensselig mit fremden Männern mit?«

»Bin ick doof? Aber mit Ihnen – Sie tun doch keinem nischt. Sieht man ja. Wat machen Se eigentlich?«

»Ich werd' Lehrer.«

Biggy ließ ein Lachen platzen. »Ick wer varrückt. Sie und Pauker!«

»Na und? Was ist denn daran so komisch?« ärgerte er sich.

»Naja ... ick meine bloß – die Määchens.« Sie war plötzlich sehr verlegen.

Schräg gegenüber von dem Haus, in dem ihr Großvater wohnte, verabschiedete er sich von ihr.

»Mach's gut, Biggy. Grüß Wilmersdorf.«

»Wir machen erst übermorgen zurück. Ick hätt' morgen noch Zeit.« Ihre Munterkeit war verflogen. »Ich geh' hier immer mit'n Wastl spaziern.« Todtrauriger Blick. »Ick kann schon vormittags …«

Sie tat ihm plötzlich leid.

»Ich werd's versuchen, Biggy.«

»Ehrlich?« Sie glaubte ihm nicht.

»Servus, Biggy.«

»Tschüs. Und vielen Dank für alles.« Sie zog eine Blüte aus ihrem Strohblumensträußchen. »Ne janze Kleinigkeit zum Erinnern.«

Bastian nahm die Blume und küßte Biggy auf die Wange. Und ahnte nicht, was er damit anrichtete.

Wie sollte Biggy nach ihm noch einen von ihren pickeligen Knilchen nett finden.

Wie denn, Mensch?

Bastian kam nach Haus und ging sofort ans Telefon. Beim Auftragsdienst war nur ein Anruf von seiner Großmutter. Schönen Gruß und sie käme morgen früh vorbei.

Sonst nichts?

Nein.

O, Kathinka, dachte er, warum nicht? Ruf doch an!

All die gute Laune, die ihm Biggy geschenkt hatte, war wieder verflogen.

Der Brief

Punkt neun stand Martha Guthmann vor Bastians Wohnungstür. »Ja, Bub, was war denn gestern los mit dir? So darfst du mich nicht anschreien. Du hättest mir auch freundlicher sagen können, daß du nicht mehr Taxi fährst.« Außer Vorwürfen packte sie eine Tüte mit frischen Brezen und einen Andechser Käse auf den Küchentisch. »Hast du schon gefrühstückt?«

»Hab' keinen Hunger«, brummte er.

Da zog sie ihn zum Küchenfenster und schaute ihn prüfend an. »Was ist denn los mit dir, Bub?«

»Was soll denn los sein!?«

»Du hast doch was. Bist du krank?«

»Nein.«

»Hast du gesoffen?« Sie schlug sich erschrocken die Hand vor den Mund. »Jetzt weiß ich's.«

»Was?«

»Du bist durchgefallen.«

»Im Schrank liegt der Brief.«

»Was für ein Brief? Etwa *der* Brief??« Großmutter sah ihn entsetzt an. »Wieso liegt der Brief im Schrank?«

»Im obersten Fach.«

Sie eilte hin und fand ihn auch gleich. »Aber Bub, der ist ja noch halb zu! Und mit dem Buttermesser bist du so an solch wichtiges Dokument – ja, bist du narrisch?«

»Es war bloß Margarine.«

Sie holte ihre Brille aus der Tasche und setzte sie mit hastigen Fingern auf. Untersuchte den Umschlag und war erschüttert. »Am Zehnten ist er abgestempelt. *Bastian!*«

Aber er war nicht mehr da.

Er hockte auf seinem ungemachten Bett und hielt sich das Kopfkissen um die Ohren. Schloß auch noch die Augen. Wollte nichts hören und nichts sehen.

Einen endlosen Augenblick lang geschah gar nichts.

Dann ein glücklicher Aufschrei.

»Bastian – Bastian, wo bist du?«

»Hier nicht.«

Sie blieb strahlend vor ihm stehen. »Du brauchst keine Scheuklappen, Bub, du hast bestanden!«

Bastian nahm das Kissen ab und saß wie erschlagen da.

»Das hab' ich befürchtet«, murmelte er. »Jetzt *muß* ich Lehrer werden.«

Während Großmutter von hinnen eilte, um die frohe Botschaft in München und Oberbayern zu verkünden, frühstückte Bastian einen Schnaps.

Na schön. Er hatte bestanden. In Pädagogik vier, sonst alles Zweier und Dreier auf dem Zeugnis.

Überragend war das nicht. Immerhin hatte er allen, die an ihm zweifelten, bewiesen, daß er in der Lage war, ein Studium zu Ende zu führen.

Aber was bedeutete ein bestandenes Examen. Ein Abschlußzeugnis in Theorie. Entscheidend war die Praxis. Gerade das, was ihn am Lehrerberuf anfangs am meisten gereizt hatte – der Umgang mit Kindern, mit unberechenbaren Lebendigkeiten – machte ihm jetzt am meisten Sorge.

Daß die Kinder mit ihm fertig werden würden, daran

zweifelte er keinen Augenblick. Aber ob er mit ihnen fertig wurde!? Seine Dienstags-Aushilfestunden in Schulen hatte er nicht als Sieger verlassen.

Und noch immer war kein Bescheid vom Kultusministerium gekommen, wo man ihn einsetzen würde.

Als er damals sein Bewerbungsschreiben aufsetzte, hatte er eine bestimmte Vorstellung gehabt: ein landschaftlich hübscher und verkehrsgünstiger Ort, möglichst an einem See gelegen und nicht weit von einem Skigebiet. Und München höchstens eine Autostunde entfernt.

Das war schon eine schöne Vorstellung gewesen.

Am ersten Tag war Kathinka nur bös auf ihn und wollte ihn nie mehr wiedersehen.

Am zweiten Tag war sie vor allem bös, weil er nicht anrief. Er sollte, verdammt noch mal, anrufen, damit sie den Hörer zornig in seine Stimme knallen konnte.

Am dritten Tag war sie traurig. Warum gab er nicht nach? Sie vermißte ihn so sehr.

Wenn er sich bis zum Abend nicht meldete, dann – also schön, dann würde sie es tun. Wozu denn auch die Bockerei? Sie hatten sich doch lieb.

Am Vormittag des dritten Tages hatte sie der Chef bei der Visite plötzlich so prüfend angeschaut. »Ist was mit dir?«

»Der Föhn, Herr Professor.«

»Ah so, der Föhn. Wie heißt er denn mit Vornamen, Katharina?«

Seit einiger Zeit beachtete Klein sie wieder. Er brauchte ihr nicht mehr übelzunehmen, daß sie ihn hatte abblitzen lassen. Er hatte eine neue Affäre. Tolles Weib, sagte Weißbart, der sie zusammen gesehen hatte.

Im Grunde sollte Katharina froh sein, daß Bastian sich

nicht mehr meldete. Je früher sie von ihm loskam, desto besser. Am Mittag des dritten Tages verließ sie ausnahmsweise einmal pünktlich das Krankenhaus.

Sie ging zum Parkplatz.

Neben dem Kühler ihres Wagens hockte Bastian auf dem Rinnstein.

»Na du?« sagte er sehnsüchtig.

»Na endlich wieder du«, sagte Katharina und wäre beinah in Tränen ausgebrochen vor Erleichterung, ihn wiederzuhaben.

Katharina bezahlte das Versöhnungsessen im »Steakhouse«, weil Bastian pleite war. (Keine Taxifahrten mehr, die Nachhilfeschüler verreist – und was er noch besaß, hatte er für Biggy ausgegeben. Biggy aus Wilmersdorf – erst gestern und schon so furchtbar lange her.)

Eine halbe, lauwarme Augustnacht lang bummelten sie durch Schwabing. Blieben immer wieder stehen und mußten sich furchtbar küssen, so, als ob es morgen verboten würde. Küßten sich meistens da, wo es besonders hell und belebt war. Nicht absichtlich. Es ergab sich so.

Unter einer Laterne fiel ihm ein, was sein Unterbewußtsein wie Schwermut belastete. »Ich hab' bestanden, Kathinka.«

Sie wollte sich freuen, er schnitt ihr die Freude mit der Bemerkung ab: »Das heißt, daß ich bald fort muß.«

Kathinka lachte. »Du redest, als ob du mit'm Frühzug in den Krieg ziehen mußt. Komm, mach's nicht so dramatisch!«

»Wer weiß, wo sie mich hinstopfen werden! In welchen Schulamtsbereich?«

»Vielleicht ist es ganz nah bei München«, tröstete sie. »Und selbst wenn nicht, es ist ja nicht für ewig.«

»Aber abends? Was mach' ich abends ohne dich?«

»Hefte durchsehen. Dich vorbereiten für deine Schulstunden.«

»Du bist so roh, Kathinka. Du bist wahrscheinlich froh, daß ich abends nicht mehr dasein werd'.«

»Ja, o ja. Da komm' ich endlich einmal zum Ausschlafen.«

Sie zog ihn weiter.

»Was reden wir über ungelegte Eier. Warten wir's ab, Bastian. Freuen wir uns über jeden Tag, an dem wir noch nichts Definitives wissen.«

Gegen zwei Uhr früh schlief sie endlich in seiner Armbeuge ein. Sie schlief so gern mit ihm ein, aber so schlecht. Für zwei war ihr Bett zu schmal und die Nacht zu heiß.

Kathinka lag schon eine Weile wach, bevor um halb sieben der Wecker klingelte. Sie hörte auf die dichter werdenden Straßengeräusche. Sah, wie der blasse Himmel im Fensterausschnitt Farbe annahm und Sonnenstrahlen die rechte untere Fensterecke erreichten. Im Haus rauschten die Klos.

Bastian schlief auf dem Bauch liegend, das Gesicht auf den Händen, mit leicht geöffnetem Mund.

Es rührte Katharina immer wieder, wie ein Mensch dem anderen seine Wehrlosigkeit im Schlaf anvertraute.

Und in wenigen Wochen würde er nicht mehr dasein. Warum konnte sie vorher nicht noch einmal mit ihm irgendwohin fahren, und wenn's nur für drei Tage war? Warum war es in diesem Beruf nicht möglich, einfach mal drei Tage blauzumachen!?

Irgendwo ins Salzkammergut.

Ohne Bergsteigen.

Fiaker fahren.

Dabei Veltliner trinken.

In den Himmel gucken. So tun, als ob's keine anderen Touristen außer ihnen gäbe.

Pferdeäpfel. Kutscheknarren. Hufeklappern.

Genau zwei Minuten vorm Weckerklingeln schlief Katharina wieder ein.

Ferkel züchten

Wenige Tage später erhielt der Lehramtsanwärter Bastian Anton Guthmann vom Kultusministerium den Bescheid, daß er der Grundschule in Regen, Regierungsbezirk Niederbayern, zugeteilt worden war.

Regen.

Also Regen.

Wo lag denn Regen überhaupt?

Zuerst suchte er seine Zigaretten. Die fand er.

Dann suchte er seine Autokarte. Die fand er nicht, wohl aber seinen geerbten Autoführer aus dem Jahre 1939. Darin war Regen als »Markt« angegeben, mit 3300 Einwohnern und zwei Gasthäusern, wovon das erste Haus am Platze dreißig Betten hatte, zu eineinviertel bis anderthalb Reichsmark pro Nacht. Mit Frühstück.

Nun suchte Bastian den dritten Band seines Lexikons von L bis R. Er fand ihn als linken vorderen Bettfuß wieder. Im Lexikon von 1968 war aus dem Marktflecken inzwischen eine Kreisstadt mit 8500 Einwohnern geworden, mit Glas- und Textilindustrie.

Danach brach Bastian in das Zimmer seines Untermieters ein und suchte dessen Kursbuch. Aber das war aus dem Jahre 81 und somit ebenfalls überholt.

Also fuhr Bastian mit der Tram zum Bahnhof und ließ sich eine Zugverbindung nach Regen heraussuchen.

»Wollen Sie früh morgens oder abends fahren? Da gibt es durchgehende Züge.«

»Nein, bitte mittags. Nach der Schule.«

»Da hätten wir einen, der geht um 13.07 vom Starnberger Bahnhof, kommt um 14.58 in Plattling an. Um 15.16 geht er von Plattling nach Regen. Ankunft 16.11.«

Drei Stunden Bahnfahrt! Wahrscheinlich hielt der Zug an jeder Milchkanne!

In der Bahnhofsbuchhandlung kaufte er eine Karte von Niederbayern.

Inzwischen war ihm aufgefallen, daß er sich einen Mittagszug von München nach Regen, anstatt von Regen nach München hatte geben lassen. Sobald er sich mit Kursbüchern einließ, selbst wenn andere ihm das Zügesuchen abnahmen, verwirrte sich sein Geist.

Aber ob von München nach Regen oder von Regen nach München – die Fahrzeit blieb die gleiche. Er würde drei Stunden von Kathinka entfernt sein.

Mit Umsteigen in Plattling.

Regen!

Was sollt' er denn da! Da kannte er doch keinen.

Und bald kam der Winter.

Bastian brauchte umgehend jemand, bei dem er sich ausweinen konnte. Kaspar Hauswurz fiel ihm ein. Der hatte sich doch freiwillig in diese verlassene Gegend gemeldet.

Er rief ihn an. Es war aber nur ein Mädchen am Telefon; sie sagte, der Kaps äße neuerdings in einer Wirtschaft in Bahnhofsnähe zu Mittag. Bastian sollte es doch einmal dort versuchen.

Kaspar saß auf einem Platz am Fenster und betrachtete ein Spiegelei, das wie eine Qualle auf seinem Leberkäs lagerte. Er versuchte, mit der Gabel den Glibber vom Ei zu entfernen. Dabei stach er den Dotter an, welcher auslief und in den Glibber hinein.

Kaspar schob den Teller von sich, denn nun hatte er keinen Appetit mehr. Dabei sah er Bastian, der mit einem halben Hellen in der Hand an seinen Tisch kam.

»Na?«

Bastian setzte sich schweigend neben ihn.

»Hast was?«

»Ich hab' heut meine Einweisung gekriegt.«

»Na und?«

»Alles Scheiße, deine Elli.«

Dann zog er die neugekaufte Karte von Niederbayern aus der Tasche und breitete sie über den Tisch aus. Die Karte stippte in den Eiglibber.

Bastian suchte, bis er Regen gefunden hatte. »Da. Schau dir das an, da haben sie mich hinverdonnert. Schau dir an, wo das liegt.«

Kaspar trank von Bastians Bier. »Warst du schon da?«

»Nein. Ich kenn' bisher nur die Zugverbindungen. Die reichen mir.«

»Du mußt sofort deine Unterlagen hinschicken«, sagte Kaps. »Du mußt dich dem Schulrat und dem Rektor vorstellen und dem Bürgermeister natürlich auch. Du mußt dir ein Zimmer suchen.«

»So weit hab' ich noch gar nicht gedacht«, stöhnte Bastian. »Was mir da alles bevorsteht!«

Kaps nickte ernst. »Und das mitten im Frieden!«

Bastian nahm ihm sein Bier aus der Hand und trank, was noch davon übriggeblieben war.

Die Wirtin kam an den Tisch und fragte, ob er was essen wolle. Bastian wollte nur einen Schnaps und noch ein Bier. Ihm war der Appetit vergangen in Gedanken an den Abschied von Kathinka, von München und von seiner Bude, an der er hing.

Ab nächsten Monat ein möbliertes Zimmer.

Kaps sagte: »Iß wenigstens meinen Salat.« Er schob ihm die Schüssel hin. »Wenn du nichts ißt, bist du gleich besoffen.«

Bastian stocherte Kartoffeln und Kraut aus der Schüssel, den Sellerie ließ er liegen.

»Falls es dich beruhigt – ich komm' in derselben Gegend nieder wie du. Nur etwa zwanzig Kilometer von Regen entfernt«, sagte Kaps.

»So nah? Dufte.«

»Ich bin in der Gegend dort Erbe.«

»Stimmt«, erinnerte sich Bastian. »Du hast ja geerbt. Wenn einer von uns schon mal erbt, dann ist das bestimmt am Arsch der Welt.«

»Die Gegend ist schön, wo mein Hof liegt. Schön einsam.«

»Und der Hof?«

»Na ja. Die Mauern sind noch gut. Aber das Dach! Als erstes muß ich das Dach reparieren. Und den Stall. Wegen der Schweine. Ich will nämlich Ferkel züchten.« Kaps sah Bastian nachdenklich an. »Ich such' bloß noch einen, der mitmacht.«

»Da kannst du lange suchen«, sagte Bastian. »Wer geht schon freiwillig in die Einsamkeit.«

»Bloß Idioten«, nickte Kaps einsichtig und trank Bastians zweites Bier.

»Was wird denn aus deinen Bienen?«

»Die sollen zu Besuch kommen, wenn sie wollen.«

»Die kommen bestimmt nicht.«

»Nebbich«, sagte Kaps, »bleiben sie eben weg. Ich hab' sowieso den ganzen Sex zur Zeit bis hier.« Er betrachtete Bastian, der sich vergebens bemühte, die Landkarte zusammenzufalten. »Also, was ist mit dir?«

»Wieso mit mir? Mit'm Sex?«

»Mit'n Ferkeln. Ich mein', eh' ein anderer zugreift und mein Partner wird.«

»Ich?« fragte Bastian ungläubig. »Mit dir Ferkeln züchten? Mann, Kaps, du hast wohl'n Kaiser gesehen!«

Zu den Acht-Uhr-Nachrichten schalteten sie Kathinkas Fernseher ein und gaben sich Mühe, bis zu diesem Zeitpunkt auch den Senf, den Salznapf und den Bieröffner auf den Abendbrottisch vorm Bildschirm zu haben.

»Ob ›Regen‹ schon mal in den Nachrichten vorgekommen ist«, überlegte Bastian.

»Auf alle Fälle schon oft im Wetterbericht«, tröstete Kathinka.

Bevor der Freitagabendkrimi begann, räumte sie rasch ab. Bastian entkorkte inzwischen eine Flasche Wein. Er wollte mit ihr über seine niederbayrische Zukunft sprechen. Aber Kathinka war wild auf Krimis. Je schauriger, je schöner.

Bastian ging meistens aus dem Zimmer, wenn es brutal wurde. Er konnte nicht hinsehen, wenn sie einen zusammenschlugen. Das Schlimmste war für ihn, wenn einer eine Spritze in Großaufnahme bekam. Dann lieber noch ein Toter im Teppich.

An diesem Abend schaute er von Anfang an nicht zu. Er war erfüllt von dem Gespräch, das er bis in den späten Nachmittag hinein mit Kaspar Hauswurz geführt hatte, und wollte sich mitteilen.

»Magst du eigentlich Ferkel?« fragte er Katharina.

Gerade sammelten sie im Fernseher die Überreste eines unnatürlich abgestürzten Mafiabosses in ein Tischtuch und trugen es auf die Kamera zu.

»Ob ich was?« fragte Kathinka, den Blick starr geradeaus.

»Der Kaps – ich hab' dir ja schon von ihm erzählt –,

der hat einen Hof in der Nähe von Regen geerbt. Zufall, was? Wie das Leben so spielt.«

»Ja doch.«

»Und da will er nebenher Ferkel züchten.«

»Sei doch mal ruhig!!«

»Vormittags ist er Lehrer und nachmittags ...«

»Bastian, bitte!!!!!!!«

Er seufzte. »Okay.«

Katharina starrte vornübergeneigt auf eine, von einem Hubschrauber unter Beschuß genommene staubige Landstraße, wo eine soeben niedergemähte schwarzgekleidete Dame lag. Mit einem Strohkorb am Arm, aus dem Orangen rollten und noch was, das wie ein Poesiealbum aussah.

»Ganz schön brutal«, seufzte Katharina zufrieden. Sie wußte natürlich im voraus, was wirklich in dem Album drin war: keine Sinnsprüche.

»Kaspar will erst mal klein anfangen«, sagte Bastian. »Er hat ja auch nicht das Kapital. Er sagt, am Anfang kauft er nicht mehr als vier Muttersäue.«

Jetzt raste ein vollbesetzter Maserati heran (Baujahr 69), verfolgt von dem Hubschrauber. Wie der Wagen an der Toten vorbeiraste, berührte ein Reifen das Poesiealbum. Das Album explodierte. Das Auto flog in die Luft. Das hatte Katharina gleich gewußt.

»Wenn die zweimal im Jahr ferkeln, macht das bei vier Sauen zirka achtzig Ferkel«, sagte Bastian.

Katharina schmiß ihm einen bösen Blick zu.

»Das ist keine schlechte Sache. Laß mal Notzeiten kommen.«

»Mann! Kapierst du denn nicht? Ich will den Krimi sehen!!!«

»Ja gut«, sagte er und stand auf. »Hol ich inzwischen Zigaretten. Hast du ein paar Markstücke?«

»In meiner Tasche.«

»Wo ist denn die?«

»Weiß nicht – irgendwo ...«

»Fernsehen tötet jede anständige Unterhaltung«, sagte er.

Bastian hatte Ärger mit dem Zigarettenautomaten. Er schluckte zwar seine Geldstücke, weigerte sich aber, die gewünschte Sorte herauszugeben. Bastian mußte deshalb eine Marke ziehen, die keiner von ihnen rauchte.

Als er zurückging, öffneten sich überall die Haustüren, und Mieter kamen mit ihren Hunden auf die Straße. Die Hunde rasten auf die nächsten Bäume zu.

Wenn die Hunde Gassi gehen durften, war der Krimi zu Ende.

Katharina hatte inzwischen den Flimmerkasten abgestellt und sich auf ihrem Sofa ausgestreckt.

Bastian würde sich immer daran erinnern, wie sie so dagelegen hatte, ein buntes Kissen im Kreuz, in einer Baumwollbluse und karierten Hosen, schweigend vor sich hinrauchend und dabei ihre Zehen betrachtend, die sie ständig bewegte ...

Er selbst ging zwischen Tür und Fenster auf und ab und erzählte ihr von Kaspar Hauswurz' Hof.

»Die Stallungen sind ziemlich morsch, aber die können wir vorläufig nicht abreißen und neu bauen ...«

»Wieso wir?« fragte Katharina.

»Na, Kaps und ich.«

Sie staunte. »Ich wußte ja gar nicht, daß du bei der Ferkelei mitmachen willst.«

»Sagte ich das noch nicht?«

»Nein.« Kathinka, die das Ganze für einen Scherz hielt, stieg ernsthaft darauf ein. »Aber das find' ich ja fabelhaft, Bastian als Schweinezüchter.«

Angespornt von ihrer Begeisterung, legte er los. »Paß auf, wir haben uns das so gedacht. Was werd' ich mich in Regen mit einer Zimmerwirtin herumärgern. Und sie sich mit mir. Zieh' ich doch zum Kaps. Der ist zwar manchmal seltsam, aber an sich haben wir uns immer ganz gut verstanden. Kaps gibt mir vormittags sein Auto, damit ich nach Regen fahren kann. Für ihn sind's ja nur fünf Minuten mit dem Radl zur Schule. Ich kauf' in der Kreisstadt ein, was wir an Baumaterial brauchen, und nachmittags restaurieren wir den Hof.«

»Allein?«

»Kaps' nächster Nachbar ist Maurer von Beruf. Seine Tochter wird in Kaps' Klasse gehen. Was glaubst du, wie gern der uns hilft.«

»Und du mauerst mit, mein Schätzchen?«

»Was dachtest du denn?«

»Erzähl weiter.«

»Vorm Winter müssen wir alles dicht haben. Die Öfen im Haus sind in Ordnung. Kaps sagt, sie ziehen gut.«

»Und du meinst, du hältst das da aus? Willst du nicht wenigstens versuchen, ob du woanders eingesetzt werden kannst? Mein Vater hat einen Freund im Kultusministerium …«

»Der kann mir auch keinen Job in München verschaffen. Ich geh' nun schon da runter. Ich hab's mit Kaps abgesprochen. Die Gegend soll landschaftlich sehr schön sein. Vor allem ruhig.«

Wenn er mir jetzt noch die Vorzüge der Landluft anpreist, haue ich, dachte Katharina.

Aber Bastian war schon wieder bei den Schweinen.

»Rüben und Kartoffeln bauen wir selber an. Dann kriegen wir noch die Abfälle vom Hotel.«

»Ist denn eins in der Nähe?«

Bastian, zuversichtlich: »Bestimmt.«

»Wenn nicht, baut ihr eins an.«

»Und ans Hotel verkaufen wir wieder unsere Ferkel.«

Katharina lachte. »Kann eigentlich gar nichts schiefgehen.«

»Sag' ich ja.«

»Ich hoffe, du wirst mir ab und zu ein Schnitzel schicken.«

»Wieso schicken?« sagte Bastian. »Du kommst doch mit.«

»Ich?« Katharina zeigte sich ergötzt. »Ach nein – wie lieb. Ich soll als mitmachen?«

»Ja, natürlich. Glaubst du, ich geh' jemals ohne dich da hin?«

»Als was braucht ihr mich denn? Als Rübenzüchter oder als Ausmister?«

»Mit den Ferkeln hast du nichts zu tun. Das wird sowieso mal alles automatisiert.«

»Aha.«

Katharina hatte plötzlich Vorstellungen, die im Stummfilmgalopp an ihren Augen vorüberzogen – mit ihr selbst als Hauptdarstellerin. Süß schaute sie darin aus. Kopftuch bis zu den Augen, verhärmtes Mienenspiel, Männerhemd, Männerstiefel, bis zum Knie voll Mist. Krumm vom Schleppen. Klamme Finger.

1. Akt:

Vier Uhr dreißig Weckerklingeln.

Rausgucken. Folgendes sehen: Einen Meter Neuschnee. Stockdunkelheit. Eiszapfen.

Öfen heizen.

Herd anzünden

Kaffeetisch decken.

Weg zum Hühnerstall schippen.

Hühner füttern.

Hühner rauslassen.
Weg zum Schweinestall schippen.
Schweinetröge saubermachen.
Füttern.
Koben ausmisten und neu streuen.
Zurück in die Küche zum Kaffeekochen.
Eier kochen.
Wasser zum Waschen erhitzen.
Sechs Uhr fünfzig: Lehramtsanwärter Guthmann und Lehramtsanwärter Hauswurz wecken.
Ende des ersten Aktes.

Aber mit den Schweinen sollte sie ja nichts zu tun haben, hatte Bastian gesagt.

Katharina fragte: »Wenn ich mich nicht um das Viehzeug kümmern muß, was tu' ich denn dann den ganzen Tag? Haushalt und Gewürzgärtlein?«

»Den Haushalt macht eine Frau aus dem Ort, die kommt dreimal die Woche, das ist kein Problem. Ich dachte – wir dachten, du eröffnest dort eine Landpraxis.«

»Au ja«, sagte Kathinka, »das wird fein. Vor allem im Winter, wenn ich nachts bei Eis und Schnee und Nebel mutterwindallein über Land zu Patienten muß, zu Einödbauern! Und wenn ich dann eine Panne habe ...«

»Ja, glaubst du denn, ich ließe dich allein in der Finsternis fahren?«

Schon wieder hatte Kathinka eine anschauliche Vision: nächtlicher Schneesturm. Sie klebt mit der Nase an der Windschutzscheibe, fährt blind in eine Schneewehe, sitzt fest. Neben ihr hängt Bastian über seinem Sitz und schnarcht seinen Rausch aus, denn, bitte schön, was sollen Kaps und er in dieser gottverlassenen Einsamkeit abends anderes tun als saufen!?

»Also, ihr besorgt den Schulkram und die Landwirtschaft. Und ich unterbreche meine Facharztausbildung hier in München und werde Landarzt. Vielleicht mache ich noch 'nen Abendkurs in Veterenärmedizin, damit ihr keinen Tierarzt braucht. Stellt euch mal vor, was ihr spart, wenn ich eure Ferkel hole!«

»Daran habe ich überhaupt noch nicht gedacht«, sagte Bastian begeistert, »du bist wirklich ein Schatz!«

»Ja, nicht wahr?« Sie hielt ihm ihr Glas hin, damit er ihr noch Wein einschenken konnte. Dann sagte sie: »Ich find's schon sehr komisch.«

»Was findest du komisch?«

»Na, die Vorstellung – unser Landleben zu dritt.«

»Ich find's dufte«, sagte Bastian.

Kathinka sah ihn prüfend an. Hörte auf zu lachen. Stellte ihr Glas ab und richtete sich auf. Die Heiterkeit ging so allmählich auf ihrem Gesicht aus wie das Licht im Filmtheater.

»Sag bloß, du hast den ganzen Zauber ernst gemeint.«

Bastian sah erstaunt aus. Ehrlich erstaunt.

»Ja – an sich schon. Du nicht?«

Jetzt stand Kathinka auf und kam ihm auf seiner Wanderung zwischen Tür und Fenster entgegen, stellte sich ihm in den Weg und konnte es noch immer nicht glauben.

»Du spinnst doch.« Ihre Stimme wurde laut vor Wut. »Du hoffnungsloser Spinner!«

»Und warum?« Er wurde jetzt auch wütend. »Ständig heißt es, ich lass' die Dinge laufen, ich kümmer' mich um nichts. Und wenn ich wirklich mal konkrete Zukunftspläne mache, bin ich ein Spinner.«

»Du machst ja gar keine Zukunftspläne, nicht einmal die! Die macht dein Freund. Du machst bloß unbedenklich mit. Sagst ja zu einem Projekt, ohne zu prüfen, ob es überhaupt durchführbar ist und rentabel. Ferkelzucht – ohne einen Floh in der Tasche! Und mich ziehst du auch noch mit hinein. Soll ich vielleicht mitkommen, damit ich eure Schnapsidee finanziere? Ja? Von meinem Assistentengehalt, ja? O Bastian! Morgen kommt vielleicht der nächste Freund und fragt an, ob du nicht sechseckige Eier mit ihm züchten willst oder karierte Maiglöckchen.«

»Na und? Immer noch besser, als jeden Tag am Fließband stehen!« verteidigte er sich.

»Du hast noch nicht einmal den Hof gesehen. Aber du verkaufst bereits Ferkel an ein Hotel, das es vielleicht gar nicht gibt und wenn, wahrscheinlich seine eigene Metzgerei hat. Und ich soll dabei mitmachen. Bastian, ja bist du denn ...« Sie brach ab und betrachtete ihn kopfschüttelnd. Ihr Zorn war verraucht.

»Du regst dich auf«, sagte er.

»Ja, ja, ich reg' mich auf bei dem Gedanken, daß ich die einmal ernst genommen habe. Du wirst nie erwachsen werden, Bastian, niemals.«

»Muß ich denn das?« Und als er ihrem fassungslosen Blick begegnete: »Schau, Kathinka, es gibt so viele ernst zu nehmende Erwachsene. Und was richten die zum Teil an. Was richten die für Schaden an im Vergleich zu mir. Stimmt's?«

Er wollte keinen Streit mit ihr. Seine Hand fuhr versöhnlich durch ihr Haar, aber sie wich ihm aus.

»Laß das.«

»Warum?«

»Du hast immer eine Entschuldigung für deine Schlampereien! Deine spinnerten Ideen! Und von mir verlangst du, daß ich auch welche für dich habe. Es ist so bequem für dich, nicht für erwachsen genommen zu werden. Der liebe, nette, putzige Junge, den jeder mag.

Ach Bastian.« Sie wandte sich ärgerlich ab, rauchte ein Zigarette an, zog nervös an ihr, sie brannte nicht, er wollte ihr Feuer geben und durfte nicht. Kathinka wandte sich ab und ging von ihm fort.

Und jetzt begriff er endlich.

»Du hast es satt mit mir«, sagte er.

»Ja.«

»Schade.«

»Ja, sehr schade. Ich dachte immer, du würdest eines Tages Vernunft annehmen, wenigstens mir zuliebe. Du hast dich nicht einmal bemüht.«

Bastian wurde wütend. »Und nun hast du festgestellt, daß du einen ›richtigen Mann‹ brauchst. Einen, zu dem du ›aufschauen‹ kannst. Der ›im Leben was darstellt‹. Der dir ›Sicherheiten bietet‹ und den ›Rahmen‹, den du brauchst. Zu schade, daß du meinetwegen deinen wunderbaren Chefarzt hast laufen lassen, aber vielleicht will er noch. Frag ihn mal, vielleicht ...«

»Hör doch auf«, sagte sie dazwischen und wirkte plötzlich erschöpft. »Das ist es ja gar nicht.«

»Was ist es denn dann, bitte schön?«

Kathinka setzte sich auf eine Sessellehne. Sie griff nach ihrem Glas und stellte es wieder hin, ohne getrunken zu haben.

»Ich bin einfach nicht mehr jung genug für dich und nicht genug leichtfertig, um deine Schnapsideen mitzumachen. Verstehst du? Andererseits bin ich noch nicht so alt, um die nötige Toleranz für dich aufzubringen. Wir sind zu verschieden, Bastian. Das einzige, was wir jemals gemeinsam hatten, war unsere Verliebtheit.«

»Hatten –«, sagte er ärgerlich. »Du redest, als ob schon alles vorüber wär'.«

Und während er das sagte, wurde auch ihm bewußt, daß dies nicht nur eine ihrer immer häufiger auftretenden Meinungsverschiedenheiten war, denen eine Versöhnung folgte. Darüber war er sehr erschrocken.

»Ich hab' dich doch lieb, Kathinka. Ich hatt' noch nie 'ne Frau so lieb wie dich.«

»Ich glaub's dir«, sagte sie. »Aber es ist wohl nicht genug.« Er wollte widersprechen, sie winkte ab.

»Ich weiß es – und du weißt es auch.«

»Kathinka.« Bastian nahm sie in seine Arme und grub sein Gesicht in ihr helles, kühles, duftendes, durcheinanderes Kinderhaar. »Meine Kathinka ...«

Katharina hielt sich an seinen oberen Hemdknöpfen fest und drehte an ihnen und kam sich schon jetzt wie ein verlassener Hund vor.

»Es ist der beste Zeitpunkt«, sagte sie, um Sachlichkeit bemüht. »Du gehst von München fort, ich kann nicht fort. Es ist wirklich am besten, die Sache jetzt zu beenden.«

»Alles wegen der Ferkel?« fragte er unglücklich.

Beinah hätte sie gelacht. »Aber nein, Liebling, doch nicht nur deshalb.«

»Du hast ›Liebling‹ gesagt«, machte er sie aufmerksam.

»Ich werd's auch noch eine Weile tun, Bastian, länger wahrscheinlich, als mir gut tut.«

Es war schon absurd. Sie sprachen über Abschied und hielten sich dabei fest, aus Angst, sich zu verlieren.

»Warum, Kathinka? Warum so schnell?«

(Sie dachte: Er hat also auch nie damit gerechnet, daß es ein Leben lang andauern könnte.)

»Wollen wir warten, bis wir uns gegenseitig anbrüllen – bis die Sympathie auch noch im Eimer ist? Bis wir alles kaputt gemacht haben, was schön war?« Sie nahm seinen Kopf zwischen ihre Hände und zwang ihn, sie anzuschauen. »Es ist das Vernünftigste so, glaub mir.«

»Scheiß auf deine Vernunft. Ich hab' dich lieb.«

»Ja glaubst du denn, mir fällt es leicht?« schrie sie ihn plötzlich an und ließ ihn stehen.

Sie redeten noch hin und her. Es war zwei Uhr früh, als er ging. Eine völlig idiotische Situation. Und so unlogisch. Wer trennt sich schon freiwillig von dem liebsten Menschen, den er hat!?

Übermorgen würde er sie anrufen, und alles war wieder gut.

Diesmal nicht. Sie gehörten beide nicht zu den Menschen, die sich dramatische Abschiedsszenen vorspielten, weil das Vertragen hinterher so schön war. Es war überhaupt nicht dramatisch zwischen ihnen zu Ende gegangen, eher zärtlich.

Aber es war zu Ende.

Bastian ging zu Fuß durch die asphaltwarme, geleerte Stadt. Ging an der Isar entlang mit ihren erleuchteten Brücken und rauschenden Bäumen und schwarzen Häuser- und Kirchensilhouetten gegen einen dunkelblauen Sternenhimmel.

Am Deutschen Museum wartete noch eine Nutte auf Kundschaft. Die Isar rauschte. Die Bäume rauschten. In der Ferne verbreitete eine Funkwagensirene alarmierende Eile.

An der Corneliusbrücke waren schon die Ampeln ausgeschaltet. Ein Taxi raste hinüber. Manchmal krachte es nachts auf der Kreuzung Ehrhardstraße – Ecke Corneliusstraße.

Wie jede Nacht, solange die Nächte noch warm waren, saß Steckenpieseler-Schorsch auf seiner Bank in den Anlagen und schnarchte zahnlos in seine Mantelaufschläge. Neben ihm lagen leere Bierflaschen.

Und die Bäume rauschten und die Isar rauschte.

Und die Isar-Enten schliefen auf der kleinen Insel

im Wasserbecken hinter der Brücke. Die breiten Wiesen am Fluß entlang – tagsüber voller Kinder und Hunde und alter Frauen – waren jetzt schwarz. In den Gebüschen pennten Wermutbrüder unter ihren Zeitungen.

Bastian hatte sich hier wohl gefühlt. Er dachte an Katharina, an die Abreise und daß der Sommer ja nun bald vorbei war.

Und er heulte vor sich hin. Es sah ja keiner im Dunkeln.

Am nächsten Tag traf er Kaspar Hauswurz in seiner Stammkneipe. Kaps war gerade dabei, aus seinem Kartoffelbrei Hügel zu formen. Statt des Gipfels machte er in die Mitte ein Loch und löffelte Soße von seiner sauren Leber hinein.

Bastian setzte sich schweigend zu ihm.

»Ist dir die Petersilie verhagelt?«

»Petersilie –« griff Bastian auf. »Die müssen wir auch anbauen. Wieso eigentlich Petersilie? Ich mag keine.«

Kaps schaute ihm von unten her besorgt ins Gesicht. »Hat dich was getreten, Junge?«

»Kathinka macht nicht mit. Wir haben uns getrennt.«

»Ach du Schande.«

»Es war ja klar, daß es nicht ewig halten würde – aber – na ja. Ich komm' mir vor wie amputiert, verstehst du? Ich war so an sie gewöhnt.«

Kaps nickte. »Ich hatte mal'n Hund …« Er brach ab in der Annahme, schon alles gesagt zu haben. Dann schob er Bastian seinen Teller zu. »Magst du?«

Bastian schob den Teller zurück. »Das Gemansche kannst du behalten.«

»Na schön«, sagte Kaspar und lud sich selbst eine Gabel voll. Ehe er sie in den Mund schob, schaute er

Bastian mit so viel Zuversicht an. »Glaub mir: Andere Mütter haben auch noch hübsche Töchter.«

»Im Augenblick bin ich bedient.«

»Versteh' ich. Macht ja nichts. Später haben sie auch noch.«

»Was?«

»Töchter.«

»Hör zu, Kaps, das mit den Ferkeln ...«

»Ja, das hab' ich mir auch überlegt. Da warten wir noch ein bißchen mit.« Er hauchte sich prüfend in die Handfläche, weil ihm etwas an seinem Atem mißfiel. »Schon wegen der Finanzierung. Champignons sind auch billiger.«

Es bedurfte einiger Anfragen, bis Bastian begriff, was Kaspar Hauswurz meinte: Er beabsichtigte, statt der Ferkel Champignons in den Ställen zu züchten. Wie man das machte, wußte er zwar nicht, würde es aber noch diese Woche erfahren. Er hatte Beziehungen zu einem Champignonkulturenhersteller.

»Und dann sind sie in der Haltung viel bequemer. Für Schwammerl braucht man keine Futterrüben anzubauen. Ausmisten muß man sie auch nicht.«

Bastian schaute Kaspar mit wachsender Skepsis an. Mit dem würde es im Laufe ihres Zusammenlebens Schwierigkeiten geben. Aber darüber mochte er jetzt noch nicht nachdenken.

»Vielleicht sollten wir mal ein Buch kaufen, wo so was drin steht«, schlug er vor.

Abschied

Eines Vormittags, als Katharina im Kometenschweif des Chefarztes über die Gänge fegte, sah sie plötzlich Bastian in einer Nische stehen. Sie erschrak sehr und schaute fort wie ein Kind, das glaubt, nicht gesehen zu werden, wenn es selbst nichts sieht.

Als letzte betrat sie ein Krankenzimmer, kam aber gleich wieder heraus und schoß auf ihn zu.

»Bist du verrückt? Du kannst hier nicht herkommen!«

»Warum nicht, ich bin ja früher auch?«

»Bitte, mach mir keinen Ärger. Außerdem, was soll's – es ist aus, Bastian, völlig zwecklos.«

»Ja, ich weiß«, sagte er sanft.

»Wenn du das weißt – was willst du dann hier?«

»Dich noch mal sehn – ist das so schlimm?« Und als er sie anschaute, brach ihr beinah das Herz.

»Bitte, geh. Es hat keinen Sinn.«

»Was heißt Sinn? Immerhin waren wir mal ganz schön glücklich.«

Sie schaute nervös zur Tür des Krankenzimmers, aus dem sie sich gestohlen hatte. »Ich muß wieder hinein.«

»Seh' ich dich mittags?«

Katharina zögerte.

»Wenn ich dich nicht seh', komm' ich wieder. Die kennen mich ja bei der Anmeldung, die lassen mich noch immer durch.«

Schon um ihn loszuwerden, versprach Katharina: »Also gut, um eins auf dem Parkplatz«, und lief davon, ohne sich noch einmal umzusehen.

Sie hatten seit ihrem Abschied zweimal miteinander telefoniert, davon einmal die halbe Nacht. Hatten sich so viel zu erzählen, so viel gelacht und darüber beinahe vergessen gehabt, daß es zu Ende war. Es kam ihnen dieser gewaltsame Schlußstrich so sinnlos vor.

Nun war Bastian auch noch leibhaftig wieder da. Mitten in der Entziehungskur!

Katharina lief gegen ein Uhr zum Parkplatz hinunter und fand ihn auf dem Grünstreifen sitzend und Halme kauend.

»Bitte, Bastian, was soll denn das! Laß mich zufrieden!«

»Aber das tu' ich doch, Kathinka. Ich wollt' mich nur von dir verabschieden.«

»Noch mal? Haben wir noch nicht genug?«

»Ich zieh' morgen ab.«

»Morgen schon?« Das kam ihr dann doch sehr plötzlich vor. »Gehst du also nach Regen. Und wirst auf dem Hof von deinem Freund wohnen?«

»Komm, setz dich 'n Augenblick.« Er bot ihr den Rasen neben sich wie einen Stuhl an, sie wollte nicht. »Nun setz dich schon. Wenigstens auf eine Zigarette. Stirbt schon keiner inzwischen.«

Sie ließ sich nur widerstrebend im Gras nieder.

Bastian zündete eine Zigarette für sie an und schob sie ihr zwischen die Lippen.

»So bald wird Fräulein Doktor nicht wieder auf einem Parkplatz sitzen.«

»Nein, so bald wohl nicht«, sagte Katharina.

»War'n schöner Sommer.«

»Hmhm.«

Und damit nur ja keine Sentimentalität aufkommen konnte, fragte sie nach dem Hof.

Bastian brach nicht eben in Jubelschreie aus. »Ach, weißt du, schön ruhig. Aber wir kriegen ja Fernsehen.«

»Und sonst?«

»Es fehlt noch so ziemlich alles. Wir haben jetzt erst mal jeder einen Kleinkredit aufgenommen, um das Haus winterfest machen zu können. Aber wenn's mal fertig ist, wird's bestimmt schön. Ganz alte Balken, weißt du.«

»Ah ja. Und die Ferkelzucht?«

»Vorerst nicht. Wir dachten erst mal an einen Hund. Vielleicht zieht auch noch'n Freund von Kaps zu uns. Der ist Maler.« Er seufzte. »Wird schon ganz lustig werden.«

»Bestimmt«, nickte Katharina zuversichtlich. »Hast du zufällig 'n Foto?«

»Vom Hof? Ich glaub' nicht, daß der in seinen 130 Jahren schon geknipst worden ist. Aber du kannst ja 'rauskommen und eins machen.«

»Mal sehn. Vielleicht.«

Er schaute sie von der Seite an. Ihr Profil mit einem beklommenen Lächeln.

»Komm wirklich mal, Kathinka. Wir haben noch viel zuwenig voneinander Abschied genommen.«

Da mußte sie lachen. Es klang irgendwie tröstend. »Ich muß zurück.« Sie stand auf und drückte die Zigarette aus. Er stand auch auf.

»Also dann ...«

»Also dann ...«

»Wann geht dein Zug?«

»Um dreizehn sieben.«

»Mach's gut, Bastian. Viel Glück. Ach, und dann soll ich dich noch von meinem Vater grüßen. Ich war am Wochenende daheim.«

»Er ist wahrscheinlich beruhigt, daß wir nicht mehr ...«

»O nein, im Gegenteil. Ihm tut's leid.«

»Grüß ihn wieder«, sagte Bastian. »Und Bruder Hermann auch.«

»Ja, danke. – Ich muß jetzt gehn.«

»Ja, Kathinka.« Er küßte behutsam ihren Mund. »Behüt' dich.«

»Behüt' dich auch, Bastian.«

Er war es dann, der zuerst fortging, rasch, ohne sich noch einmal umzusehen.

Bastian war so in Gedanken, daß er niemanden sah, als er in der Ohlmüllerstraße aus der Trambahn stieg und heimging. Nicht einmal seine Großmutter und Susi Schulz, die gemeinsam an einem Paket trugen.

»Der träumt aber schön«, lachte Susi. »Den könnt' man glatt überfahren, ohne daß er's merkt. Sollen wir ihn ansprechen?«

Martha Guthmann reagierte entsetzt. »Einen Schlafwandler! Gottes willen! Nachher stürzt er ab.«

Sie warteten, bis er in sein Haus gegangen war. Dann folgten sie langsam.

Großmutter mußte mehrmals auf der Treppe stehenbleiben und sich erholen. »Es sind doch ziemlich viele Stufen.«

»Es ist das letztemal, daß du hier heraufsteigen mußt«, tröstete Susi.

»Ja. Leider.«

Bastian öffnete ihnen erst beim zweiten Schellen und nicht eben begeistert.

»Ach ihr. Ich bin grad heimgekommen.«

»Das ist uns bekannt«, sagte Großmutter. »Wir bringen deine Wäsche und wollten dir packen helfen, oder hast du schon?«

»Nicht ein Stück habe ich gepackt. Der Zug geht ja erst morgen mittag.«

Martha Guthmann verdrehte die Augen. Wenn das ihr Zug wäre, der morgen mittag ging, säße sie wahrscheinlich schon in Hut und Mantel parat. »Was nimmst du denn nun alles mit?«

»Ach, Bücher und was zum Anziehen. Und Geschirr. Der Kaspar hat ja nichts Eigenes, weil er doch in einer Küchengemeinschaft gewohnt hat.«

Großmutter packte ihre Schürze aus. »Habt ihr denn überhaupt Betten?«

»Ach so, ja. Daran habe ich noch gar nicht gedacht. Meine Matratze und das Bettzeug ...« Er brach mitten im Satz ab, denn er hatte mit seinem Zigarettenpäckchen ein kleines, zerknautschtes Foto von Kathinka aus der Hosentasche gezogen. Kathinka lachend im Wind.

Wo er hinfaßte, fand er immer noch was von Kathinka. Das Beste war, er mistete die Erinnerungen an sie gründlich aus und schmiß sie dann doch nicht fort, sondern in einen Karton, den er verschnüren und mitnehmen konnte.

»Ja, dann wollen wir mal«, sagte Susi aufreizend munter.

»Hast du schon Kisten besorgt?«

»Wieso Kisten? Wozu?«

Die beiden Frauen schauten sich bedeutsam an.

»Er schlafwandelt noch immer«, flüsterte Susi Großmutter zu.

»Wo willst du denn deine Siebensachen drin einpacken?« fragte Großmutter behutsam, während sie ihre Schürzenbänder auf dem Rücken zusammenband. (Das hatte Bastian ein Leben lang nicht fassen können – wie eine Frau auf ihrem Rücken eine Schleife zu binden vermochte.)

»Es müssen noch Kartons auf dem Speicher sein«, sagte er. »Ich schau' nachher mal nach.«

Martha seufzte vernehmlich.

Bastian verstand. »Keine Sorge, ich krieg' den Zug.«

»Was wird denn nun mit deiner Wohnung?«

»Die übernimmt die Schwester vom Kaspar. Sie ist Gewerbelehrerin.«

»War sie schon hier?«

»Nein, aber sie kommt noch. Entweder heute abend oder morgen früh.« Bastian setzte sich auf seinen einzigen Tisch, nahm den Aschenbecher in die Hand und schaute sich um.

Seine schöne Sammlung von Genrebildchen. Elfen. Engeln. Geigenspielende Eremiten. Gott Pan, der eine schlafende üppige Nymphe kitzelt. Und die molligen Träumerinnen auf ihrem Kanapee. Es hatte so viel Freude gemacht, diese Stücke aufzustöbern und an die Wände zu baumeln. Aber was sollte er mit ihnen da unten im tiefen, ernsten Bayrischen Wald!?

»Bastian!« mahnte Großmutter.

»Ich geh' ja schon.« Er rutschte vom Tisch.

»Vergiß die Kartons nicht.«

»Deshalb geh' ich ja auf den Speicher.«

»Das weißt du aber nicht mehr, wenn du dort außer Kartons auch noch Bücher findest und dich festliest.«

Seine Großmutter war eine weise Frau.

In der Küche öffnete sie die Büfettüren und besah sich seinen Porzellanbestand. Doll war das nicht, aber bunt. Susi packte inzwischen zwei Dutzend alte Abendzeitungen aus, die waren zum Einwickeln des Geschirrs gedacht.

»Ist ja ziemlich schäbig, aber was soll man machen«, sagte Großmutter und griff nach einer Teekanne – und tat sie erst mal in den Abwaschtisch. Schließlich konnte man kein angeschmuddeltes Geschirr verpacken.

Bastian kam mit Kartons vom Speicher.

»Was sollen die bloß auf dem Lande von dir denken, Bub!«

»Ist mir scheißegal.«

»Aber mir nicht. Schließlich bist du mein Enkel.«

»Ja doch, Martha.« Bastian schlug Blicke an die Zimmerdecke. »Gelobt sei der Tag, an dem mir kein Weib mehr in den Kram reden kann.«

»Wer hat dir denn jemals geredet – ha?« fragte Großmutter beinah empört und rangierte einen Tassenkopf mit verkratzten Blümchen ohne Henkel aus.

Bastian stellte ihn wieder zurück. »Der kommt mit. Da rühr' ich meine Tütensuppen drin an.«

»Dafür kannst du auch eine Tasse mit Henkel nehmen«, sagte sie und rangierte ihn wieder aus.

Bastian fühlte sein Blut schrill aufrauschen. »Das Ding kommt mit, verstehst du???«

»Warum?«

»Weil ich dran hänge!«

»An einem Tassenkopf ohne Henkel?«

Er rang die Hände in Nasenhöhe. Und konnte sich in diesem Augenblick vorstellen, wie das war, wenn man hysterisch war.

»Daß ich euch endlich loswerde! Dafür zieh' ich gerne in den Wald. Da bin ich wenigstens kein Pflegefall von Damen mehr.« Er pumpte seine Jeansbrust breit auf und brüllte: »Ich kann mich ganz gut allein bewegen, kapiert ihr?«

Großmutter hatte seinem dramatischen Ausbruch interessiert zugeschaut. Jetzt lachte sie. »Ach du meine Güte. *Deine* Selbständigkeit! Eine Selbständigkeit, an der jeder Knopf fehlt.«

»Na und na und? Kommt es im Leben bloß auf Knöpfe an?«

»Bei Ostwind schon«, sagte Oma, »und bei den Eltern deiner zukünftigen Schüler auch.«

»Ja eben«, mischte sich Susi ein, »in der Kleinstadt denkt man noch sehr konservativ.«

»Ach, laßt mich doch in Ruh«, fuhr er sie an.

Als Antwort zog Susi eine Flasche Sekt aus ihrer Tasche und hielt sie ihm vor die zürnende Nase. »Mach sie auf, ja? Bitte.« Ihr Lächeln war bezaubernd.

Er nahm ihr die Flasche aus der Hand und fummelte an ihrem Drahtverschluß. Susi stand dabei und sah ihm zu. Sah einmal zu ihm auf und sagte: »Mir tut's schon sehr leid, daß du fortgehst.«

Bastian beschäftigte sich nur kurz mit ihrem verblühenden Lächeln und dann wieder mit dem Draht des Flaschenverschlusses. Er war abgebrochen. Wahrscheinlich brauchte er eine Zange. Sekt trank er sowieso nicht gern.

»Wir haben dir viel zu verdanken, Bastian.«

»Krieg bloß keinen Sentimentalen!« warnte er.

»Laß mich doch. Laß mich sentimental sein, ich bin's so gern in deinem Fall«, sagte Susi. »Schließlich haben wir dir alles zu verdanken.«

»Wer?«

»Na, Kathrinchen und ich. Und Karli auch.«

»Welcher Karli?« Er kam wirklich aus dem Mustopf, aber das lag wohl daran, daß er sich eine Woche lang ausschließlich mit seinem eigenen Schicksal beschäftigt und darüber die anderen vergessen hatte. »Meinst du Klappzahn?«

»Wir haben uns heute verlobt«, sagte Susi.

»Beim Mittagessen.« Großmutters Freude darüber entbehrte nicht einer genußvollen Bissigkeit. »Wer von meinen Enkeln außer Karli würde sich wohl mittags verloben, wenn er abends berufliche Termine hat.«

Susi war enttäuscht: »Ach, Omi, wie du redest –«, und zog den Kopf ein, denn aus Bastians emsig arbeitenden Händen flog der Korken haarscharf an ihr vorbei zur Küchendecke. Der Sekt strömte nach.

Susi hielt ein Bierseidel darunter, das sie gerade einpacken wollte, Großmutter kam mit der Blümchentasse ohne Henkel.

»Richtig verlobt?« staunte er.

»Ja.«

»Warum?« Das war so ziemlich das Blödeste, was Bastian fragen konnte.

»Ich meine, ich dachte immer … Also das hätte ich nie gedacht!«

Er hatte gedacht, sein Bruder Karl würde eines Tages ein betuchtes Mädchen aus »guter Familie« heiraten. Nun hatte er die Susi im Auge, Susi ohne einen Floh in der Tasche, aber mit Baby.

»Was sagt er denn zu Kathrinchen?«

»Er will sie adoptieren.«

Bastian konnte es nicht fassen. »Siebenundzwanzig Jahre lang kenn' ich den Kerl als Streber und Spielverderber. Plötzlich kriegt er sympathische Züge …«

»Er liebt mich eben«, sagte Susi.

So einfach war das also.

»Wenn ich bedenke, wie eifersüchtig ich mal auf die Freude war!«

»Das ist ja nun vorbei«, sagte Bastian, einen Seufzer zerdrückend.

»Und wie ich verzweifelt war, weil uns keiner haben wollte!« Susi genoß die Erinnerungen an traurige Zeiten, sobald sie vorüber waren. »Und wie ich mir gewünscht habe, daß du Kathrinchens Uromi wirst!« Sie gab Martha Guthmann einen Kuß. »Das Leben ist ja so schön.«

»Mal ja, mal nein«, sagte Bastian, und dann tranken

sie auf Susi Schulzes momentanes glückliches Leben und auf Karli und auf Bastians niederbayrische Zukunft.

»Nun erzähl doch mal, Bub. Mir erzählst du ja nie was, jedes Wort muß ich dir aus der Nase ziehen.«

»Was bedrückt dich denn, Martha?«

»Wo du da wohnen wirst. Hast du den Hof schon gesehen?«

»Vorige Woche, als ich in Regen war und mich beim Schulrat vorgestellt hab'.«

»Na und, wie ist er?«

»Ganz schön vergammelt.«

»Mit Plumpsklo?« fragte sie besorgt.

»Mit Wasserspülung.«

»Und dein Freund?«

»Auch mit Wasserspülung.«

»Depp! Ich mein' natürlich, ob er auch vergammelt ist!«

»Nicht mehr als ich.«

Großmutter betrachtete ihn liebevoll. »Und so was läßt man nun heutzutage auf die schulpflichtigen Kinder los. Wenn ich an meine Lehrer damals denke. Kennst du denn schon die Schule, in der du unterrichten wirst?«

»Ja.«

»Na und?«

»Wasserspülung hat sie auch«, grinste Bastian und duckte sich, weil Großmutter nach ihm warf.

Am selben Abend kam Inka, Kaspar Hauswurz' Schwester, um sich die Wohnung anzuschauen.

Sie war groß und kräftig gebaut, ein klarer, handfester Typ, den nichts umzupusten vermochte. War selber Wind, so frischer Nordost. Ein Mädchen Ende zwanzig, von dem man sagt: Es steht mit beiden Beinen im Leben. Bastian kam sie schon beinah vierbeinig vor.

Für seinen Geschmack war sie eine Spur zu patent und zu burschikos. Ihr Selbstbewußtsein trat mit den Hacken zuerst auf. Ihre Stimme war tief, aber nicht von Natur aus tief, sondern künstlich tief gehalten.

So wie Inka Hauswurz klang man heute als Frau, wenn man etwas auszusagen hatte.

Bastian zeigte ihr zuerst das Wohnzimmer.

Sie schaute sich alles genau an.

»Die Möbel bleiben drin?«

»Bis auf ein paar Sachen.«

»Zum Beispiel?«

»Der eine Fuß vom Bett, der gehört zu meinem Lexikon. Und die Matratze nehm' ich mit. Sie hat so eine schöne Kuhle. An die bin ich gewöhnt.«

Inka schaute aus dem Fenster in den Hof und lobte die Kastanie.

Bastian schaute auf ihren kräftigen Busen, den sie ohne BH direkt unter der Bluse trug. Er wollte gar nicht hinschauen, aber er mußte. Es war so, als ob Inka ihn zwang, ihr in die Augen zu sehen.

»Sie übernehmen also den ganzen Krempel?« fragte er.

»Ja. Ist doch prima.«

»Und sind mit dem Abstand einverstanden?«

»Ich hab' das Geld gleich mitgebracht«, sagte sie. »Mein Bruder sagte mir, Sie wären genauso blank wie er.«

Bastian erklärte ihr die kleinen Eigenheiten seiner Einrichtung »Die Türen vom Schrank klemmen. Sie müssen sie beim Zumachen etwas 'randrücken und hochheben. Schaun Sie – so. Und bei dem Tisch handelt es sich um einen hinkenden Tisch.«

Er erwartete zumindest ein Lächeln auf diese Bemerkung, irgendein Mittelding von einer Reaktion, nicht schon wieder so Forsches wie:

»Macht nichts. Das krieg' ich schon hin. Wo ist die Küche?«

Bastian ließ sie hineinschauen.

»Na prima.« Das war anscheinend ihr Lieblingsausdruck.

»Sie sind die erste Frau, die meine Küche prima findet.«

»Wieso auch nicht. Ist ja alles drin, was ich brauche.«

»Aber wie. Der Boiler funktioniert schon lang nicht mehr. Dafür knattert der Wasserhahn wie ein MG.«

»Vielleicht kann ich das selbst reparieren«, überlegte sie, am Hahn drehend.

»Sie? Verstehn Sie was von Wasserhähnen?«

»Na hören Sie mal! In welchem Jahrhundert lebe ich denn?«

Bastian hob rätselnd die Hände. »Weiß nicht. Vielleicht im selben wie ich?«

Zum erstenmal wirkte sie amüsiert.

Inka wandte sich dem Eisschrank zu. »Darf ich?«, und öffnete seine Tür. Beide schauten hinein.

Es lagen nur eine Tomate drin und eine Flasche Wodka.

»Der ist mindestens ein Jahr alt und nicht abgetaut worden«, stellte sie fest.

»Mindestens«, bestätigte Bastian.

Inka machte die Tür wieder zu und betrachtete die Wände.

»Den ganzen Firlefanz da nehmen Sie hoffentlich mit.« Sie meinte seine Posters und Genrebildchen und Verkehrsschilder und Reiseandenken mit Gruß aus Altötting und Mariazell.

Kunstbanausin, dachte er.

»Ehe wir zum geschäftlichen Teil kommen, würde ich vorschlagen, Sie bieten mir was aus Ihrem gutbestückten Eisschrank an.«

»Die Tomate vielleicht?«

»Ich dachte an den Wodka.«

Sie tranken ihn aus zwei angeschlagenen Senfgläsern, die zu verpacken sich Großmutter strikt geweigert hatte.

Inka erzählte, daß sie in ihren Semesterferien immer in Handwerksbetrieben ausgeholfen habe. »Ich versteh' heute was vom Schreinern, Mauern, Installieren, vom Malen sowieso. Ich hab' sogar in einer Autoreparaturwerkstatt gearbeitet. Was glauben Sie, wie ich dadurch spare.«

»Und wie der Kaspar bei solcher Schwester spart!« sagte er neidisch.

Was für ein erstaunliches Mädchen. Im Vergleich zu ihr war Katharina wirklich eine höhere Tochter mit Medizinstudium und Susi Schulz eine Sentimentale aus der Werther-Zeit.

Leider besaß sie so gar keinen Humor. Aber der hätte auch nicht zu ihr gepaßt, überlegte Bastian.

»Ich habe dem Kaps sogar schon mal ein Regal gezimmert. Er ist ja technisch etwas unbeholfen. Aber dafür näht er gut. Und häkelt.«

»Das wird meine Großmutter unendlich beruhigen.« Bastian goß ihr noch einen Schnaps ein.

Inka Hauswurz saß bei ihm von sieben bis zehn. Bastian gefiel ihr äußerlich als Typ. Er schien auch einen ganz ordentlichen Charakter zu haben. Es fehlte ihm bloß an Tatkraft und vor allem an politischem Bewußtsein. Der Junge dachte zu privat. Aber das lag wohl auch an dem Umgang, den er bisher gehabt hatte.

»Die Hausschlüssel gebe ich beim Hauswart ab«, sagte er, als er sie hinausbrachte. »Ich hab' bloß dieses eine Paar.« Inka versprach, ihn und Kaps am nächsten Wochenende zu besuchen.

»O ja, das ist gut«, sagte er, »wir haben bestimmt viel Arbeit für Sie.«

Und dann stand er noch eine Weile am geöffneten Fenster und schaute auf die Hofkastanie. Ihre Blätter waren noch dunkelgrün, aber die rauschten schon herbstlich. Jedenfalls hörte es sich für Bastian in seiner Abschiedsstimmung so an.

Katharina, dachte er, ach, Kathinka. Warum?!

Der Taxichauffeur, der Bastian zum Bahnhof fuhr, meinte, das würde ein reichlich umständliches Reisen bei so viel Gepäck werden. Dabei waren noch gar nicht seine Bücherkisten und Kartons mit dem Geschirr und seine Bildchen dabei und seine Gitarre. Die würde ein Vertreter für dental-medizinischen Bedarf in seinem Kombiwagen mitnehmen, wenn er nächste Woche Niederbayern bereiste. Klappzahn hatte das arrangiert.

Mit einem Träger zusammen lud Bastian seine Habe vom Gepäckkarren in ein Zweiter-Klasse-Abteil, in dem nur ein Herr saß. Derselbe sah anfangs interessiert, dann zunehmend besorgter zu, wie sich die Gepäcknetze über ihm und gegenüber und die Sitze um ihn herum mit verschnürten Kartons und Betten und Koffern und Tragetüten und Taschen füllten.

»Sind Sie Gastarbeiter?« erkundigte er sich.

»Ja«, sagte Bastian. »Aber ich steige schon in Plattling aus.«

Er ging auf den Gang, zog ein Fenster hinunter und suchte den Perron ab nach einem bekannten Gesicht.

Er hoffte auf Katharina, aber er wußte nicht recht, ob es gut war, wenn sie kommen würde. Bahnhofsabschied ist immer blöd.

Zumindest seine Großmutter erwartete er. Sie ließ

sich doch sonst keine Gelegenheit zum Weinen entgehen. Warum kam sie nicht?

Um dreizehn Uhr sieben sollte sein Zug abfahren.

Um zwölf Uhr sechsundfünfzig sah er eine schwerbepackte Truppe von der Sperre her suchend am Zug entlangeilen – voran seine aufgeregte Großmutter, dann Susi mit Kathrinchen auf dem Arm und neben ihr der lange Klappzahn.

Über Susi und Kathrinchen wehte ein Luftballon mit einem Mondgesicht.

Martha Guthmann schimpfte hinter sich: »Jetzt finden wir ihn nicht – ich hab' gleich gesagt, wir sollen früher los, aber ihr mußtet ja noch schmusen.«

»Beruhige dich, Großmama, wir finden ihn schon«, versicherte Karl, dem ihre laute Aufregung peinlich war.

Susi sah Bastian zuerst. Sie winkte ihm mit dem Luftballon zu. Bastian winkte zurück und ließ sich auf den Bahnsteig fallen – so sah es zumindest aus, als er den Zug verließ.

»Ach, Bub – nun gehst du wirklich fort«, sagte Großmutter, vom Abschied überwältigt.

»Es ist ja nicht bis Australien.«

»Omi hat sich schon ein Kursbuch gekauft«, sagte Susi.

»Ich muß doch nach dir schauen kommen, Bub. Aber sag mal, warum fährst du nicht morgen früh oder heut abend mit einem durchgehenden Zug?«

Das wußte Bastian auch nicht. »Wahrscheinlich, weil ich mir nur den einen hab' 'raussuchen lassen. Kaps hat auch nicht dran gedacht.«

»Denkt ihr überhaupt?« erkundigte sich Karli.

»Aber dreizehn Uhr sieben ist eine gute Zeit zum Reisen«, sagte Susi. »Zwei Glückszahlen.«

»Die Dreizehn bringt mir immer Pech«, sagte Bastian.

»Demnach hat es dieselbe Wirkung, als ob er um acht Uhr einunddreißig fährt«, meinte Karli.

»Da geht aber keiner«, sagte Großmutter und zog eins ihrer Päckchen hoch. »Ihr habt bestimmt kein Bügeleisen da draußen in der Fremde.«

»Bestimmt nicht«, versicherte Bastian.

»Das dachte ich mir. Ich hab' eins besorgt. Hier. Eins mit Wasserdampf. Da braucht ihr vorher nicht einzusprengen. Und hier ist Unterwäsche drin.«

»Hoffentlich keine lange!«

»Nur bis zum Knie. Innen angerauht. Drei Paar. Im Bayrischen Wald kann es winters grimmig kalt sein.«

Außerdem hatte sie noch zwei weiße Oberhemden gekauft, von denen sie hoffte, daß die Kragengröße stimmte. »Bügle ich immer deine Sachen und weiß trotzdem deine Kragengröße nicht.«

»Ach Frau Guthmann«, sagte Bastian, »wie vergeudest du dein Gespartes!«

»Die Hemden brauchst du für Schulfeiern und wenn du mal zur Kirche gehst.«

An so was hatte Bastian überhaupt noch nicht gedacht. Was kam da alles auf ihn zu!

»Wir haben auch was für dich«, sagte Susi. »Karli, gib ihm.«

Karl reichte Bastian, der schon Omas Päckchen hielt, einen größeren rechteckigen Kasten.

»Eine Hausapotheke. Gegen Schmerzen jeder Art!«

... und eine schwere Tragetüte mit Weinflaschen.

»Gegen Heimweh«, sagte Susi, und dann drehte sie die Schnur des Luftballons um einen seiner Jackenknöpfe. »Der ist von Kathrinchen. Ihr ›guter Mond‹.«

Bastian lachte: »Ist das etwa alles? Wo bleiben die lebenden Hühner und die Speckseiten?«

»Die brauchst du nicht, du fährst ja aufs Land«, sagte

Großmutter und schaute von ihm fort und sehr irritiert auf ein großes blondes Mädchen, das einen Kofferkuli in ihre Familienabschiedsszene schob. Auf dem Kuli stand ein in eine alte Militärdecke gewickelter Fernsehapparat.

»Hallo – das war vielleicht 'n Theater – kein Parkplatz und dann das schwere Ding. Tagchen. Ich bin Inka Hauswurz. Ich bringe Kaspars Flimmerkiste, ohne die er ja nicht sein kann. Ist heute früh aus der Reparatur gekommen, und da dachte ich, das beste ist, Sie nehmen sie gleich mit.«

»Au ja«, seufzte Bastian.

»Warum haben Sie denn nicht gleich einen Gepäckwagen genommen?« schrie der Mann, als Bastian das Päckchen mit der Wäsche und das Päckchen mit dem Bügeleisen, die Hausapotheke, das halbe Dutzend Weinflaschen, den Fernseher und zuletzt den Luftballon ins Abteil brachte.

Das war nun wirklich voll.

Er stieg noch einmal aus, um sich von der Familie zu verabschieden, die sich gerade überlegte, was wohl aus ihm und seinem mitreisenden Hausstand werden würde, wenn Kaspar eine Panne hatte und ihn nicht am Bahnhof in Plattling abholen konnte. Kaspars Auto hatte gerne Pannen.

»Dann mußt du mit allem umsteigen«, sagte Karl. »Das wird ulkig.«

»Ja«, sagte Bastian, »das wird bestimmt ulkig.«

Er schaute auf die Bahnhofsuhr. Es war dreizehn Uhr fünf.

Zur gleichen Zeit telefonierte der Chefarzt nach Kathinka.

Auf dem Weg zu ihm schaute sie zufällig auf die Uhr, die über der Tür zum Kreißsaal hing.

Da unterbrach sie ihren Weg und ging zum Flurfenster. Sie wollte ihre ganz privaten Gedanken in Sicherheit bringen, indem sie dem Spitalbetrieb den Rücken zukehrte.

In zwei Minuten ging sein Zug.

Bastian – lieber Bastian.

Er hatte so viel Unordnung in ihr Leben gebracht, und vor allem hatte er sie selbst dazu gebracht, wider ihren Charakter zu leben. Manchmal war es soweit gewesen, daß sie ihren heißgeliebten Beruf als Last empfunden hatte.

Dieses ewige Hin und Her. Müde vom Dienst zu Bastian, müde von Bastian zum Dienst. Es war schon sehr erschöpfend gewesen ... Bastian.

Ob je wieder ein junger Mann so unermüdlich um sie werben würde? Mit den Ohren wackeln, weil er sonst keine Kunststücke konnte? Marillenschnaps in ihre Stiefel gießen ...

So zärtlich wie ein Junge und wie ein Mann zugleich sein. Schöne, bunte Süppchen erfinden, wenn sie zu müde war, selbst zu kochen, und »Katharina« singen, »Katharina, ach du gehst so stihille durch das ernste, alte Krankenhaus. Katharina du mein letzter Wille ...«

»Katharina, wo steckst du denn?« sagte der Chefarzt hinter ihr.

Sie kehrte sich, wie aus einem Traum erwachend, zu ihm um.

»Ist was?« fragte er.

»Ich hab' grad jemand nachgewinkt. Sein Zug ist vor einer Minute abgefahren.«

»Dein Freund?« fragte er.

»Ja, mein Freund.« Sie hatte plötzlich Schnupfen und brauchte ein Taschentuch, aber das war nicht, weil sie weinen mußte. Sie mußte nicht weinen.

»Habt ihr euch verkracht?« fragte er, und als sie nicht antwortete: »Man soll keinen im Zorn reisen lassen, Katharina. Warum hast du mir nichts gesagt? Du hättest zum Bahnhof fahren können.«

»Ich wollte gar nicht«, sagte sie. »Da sind noch die anderen. Und wir haben uns nicht verkracht, im Gegenteil. Wir haben uns sehr, sehr zärtlich getrennt. Er tritt seine erste Stelle als Lehrer an. In Regen. Das ist in Niederbayern.« Sie schaute zu Klein auf und lächelte. »Sie kennen ihn übrigens. Er war's, der damals bei Grün gebremst hat. Meinetwegen.«

»Meinst du etwa diesen …«

»Bitte«, unterbrach ihn Katharina, »sagen Sie nichts gegen ihn. Er hätte Ihnen auch gefallen, wenn Sie nicht hätten in ihn hineinfahren müssen. Es war schön mit Bastian, aber das ist ja nun vorbei. Ich habe Schluß gemacht.«

Klein nahm sie beglückt bei den Schultern. »Vernünftiges Mädchen.«

»Ja« – sie seufzte –, »das hat Bastian oft genug bedauert. Ich auch. Ich bin manchmal zu vernünftig. Aber wer kann schon aus seiner Haut?« Sie entzog ihre Schultern ganz leicht seinen Händen, gerade so viel, daß es nicht verletzend wirkte.

»Hauptsache, die Sache ist vorbei«, sagte Klein zufrieden.

»Ja, das ist sie«, nickte Kathinka. »Aber das schließt nicht aus, daß ich mich vielleicht noch einmal von ihm verabschieden werde. Ein allerletztes Mal, verstehen Sie?«

Es war soweit.

Martha Guthmann lächelte ihren Abschiedskummer so aktiv nieder wie weiland 1942, als sie ihren Mann zum Zug brachte, mit dem er an die Front fuhr.

»Schreib mir, wenn du was brauchst, Bub, hörst du?«

»Ich schreib' dir sogar, wenn ich nichts brauche«, versicherte Bastian und küßte sie. »Ach, Martha.«

Außer von Kathinka und von München fiel ihm dieser Abschied am schwersten. »Komm mal 'raus, ja?«

»Ich komm' bald, Bub, ich weiß ja die Züge.«

Der nächste war Klappzahn. »Tschau, altes Tränentier.«

»Selber eins«, sagte Bastian und konnte Susi nicht mehr küssen, weil Großmutter ihn zum Trittbrett schob.

»Einsteigen. Bub, steig um Himmels willen ein. Beschimpfen könnt ihr euch auch durchs Fenster.«

Bastian schaute nun aus dem Gangfenster auf die paar Köpfe, die sich ihm entgegenhoben. Alles Familie – bis auf Inka Hauswurz. Richtig nette Familie.

Was einem so durch ein Abschiednehmen erst auffällt. Vor allem, wenn man nicht nach Starnberg, Garmisch oder an den Chiemsee auswandert, sondern nach Regen mit einem Wohnsitz auf einem Hof in einem Dorf. So einsam und ursprünglich gelegen, daß es einen nicht wundern würde, wenn an klirrenden Winterabenden die Wölfe an die Haustür pochten und fragten, ob sie nicht ein Döschen Chappi haben dürften.

»Dank' euch schön«, sagte Bastian und suchte in seinen Hosentaschen wie nach Abschiedspräsenten, fand aber nur drei Fruchtbonbons und seine Wohnungsschlüssel, die er vergessen hatte beim Hausmeister abzugeben.

Einen Bonbon reichte er Susi, die neben dem anfahrenden Zug herging. Sie dankte mit ihrem schönsten waidwunden Rehblick und hatte einen Augenblick lang vergessen, daß sie frisch verlobt war.

Das tat Bastian wohl.

Inka warf er das Schlüsselbund zu. Die übrigen zwei

Bonbons steckte er wieder ein. Großmutter mochte keine, Kathrinchen war noch zu klein dazu, und mit den beiden anderen stand er nicht so intim, um ihnen seine Bonbons zu schenken.

»Kommt bald mal, ja? Kommt, ehe der Jet-set den Landkreis Regen entdeckt und zweckentfremdet«, rief er albern zurück.

Susi winkte mit einer Windel, sie hatte nichts anderes.

Klappzahn und Inka schwenkten Arme.

Martha Guthmann stand bloß da und sah ihm nach und fuhr in Gedanken mit ihm mit.

Bastian fiel der Luftballon ein. Er holte ihn aus dem Abteil und ließ ihn zum Fenster hinaus in den Fahrwind. Er winkte mit ihm.

Seine Familie auf dem Bahnsteig wurde immer kleiner. Schade, dachte er, Kathinka ist nicht gekommen.

Dann kam der Knick im Gleis, nach dem der Bahnhof aus dem Blickfeld der Abreisenden entschwindet. Bastian wollte das Gangfenster schließen, aber die Schnur vom Luftballon störte. Da ließ er ihn fliegen und sah ihm nach, wie er in die Wolken stieg.

Ihm war blümerant ums Herz.

Aber dann fielen ihm die Schulanfänger ein, die er in einer Woche übernehmen sollte. Als erstes würde er sie Luftballons malen lassen – grüne, rote, blaue und gelbe mit Mondgesichtern.

Bastian begann, sich auf seine Zukunft ein bißchen zu freuen.

Band 12517

Françoise Sagan

Bonjour Tristesse

Der erste große Erfolgsroman der berühmten Autorin

Völlig frustriert von der Schule, weil sie die Reifeprüfung nicht bestanden hat, verbringt Cécile mit ihrem Vater Raymond und dessen Freundin Elsa den Sommer an der französischen Riviera. Sie genießt das unkomplizierte, luxuriöse Leben und flirtet mit dem Jurastudenten Cyril, den sie am Strand kennengelernt hat.

In diese Idylle kommt Anne, eine erfolgreiche Pariser Mödeschöpferin und Freundin von Céciles verstorbener Mutter. Schon bald verliebt sich Raymond in diese faszinierende Frau und beabsichtigt, sie zu heiraten. Anne zwingt Cécile, ihre Studien wiederaufzunehmen, und verbietet ihr den Umgang mit Cyril. Erbost inszeniert Cécile ein grausames Spiel, und kurz darauf stößt Anne etwas Fürchterliches zu…

Band 12502

Barbara Noack

Italienreise – Liebe inbegriffen

Eine turbulente Liebesgeschichte

Unter der fröhlichen Reisegesellschaft, die in einem Bus kreuz und quer durch Italien fährt, befindet sich die hübsche blonde Jou, ein Mannequin, und bald darauf auch ihr Freund Hans Fichte, von Beruf Tierarzt, der ihr aus Eifersucht nachgereist ist. Wie dieses höchst ungleiche Paar nach mancherlei Mißverständnissen und Verwirrungen doch noch im Hafen der Ehe landet, erzählt die Bestsellerautorin in unnachahmlicher Weise.

BASTEI LÜBBE